GOLDMANN

Im Goldmann Verlag sind folgende
Originalabenteuer von Raumschiff Enterprise
erschienen:

Band 1: **Der unwirkliche McCoy** (23730) • Band 2: **Strafplanet Tantalus** (23731) • Band 3: **Spock läuft Amok** (23732) • Band 4: **Das Silikonmonster** (23733) • Band 5: **Der Asylplanet** (23734) • Band 6: **Die Lichter von Zhetar** (23735) • Band 7: **Das Paradies-Syndrom** (23737) • Band 8: **Der Doppelgänger** (23738) • Band 9: **Rückkehr zum Morgen** (23739) • Band 10: **Ein kleiner Privatkrieg** (23740) • Band 11: **Der Tag der Taube** (23741) • Band 12: **Spock muß sterben!** (23742) • Band 13: **Jenseits der Sterne** (23600) • Band 14: **Klingonen-Gambit** (23601) • Band 15: **Galaxis in Gefahr** (23602) • Band 16: **Die falschen Engel** (23603) • Band 17: **Spock, Messias!** (23619) • Band 18: **Wie Phoenix aus der Asche** (23620) • Band 19: **Der Teufelsplanet** (23627) • Band 20: **Gefangene des Wahnsinns** (23616) • Band 21: **Welt ohne Ende** (23613) • Band 22: **Das Phoenix-Verfahren** (23614) • Band 23: **Planet der blauen Blumen** (23615) • Band 24: **Grenze zur Unendlichkeit** (23617) • Band 25: **Die Expertin** (23618) • Band 26: **Zwischen den Welten** (23621) • Band 27: **Welt ohne Sterne** (23650) • Band 28: **Perrys Planet** (23651)

Raumschiff Enterprise –
Die neuen Abenteuer

Band 1: **Todeszone Galaxis** (23660)
Band 2: **Der Überlebende** (23661)
Band 3: **Der Venus-Faktor** (23662)
Band 4: **Gefahr im Delta-Dreieck** (23663)
Band 5: **Ums nackte Leben** (23664)
Band 6: **Mordsache McCoy** (23665)

ALAN DEAN FOSTER

RAUMSCHIFF ENTERPRISE

DIE NEUEN ABENTEUER

6

MORDSACHE McCOY

Aus dem Amerikanischen
von Lore Straßl

GOLDMANN VERLAG

Die amerikanische Originalausgabe
erschien unter dem Titel »Star Trek Log Six«
bei Ballantine Books, New York

Umwelthinweis:
Alle bedruckten Materialien dieses Taschenbuches
sind chlorfrei und umweltschonend.
Das Papier enthält Recycling-Anteile.

Der Goldmann Verlag
ist ein Unternehmen der Verlagsgruppe Bertelsmann

Umschlaggestaltung: Design Team München
Umschlagillustration: Schlück/Jones, Garbsen
Satz: IBV Satz- und Datentechnik GmbH, Berlin
Druck: Elsnerdruck, Berlin
Verlagsnummer: 23665
SN · Redaktion: Hermann Urbanek
Herstellung: Peter Papenbrok
Made in Germany
ISBN 3-442-23665-7

1 3 5 7 9 10 8 6 4 2

Inhalt

ENTERPRISE

SECHSTES LOGBUCH

Sternzeit 5532.8–5535.2

Kommando:

James T. Kirk, Captain, USSC, FS, a. D.

Übertragen von

Alan Dean Foster

Im Galaktischen Geschichtsarchiv

auf S. Monicus I

Sternzeit 6111.3

Für den Kurator: JLR

ERSTER TEIL

Die Anklage

Nach einem Drehbuch
von Dario Finelli

1

Er hatte Form, doch kaum Substanz, Gestalt, doch wenig Farbe, ein Gesicht, doch keine Physiognomie.

Einen Körper, doch keine Seele.

Sein Degen war eine Verlängerung des rechten Arms, und er bewegte sich tänzelnd mit nichtmenschlicher Grazie und Geschmeidigkeit.

Sulu parierte und hieb und stach mit seinem isolierten Florett. Anfangs hatte er lässig angegriffen, allerdings machte sein flexibler Gegner an Behendigkeit wett, was ihm an Erfahrung fehlte.

Aber er lernte schnell. Er registrierte jeden Kniff des Fechtmeisters Sulu, analysierte Schwächen und Stärken und setzte ihn gegen Sulu ein. Doch noch beherrschte er die Feinheiten von Vielfachkombinationen nicht, nur diesem Umstand verdankte es der Rudergänger der *Enterprise*, daß er nicht bereits mehrmals durchbohrt worden war.

Aber da Sulus Gegner nicht ermüdete, drohte der Kampf immer ungleicher zu werden.

Sulu genoß diesen Kampf. Noch nie zuvor hatte er so einen gefährlichen Gegner gehabt, noch einen auf so unheimliche Weise schönen. Im künstlichen Licht der Sporthalle leuchtete das Wesen wie Milliarden goldener Glühwürmchen. Seinem Gesicht fehlten zwar jegliche Züge, aber er hatte Augen.

Und diese undeutbaren Augen ließen keinen Blick von den Bewegungen des Rudergängers, der Stellung seiner Füße, seiner ausgleichenden Rückhand und schon gar nicht von der tödlichen Spitze des Floretts.

Sulu fintete tief, dann zog er die Klingenspitze hoch. Als sein Gegner parierte, stieß er das linke Bein seitwärts vor.

Die goldglitzernde Erscheinung schlug die Spitze zur Seite und versuchte, mit einem Ausfall den Kampf zu beenden. Doch statt zurückzuweichen, bewegte sich Sulu vertikal, drehte sich im Sprung und schmetterte den Fuß nach hinten gegen den Degenarm, während er gleichzeitig sein Florett aus der Drehung heraus durch diese glänzende, glitzernde Kehle stieß.

Sein Gegner erstarrte, als Sulu die Klinge zurückzog. Kein Blut war gespritzt, keine andere Flüssigkeit herausgequollen. Nur ein Summen zeigte diesen tödlichen Hieb an.

Sulu ließ seinen erstarrten Gegner stehen, nahm sich ein Handtuch von der Bank und trocknete sich das schwitzende Gesicht ab.

»Der Computer wird zu schlau, Mr. Scott. Es wird immer schwieriger, sich neue Kombinationen dagegen auszudenken.«

Chefingenieur Montgomery Scott nickte, während er auf einen Knopf am provisorischen Schaltbrett drückte. Sulus dschinnhafter Gegner, der durch ionisiertes Gas in einem exakt abgegrenzten Kraftfeld Form und Körper erhalten hatte, verschwand.

»Ich verstehe nicht, weshalb Sie diesen Drehsprungtritt bisher nie angewandt haben«, sagte Scott. »Er war großartig!«

Sulu lächelte und frottierte sich den Nacken ab. »Eine solche Raffinesse war bisher auch nie nötig. Das Verflixte bei dem Computer ist, daß er mir ein erfolgreiches Manöver selten öfter als einmal durchgehen läßt.« Er seufzte.

»Das Problem besteht darin, daß man, wenn der Tritt nicht sitzt, mit dem Florett an der Seite in der Luft hängt – als Anwärter für Shish Kebab.« Sein Gesichtsausdruck wurde nachdenklich.

»Aber seine Bewegungen wirken immer noch ein wenig unnatürlich, etwas zu roboterhaft. Und noch etwas fiel mir auf. Ein paarmal ist er während des Kampfes einige Zentimeter über dem Boden geschwebt.« Sulu grinste. »Das ist nicht fair. Der Computer ist sowieso schon im Vorteil.«

»Aber nicht genug, um die Erfahrung eines echten Kampfes zu simulieren«, entgegnete Scott und blickte auf eine Anzeige. »Sie haben ihm noch immer einiges voraus, zwölf Treffer gegen fünf.«

»Ich weiß noch gut, wie ich ihn Siebzehn zu Null geschlagen habe. Er lernt ganz ordentlich.«

Scott zuckte die Schultern. »Das soll ein Spielcomputer ja auch. Wenn ich den Schiffscomputer programmieren dürfte, hätten Sie einen mechanischen Kämpfer, der sich völlig wie ein Mensch verhalten, ja im Laufe des Kampfes sogar ermüden würde. Aber Sie wissen ja selbst, was der Captain sagen würde, wenn ich ihn für ein solches Projekt einsetzen würde.« Er deutete auf das behelfsmäßige Kontrollbrett, aus dem Drähte hingen.

»Ich mußte bei der Materialbeschaffung ein bißchen schwindeln. Ich habe die Teile für Reparaturzwecke angefordert. Dürfte keine Schwierigkeiten geben, außer die Sternenflotte setzt eine außerplanmäßige Inventur an. Aber gegen den Hauptcomputer«, Scott schüttelte den Kopf, »wäre unsere Chance so groß wie die meiner Großmutter, bei den nächsten Interstellaren Spielen in die Fußballmannschaft aufgenommen zu werden.«

Sulu nickte und blickte nachdenklich auf sein Florett. Klinge, Griff und Glocke waren isoliert, nur die Metallspitze nicht. Wann immer die blanke Spitze in das ionisierte Gas des Kraftfelds drang, wurde es als Treffer auf der von Scott zusammengebastelten Schalttafel aufgezeichnet. Leider gab es keine ebenso genaue Weise, festzuhalten, wann sein computerprogrammierter Gegner einen Treffer bei ihm erzielte. Einstweilen ließ es sich nur direkt feststellen. Aber das System war neu, und Scott arbeitete noch an diesem Problem, sowie an einigen weiteren.

Sie würden während dieser langen, langweiligen Fahrt nach Draymia genug Zeit haben, seinen *Karana-to-aschi*-Gegner zu vervollkommnen. Im Gegensatz zu Mr. Spock, beispielsweise, der immer genügend Herausforderer für sein 3-D-Schach und andere Logikspiele fand, gab es außer Sulu niemanden an Bord, der über mehr als Grundkenntnisse in dieser modernen Kampfkunst verfügte, die Fechten europäischen Stils mit dem alten asiatischen Karate verband. Die sportlichen Besatzungsmitglieder zogen Kegeln oder Wasserpolo vor.

Als Sulu es schließlich leid geworden war, gegen seinen eigenen Schatten zu fechten und zu treten, hatte er sich an Scott gewandt, um zu sehen, ob dieser technische Zauberer nicht eine Art Robotkämpfer zusammenbasteln konnte. Der Chefingenieur hatte auch gar nicht lange gebraucht, den Hominoiden aus goldenem Gas zu erfinden.

Scott zog eine Braue hoch, als er ein Modul einsetzte, das die Fluidität des Kraftfelds regulierte, und aus den Augenwinkeln bemerkte, daß Sulu am offenen Waffenschrank stand.

»Haben Sie noch nicht genug, Leutnant?«

»Nur noch ein bißchen mit dem Säbel.«

Der Chefingenieur schüttelte mißbilligend den Kopf. »Sie wissen genau, daß dieses Ding da Säbeltreffer bei weitem nicht so genau aufzeichnen kann wie Floretttreffer. Die meiste Zeit habe ich keine Ahnung, ob Sie einen Treffer erzielt haben oder nicht, geschweige denn, wann es Sie trifft.«

»Nur ein paar Minuten«, bat Sulu.

»Na gut, wenn es unbedingt sein muß«, brummte Scott. »Aber Sie sollten nicht vergessen, daß ich mich auch um meine Maschinen kümmern muß.«

Er drückte auf einen Schalter. Sofort erglühte Sulus Gegner, der in seiner letzten Exekutionsstellung erstarrt war, zu neuem mechanischen Leben. Scott nahm einige Regulierungen vor. Der Computer startete das neue Programm, und der leuchtende Fechter nahm die Grundstellung ein.

Sulu stellte sich ihm gegenüber. »Es kann losgehen«, sagte er. Scott drückte auf eine rote Taste.

Der Chefingenieur hatte jedoch recht. Sulu konnte manchmal selbst nicht erkennen, ob er wirklich einen Treffer erzielt hatte oder nicht. Bei einem echten Kampf wäre es allerdings mehr als befriedigend zu wissen, ob eine bestimmte Taktik funktionierte oder nicht. Es wäre lebenswichtig.

Der Kampf dauerte wirklich nur die paar Minuten, um die Sulu gebeten hatte, aber aus unerwartetem Grund. Sein leuchtender Gegner hatte gerade gut pariert, hoch gefintet und tief zugestoßen. Sulu war auf die Finte hereingefallen. Er sprang, um dem, wie vermutet, hohen Angriff zu entgehen. Als er bemerkte, daß der Angriff tatsächlich tiefer erfolgte, versuchte er sich zu fangen, indem er beim Drehen in der Luft blockierend nach unten trat und dabei aus dem Gleichgewicht geriet.

Da er gleichzeitig mit dem Säbel parieren wollte, endete es mit einem scharfen Hieb quer über seinen leichten Schuh. Er kam auf beiden Füßen auf, ließ sofort den Säbel fallen, sackte auf den Boden und wand sich vor Schmerzen.

Der computergelenkte Gegner registrierte seinen Sieg und nahm abwartend seine Grundstellung wieder ein.

Scott schaltete ihn aus. Ein leises Pfeifen war zu hören, während das Kraftfeld sich auflöste. Dann eilte der Chefingenieur zu Sulu und bemühte sich, den Verschluß seines rechten Schuhs zu öffnen.

»Vielleicht sollten Sie lieber wieder zum Schattenkämpfen zurückkehren, Sulu«, meinte er.

Der Rudergänger verzog das Gesicht. »Sehr komisch, Mr. Scott.«

Beide sahen, daß der Schuh sich bereits rot färbte. Scott vergaß weitere spöttische Bemerkungen. Er legte eine Hand um die Ferse des Schuhs und die andere vorsichtig um die Zehen. »Keine Angst, Junge. Ich krieg' ihn schon runter.«

Während er schob und zog, lehnte Sulu sich auf beide Hände zurück, starrte zur Decke der Sporthalle und versuchte, an etwas anderes zu denken. Er konnte ein Aufstöhnen nicht unterdrücken, als der Fuß endlich freikam.

Quer über seinen Spann zog sich ein gut drei Zentimeter langer Schnitt. Obwohl er stark blutete, konnte Sulu doch von Glück reden. Die Klinge war so eingedrungen, daß sie die großen Sehnen verfehlt hatte. Er machte keine Anstalten aufzustehen.

»Rühren Sie sich nicht vom Fleck«, wies Scott ihn an. Er holte einen Erste-Hilfe-Koffer aus einem Schrank und verband den Fuß, so gut er konnte.

»Tut mir leid, Sulu«, entschuldigte er sich, als er mit dem provisorischen Verband fertig war. »Mit einem Schweißlaser kann ich besser umgehen.«

»Danke, Scotty, der Verband ist mir schon lieber.«

»Können Sie gehen, oder soll ich nach einer Bahre rufen?«

»Nein, nur ja nicht!« rief Sulu erschrocken. »Das würde der Captain erfahren!« Er plagte sich auf die Füße. »Der Schnitt ist ja am Fußrücken, nicht in der Sohle. Ich schaffe es schon. Aber wenn Sie mich zur Krankenstation begleiten würden?«

Scott murmelte etwas von Zeitvergeudung. Aber der Rudergänger hatte natürlich recht. Wenn der Captain hörte, daß einer seiner Brückenoffiziere sich bei einem Spiel verletzt hatte, würde ihm das gar nicht gefallen.

Die paar Besatzungsmitglieder, denen sie auf dem Korridor begegneten, erkundigten sich mitfühlend, weshalb der Rudergänger humpelte, und bekamen als Antwort, daß er sich beim Handball den Fuß verrenkt hatte. Zu Sulus Erleichterung glaubten es offenbar alle.

McCoy war noch gereizter als sonst. Er wickelte den Behelfsverband ab, betrachtete verärgert die saubere Schnittwunde und brummelte vor sich hin, während er sie desinfizierte und schloß.

»*Wie* sind Sie zu dieser Verletzung gekommen?«

Sulu wandte den Blick ab und wiederholte seine Story zum dritten Mal. »Ich habe es Ihnen doch bereits erklärt, Dr. McCoy. Mr. Scott war so freundlich und hat ein paar Stunden seiner Freizeit geopfert, um mir für Waffenübungen einen künstlichen Krieger herzustellen. Ich parierte falsch und dabei habe ich mich in den Fuß gehauen.«

McCoy schüttelte den Kopf und heftete die Wundränder mit drei winzigen organischen Klammern zusammen. Dann sprühte er einen schmerzstillenden Verband darauf. Die modifizierten Proteinklammern würden schließlich von Sulus Körper absorbiert werden, aber erst, wenn die Wunde völlig zugeheilt war.

»Das ist ein ziemlich tiefer Schnitt, Sulu«, sagte Dr. McCoy, als er die Sprühverbanddose wegstellte. »Verteilen Sie keine Fußtritte, bevor das nicht ganz verheilt ist.«

Sulu sah aus, als wollte er noch etwas sagen, doch dann wandte er sich, statt selbst den Mund zu öffnen, hilfesuchend an Scott. Der Chefingenieur tat, als bemerke er es nicht, doch da erinnerte er sich plötzlich, wie oft sein Vorgesetzter ihm aus einer Verlegenheit geholfen hatte.

»Äh, Dr. McCoy...«

McCoy blickte ihn an. »Wäre es vielleicht möglich, daß Sie dem Captain gegenüber nichts von diesem kleinen Vorfall erwähnen? Ich weiß natürlich, daß er im medizinischen Logbuch eingetragen werden muß, aber der Leutnant wäre Ihnen dankbar, wenn Sie dem Captain nichts davon sagen würden. Sie wissen ja selbst, wie er darauf reagieren würde.«

»Bestimmt nicht mit einem ›ist schon gut‹«, brummte der Schiffsarzt. Er blickte Sulu nicht an, als er hinzufügte: »Ich habe sowieso keine Zeit – nicht, solange ich diese Tonnen medizinischer Instrumente und Medikamente für Draymia durchchecken muß.«

Sulu war erleichtert über den Themawechsel und obendrein neugierig. Er schwang die Beine vom Behandlungstisch und fragte: »Warum müssen Sie sich darum kümmern? Sind sie denn nicht verpackt und versiegelt?«

Als Antwort setzte McCoy sich vor einen Monitor und machte ein paar Eingaben in das Terminal. Scott und Sulu, die über seine Schulter blickten, sahen Kolonnen von Wörtern und Ziffern. McCoy deutete verärgert auf den Schirm und schüttelte den Kopf.

»Die Anleitungen und Handbücher für das Zeug sind völlig durcheinander. Wenn ich sie nicht ordne und neu kennzeichne, bevor wir ankommen, werden die Draynianer nicht wissen, welches Gerät der Enzephalograph und welches der Ultraschallmonitor ist, und welche Pillen wofür sind.« Er wandte sich vom Bildschirm ab.

»Ich würde den, der diese Lieferung zusammengestellt hat, gern in die Finger kriegen!«

»Könnte nicht jemand anderer Ihre übliche Arbeit übernehmen, bis Sie das Zeug sortiert haben?« fragte Scott.

McCoy blickte ihn an. »Möchten Sie wirklich, daß ich meine Pflichten an irgend jemanden delegiere? Angenommen, Sulu hätte sich ernsthaft verletzt? Oder Ihnen wäre das zugestoßen, Scotty? Wie würden Sie sich fühlen, wenn ich dann irgendwo Kisten und Packungen sortierte?«

Keiner der beiden antwortete darauf.

McCoy drehte sich wieder zum Monitor um. »Ich kann auch

das Sortieren nicht an irgend jemand delegieren. Vielleicht hängt die Gesundheit Tausender vernunftbegabter Wesen von der korrekten Lieferung dieser Sachen ab. Nein, das möchte ich niemandem anvertrauen. Und wenn Sie mich entschuldigen würden? Ich möchte mich wieder meiner *wichtigen* Arbeit widmen.«

Sulu grinste. Er trat versuchshalber etwas fester mit dem verletzten Fuß auf. Es war erstaunlich, wieviel besser er sich bereits fühlte, und das lag nicht nur daran, daß das Anästhetikum des Sprühverbands noch wirkte.

Die Barschheit des Arztes täuschte niemanden.

»Er wird es schaffen und wenn er Doppelschichten machen muß«, sagte Scott, nachdem die beiden Männer die Krankenstation verlassen hatten. »Er hat noch gut zwei Wochen Schiffszeit, bis wir um Draymia in den Orbit gehen...«

»...zweiunddreißig Komma acht«, endete Kirk. Seine Stimme war etwas heiser von der trockenen Luft auf Draymia. Der Kommunikator übermittelte seine Worte an den Logbuchrecorder der *Enterprise*, die sich jetzt hoch über ihnen in der Umlaufbahn befand. »Wir haben die medizinische Lieferung an den Planeten Draymia im draymianischen Sternensystem übergeben und werden in Kürze zurück an Bord beamen. Kirk Ende...«

Sie standen auf der Terrasse des Regierungsgebäudes in der Hauptstadt Draymias und warteten auf den Oberpräfekten, der die Abschiedszeremonie leiten sollte. Während Spock und McCoy sich über Eigenarten draymianischer Physiologie bezüglich gewisser Artikel der Lieferung unterhielten, ließ Kirk den Blick über die Hauptstadt schweifen. Sobald man sich an die allgemeine Größe gewöhnt hatte, die ungefähr das Eineinhalbfache des menschlichen Standards ausmachte, sah diese Welt fast vertraut aus. Und das trotz der ungeheuren Entfernung zum nächsten Vorpostenplaneten der Föderation.

Die Flora war gar nicht so fremdartig, auch die Fauna nicht. Aber der Himmel war eine Spur zu grün, die Baumstämme ein bißchen zu orange, und die Schwingen der fliegenden Geschöpfe ein bißchen zu schuppig, als daß man sich hier sogleich hätte heimisch fühlen können. Draymia war eine der vielen humanoiden Welten, deren Fremdheit einer oberflächlichen Vertrautheit wegen nur um so verwirrender war.

Es war keine Welt, wo die heimischen Huftiere auf Rädern rollten, statt normal zu laufen, oder wo die Vegetation verkehrt herum wuchs wie der Straßenwald auf Olibaba. Nein, auf einer Welt wie Draymia hatte man fast das Gefühl, daß man bloß den richtigen Schalter im Kopf zu finden brauchte, woraufhin sich die passende Linse vor die Augen schob, und dann würde alles plötzlich völlig normal sein.

»Heil, Captain Kirk! Heil, Mr. Spock!«

Die Männer drehten sich um und sahen zwei Draymianer durch die Bogentür kommen. Kirk erkannte den Oberpräfekten, nicht jedoch seinen Begleiter.

»Wer ist der andere, Mr. Spock?« fragte Kirk leise.

»Wir sind ihm bei der Ankunft flüchtig begegnet, Captain.« Der Erste Offizier wunderte sich etwas, weshalb die beiden Dr. McCoy nicht begrüßten. Wahrscheinlich hatten die Draymianer ihn nur noch nicht bemerkt. »Er heißt Demos und ist der Befehlshaber der planetaren Sicherheitskräfte. Er nahm die paar medizinischen Geräte und die Medikamente in Empfang, die für das Militär bestimmt waren.«

»O ja«, murmelte Kirk. »Ich erinnere mich jetzt.« Er hielt inne, als die beiden vor ihnen stehenblieben. Ihre Gesichter waren ausdruckslos – soweit er das beurteilen konnte. Wahrscheinlich gehörte das zur Zeremonie.

Die zweieinhalb Meter großen und gut proportionierten Humanoiden hätten vielleicht einschüchternd gewirkt, wären ihre großen vorstehenden Augen nicht gewesen, die ihren Gesichtern einen komischen Zug verliehen und von ihrer Größe ablenkten.

Während Kirk ihn anblickte, schlug der Oberpräfekt ein Ohr nach vorn. Das andere war nach hinten gerichtet, vielleicht, um irgendeinem entfernten Gespräch zu lauschen. Der Effekt, in Verbindung mit dem kahlen Schädel, sah verblüffend aus. Die Draymianer hatten separat bewegbare Stielohren, ähnlich den Augen eines irdischen Chamäleons.

Der Präfekt begann sogleich mit der Zeremonie, und der sehr ernst aussehende Demos stand neben ihm stramm. Die Zeremonie selbst brachte keine Überraschungen. Viel wurde über einen ausgedehnteren Handel zwischen Draymia und der Föderation und über Zusammenarbeit gesagt. Es folgten Worte gegenseitigen Lobes über die technischen Errungenschaften beider Zivilisationen, Versicherungen fortdauernder Freundschaft und verhüllte, höfliche Hinweise an jene irregeleiteten Rassen (die ungenannt bleiben sollen), die vielleicht versuchen würden, sich einer Verbrüderung in den Weg zu stellen, und so weiter.

Kirk und Spock antworteten, wann immer es erwartet wurde, und wechselten diplomatische Sprüche mit der Selbstsicherheit und Erfahrung von Männern, die an noch weitaus komplexere Rituale gewöhnt waren. Kirk erinnerte sich an eine Welt, auf der bei einem einfachen Abschied zwei Tage gefeiert und sportliche Wettkämpfe ausgetragen wurden.

Schließlich machten der Präfekt und Demos knappe Verbeugungen und streckten die Hände offen aus, mit den Handflächen nach oben. »Wir möchten Ihnen und der ganzen Föderation für Ihre unschätzbare Hilfe danken, Captain Kirk«, sagte der Präfekt.

Die drei Männer erwiderten die Geste, die ein endgültiges Lebewohl bedeutete, und Kirk sagte: »Wir hoffen, mit unserem medizinischen Hilfsprogramm unsere Beziehung zu allen höheren Zivilisationen, wie der Ihren, zu festigen, Oberpräfekt.«

Nachdem all das gesagt war, nahmen alle wieder eine entspanntere Haltung ein.

Kirk lächelte freundlich, sah seine Begleiter an und nahm seinen Kommunikator in die Hand. »Sind Sie soweit, Spock, Pille? Kirk an *Enterprise* – beamen Sie uns an Bord, Scotty.«

Der Präfekt streckte eine Hand aus, diesmal mit dem Handteller nach unten und den Fingern an den mittleren Knöcheln angewinkelt. »Einen Augenblick noch, Captain, wenn Sie die Güte hätten...«

Kirk zögerte und blickte Spock und McCoy an. Beide sahen ihn verständnislos an. Soviel sie wußten, sollte der Geste des endgültigen Lebewohls nichts mehr folgen.

Offenbar ging es um etwas Wichtiges.

»Warten Sie noch, Mr. Scott«, bat Kirk rasch und schaltete den Kommunikator aus.

»Wir hören«, wandte er sich an den Oberpräfekten.

Der große Humanoid entspannte sich sichtlich und machte eine Geste zu seinem Begleiter, die keiner der Menschen kannte.

»Beginnen Sie, General Demos.«

Der Sicherheitschef zog mit zeremonieller Förmlichkeit ein gefaltetes Blatt transparenten gelben Kunststoffs aus einer Hemdtasche unter dem Arm und öffnete es zum Dreieck, der bevorzugten Form der Draymianer.

Mit ernster Stimme sagte er: »Ich habe hier einen über Interstellar-Relais übermittelten Haftbefehl in Ihrer Sprache für ein Mitglied Ihrer Besatzung, Captain.« Er streckte Kirk das gelbe Plastikblatt entgegen.

Kirk starrte ungläubig darauf.

»Nehmen Sie es, Captain«, riet ihm Spock.

»Haftbefehl«, murmelte Kirk benommen. »Für wen...?«

»Wenn Sie die Güte hätten, ihn laut zu lesen, Captain?« ersuchte der Präfekt höflich.

Kirk wandte sich dem Plastik zu. Darauf war offensichtlich eine authentische Kopie im vertrauten Rechteckformat eines Sternenflottendokuments. Die komplexen Stempel und die Unterschriften waren entweder tatsächlich echt oder die besten Fälschungen, die er je gesehen hatte.

»Sie werden hiermit angewiesen«, las er mit monotoner Stimme, »zum Zweck eines Gerichtsverfahrens durch das Volk von Draymia den unter Ihrem Befehl stehenden Arzt der *U.S.S. Enterprise*, Dr. Leonard McCoy, an Draymia zu übergeben...« Er verstummte.

»Lassen Sie es mich bitte sehen, Captain«, sagte Spock schnell, schneller, als es seine Art war.

Immer noch ungläubig reichte Kirk ihm das Dokument, dann blickte er McCoy an.

»Pille, was...?«

McCoy starrte ihn offenen Mundes an und konnte in seiner Verwirrung nur stumm den Kopf schütteln. Er hatte das transparente Plastikdreieck mit dem kopierten rechteckigen Dokument ebenfalls gesehen.

»Das muß ein – ein schlechter Witz sein«, stammelte er.

»Es mag unter Ihnen ja solche geben, die gewisse Aspekte unseres Humors eigenartig finden«, sagte der Hüne eisig, »aber glauben Sie mir, wir halten Mord an Tausenden von harmlosen Zivilisten nicht für komisch.«

McCoys Lippen zuckten, als er stockend wiederholte: »Mord – an Tausenden...?«

Spock tupfte auf das Plastikblatt. »Hier wird behauptet, daß Dr. McCoy verantwortlich für eine Seuche war, die vor neunzehn Jahren die draymianische Kolonie auf Dramia II fast vollständig ausrottete, Captain.«

Kirk schüttelte heftig den Kopf, dann riß er Spock das Dokument aus der Hand. »Lassen Sie mich das noch mal sehen.« Er studierte es eingehend, vor allem die Stempel und Unterschriften. Dann blickte er zu Demos hoch und konnte sich nur schwer beherrschen, als er mit eisiger Stimme sagte:

»Das ist eine Kopie. Ich möchte das Original sehen.«

Demos machte die mit einem Schulterzucken vergleichbare draymianische Geste. »Selbstverständlich, Captain. Ich hatte es erwartet. Das Original befindet sich sicher verwahrt im Haus. Deshalb wollten wir unsere Abschiedszeremonie auch hier vornehmen.« Er deutete ins Innere.

»Willkommen im Draymianischen Amt für Kontemplative Rekonstruktion, Captain.«

»Heimtücke, meinen Sie wohl«, grollte Kirk, während er auf das Portal zuschritt.

Demos' Augen quollen ein gutes Stück mehr hervor. »Gerechtigkeit, meinen *wir*«, entgegnete er gekränkt. »Sie müssen zugeben, daß wir unter den Umständen außerordentliche Selbstbeherrschung gezeigt haben.«

»Selbstbeherrschung? Ich werde Ihnen zeigen, was Beherrschung ist!« knirschte Kirk. »Die *Enterprise* kann diese ganze Stadt ›beherrschen‹.«

»Daran zweifle ich nicht«, sagte nun der Präfekt, der hinter ihm ging, als sie das Gebäude betraten. »Wir sind ein praktisch denkendes Volk. Ich persönlich bin mir der destruktiven Fähigkeiten Ihres Schiffes durchaus bewußt. Aber wir sind auch ein in Psychologie sehr bewandertes Volk.

Auch wenn Sie über die Möglichkeiten verfügen, diese Stadt in Schutt und Asche zu legen, Captain Kirk, bin ich absolut überzeugt, daß Sie es nicht tun werden. Sie werden gar nichts tun. Ihr Ruf ist Ihnen vorausgeeilt. Wir kennen Ihre Achtung vor Ihren Gesetzen. Und wie Sie gesehen haben, ist dieser Haftbefehl rechtsgültig und von Ihren Vorgesetzten bestätigt. Sie werden ihren Anweisungen nicht zuwiderhandeln.«

»Nicht *meine* Vorgesetzten«, entgegnete Kirk heftig. »Nicht in der Sternenflotte. Das ist ein Gerichtsbeschluß der Exekutive.«

»Was auch immer, Captain«, warf Demos ein. »Sie erkennen seine Rechtskräftigkeit an. Sie werden nicht versuchen, sich dagegen zu widersetzen. Deshalb bin ich sicher, daß Sie nicht dagegen einschreiten werden, wenn ich meine Pflicht tue.« Er streckte die riesige Hand aus und legte sie auf McCoys rechte Schulter. »Dr. Leonard McCoy, ich verhafte Sie hiermit. Begleiten Sie mich freiwillig?«

McCoy nickte und ging mit, als Demos ihn leicht zog, aber er war keines klaren Gedanken fähig und tat es völlig automatisch. Er drehte sich nur um und starrte wortlos auf Spock und Kirk, die ihnen folgten.

Während sie durch das Gebäude aus Glas und Stein schritten, vorbei an Draymianern, die ohne Hast ihren Pflichten nachgingen, summte Kirks Kommunikator.

»Hier Kirk«, meldete er sich mit belegter Stimme.

»Captain...?« Besorgnis schwang aus Scotts Stimme.

»Entschuldigung, Scotty. Ich hatte vergessen, daß Sie warteten. Es sieht – es sieht so aus, als gäbe es eine Verzögerung. Dr. McCoy wurde verhaftet und...«

Des Chefingenieurs erstaunter Aufschrei unterbrach ihn. »DR. McCOY VERHAFTET? Weshalb...?«

Kirk versuchte, das Wort ›Genozid‹ zu sagen, aber dazu McCoys Namen im selben Atemzug zu nennen, ging über seine Kräfte.

»Mord«, sagte er schließlich gepreßt.

»Mord?« Scott hielt kurz inne. Als er wieder sprach, war seine Stimme fest. »Sir, wenn Sie möchten, daß ich und einige Sicherheitsleute hinunterbeamen, nur für den Fall des Falles... Ich bin sicher, daß es genügend Freiw...«

»Genug, Mr. Scott!« zwang Kirk sich zu sagen. »Der Haftbefehl scheint rechtskräftig von der zuständigen Behörde ausgestellt worden zu sein. Mr. Spock und ich werden das jetzt noch einmal überprüfen. Wir befinden uns im Regierungsgebäude.«

»Soll ich Alarmstufe gelb geben, Sir?«

»Nein, Mr. Scott. Auch wenn es schwerfällt, sich zurückzuhalten, dürfen wir jetzt den Kopf nicht verlieren. Die Draymianer gingen peinlich korrekt vor. Sie haben nichts getan, was man als Feindseligkeit auslegen könnte. Und Scotty, ich möchte nicht, daß dies im ganzen Schiff bekannt wird. Sprechen Sie bitte mit niemandem außer dem Brückenpersonal darüber.«

»Aye, Sir«, antwortete Scott gedämpft.

»Kirk Ende.«

Es ist alles so absurd, grübelte Kirk, während sie tiefer in das riesige Haus schritten. Pille war eines Massenmordes ebensowenig schuldig wie einer unnötigen Vivisektion eines Frosches. Allein sein Wesen machte dem guten Doktor Böswilligkeit oder Unfähigkeit in einem solchen Ausmaß unmöglich.

Und doch...

...gab es den rechtsgültigen Haftbefehl und diese unglaubliche Anschuldigung. Er studierte das Original des übermittelten Dokuments, das durch drei Schichten transparenter Scheiben geschützt war. Trotz der Überzeugung Demos' und des Präfekten, daß er sich den Gesetzen fügen würde, focht Kirk einen Kampf mit sich selbst, um nicht einfach Scotty zu rufen, damit er sie hochbeamte, fort aus dieser tückischen Stadt. Doch ein derartiges Verhalten mochte zu einer sehr unliebsamen interstellaren Reaktion führen, das war ihm klar. Die Draymianer würden nicht zögern, es in der ganzen zivilisierten Galaxis zu verbreiten. Wenn die Föderation sich nicht an ihre eigenen Gesetze hielt, warum sollten dann potentielle Verbündete dazu gezwungen sein?

Sie hatten ein kleines Büro gegenüber dem Zimmer betreten, in dem sich das gut bewachte Dokument befand. Demos saß hinter einem großen Schreibtisch aus weißem Stein. Er beantwortete die meisten Fragen, die er von Kirk erwartet hatte.

»Dr. McCoy«, erklärte der Chef des Sicherheitsdienstes, »war der Leiter eines großangelegten Impfschutzprogramms, das vor neunzehn Jahren auf Dramia II durchgeführt wurde. Zu der Zeit war er noch kein – absorbierter? Nein – approbierter Arzt. Kurz nachdem sein Team den Planeten verlassen hatte, brach eine tödliche Seuche aus. Die blühende Kolonie, die wir geschaffen hatten – unter großen finanziellen und auch personellen Opfern, Captain Kirk – fiel ihr fast völlig anheim. Es gab nur wenige Überlebende.

Die Kolonie auf Dramia II war unser erster Schritt, neue Welten für unser Volk zu erschließen. Dank Ihres Dr. McCoy konnten wir das in den letzten zwei Dekaden jedoch nicht fortführen. Seit der schrecklichen Seuche reagiert die öffentliche Meinung heftig auf alle Pläne weiterer Raumerkundung oder Kolonisation.« Grimmig schloß er:

»Das war das Ergebnis Ihrer *Hilfe*.«

»Sie sprechen von dieser Seuche, als wären Sie sicher, daß Dr. McCoy persönlich dafür verantwortlich war«, entgegnete Kirk nicht weniger grimmig. »Nur weil sie etwa zur selben Zeit ausbrach, bedeutet noch nicht, daß er daran Schuld trug!«

Demos beugte sich vor und entblößte die Eckzähne. »Glauben Sie mir, Captain Kirk, wir hätten auch gern die übrigen Mitglieder seines damaligen Teams, aber das läßt sich wohl nicht verwirklichen. Deshalb müssen wir uns mit dem Leiter zufriedengeben. Er *ist* dafür verantwortlich, direkt oder indirekt!«

Er lehnte sich wieder zurück. »Und das genügt.«

»Sie reden, als hätten Sie ihm bereits den Prozeß gemacht und ihn für schuldig befunden.«

»Captain, Sie können sich überhaupt nicht vorstellen, welche emotionale Reaktion schon die Erwähnung des Dramia II-Debakels bei unserem Volk hervorruft. Die Erregung ist selbst bei jenen groß, die keine Freunde oder Verwandte unter den Toten hatten. Es war ein – ein rassisches Desaster. Außerdem konnten wir intensive Nachforschungen an Ort und Stelle nicht wagen, ohne das Risiko einzugehen, die Seuche auch hier einzuschleppen und die gesamte Bevölkerung auszurotten. Das hat die Frustration und den Zorn noch verstärkt.« Er senkte den Blick.

»Aber selbst nach all den Jahren können wir immer noch keine andere mögliche Ursache finden als Sorglosigkeit von seiten Dr. McCoys und seines Teams. Ob er für schuldig oder nichtschuldig befunden wird, wird der Prozeß zeigen.«

»Prozeß! Eine Farce! Nach Ihren eigenen Worten kann Dr. McCoy kaum mit einer fairen Verhandlung durch Ihr Volk rechnen. Er ist ein Bürger der Föderation und...«

Demos deutete ruhig auf die Kopie des Haftbefehls, der zwischen ihnen auf dem Schreibtisch lag. »Ihre eigene Regierung ist, wie Sie sehen, der Ansicht, daß wir zuständig sind, und liefert ihn an uns aus.«

Kirk schnaubte verächtlich. »Welche Gerechtigkeit kann Dr. McCoy von einer Welt erwarten, die mit einer Hand unsere medizinische Unterstützung annimmt und mit der anderen den Arzt inhaftiert, der sie herbringt?«

»Sie werden emotional, Captain«, bemerkte Spock.

»*Ich bin emotional!*« brüllte Kirk seinen Ersten Offizier an, während Demos etwas von »für alles muß bezahlt werden« murmelte.

»Sie wissen genau wie ich, daß Pille keiner Fliege ein Leid zufügen könnte, Spock! Jeder weiß, daß er es gar nicht fertigbrächte, irgend jemandem zu schaden – sogar diese Schreibtischhengste in der Regierung und der Justizverwaltung.«

Der Captain redete immer weiter, und Spock versuchte, ihn zu beruhigen. Demos betrachtete die beiden Männer unbewegt.

Allein – oh, wie allein! – und vergessen stützte der vierte in dem kleinen Büro die Arme auf die Schenkel und bemühte sich, sich die Ereignisse vor neunzehn Jahren ins Gedächtnis zurückzurufen. Aber er fand nur vage Erinnerungen, verschwommen durch die lange Zeit. So viel war seither geschehen und so wenig damals passiert...

Dramia II, Kolonie von Fremdintelligenzen. Er kurz vor der Approbation. Sein zweiter extrasolarer Auftrag, der erste, bei dem er die Leitung hatte. Draymia – eine bevölkerungsreiche, blühende Welt. Dramia II – eine graue, kalte Welt, aber vielversprechend. Willige Riesen mit Fischaugen – ihre nervösen Kinder bereits so groß wie er selbst. Wochen der Langeweile, Routine. Sein Team wartete ungeduldig auf einen interessanteren Auftrag mit besseren Beförderungschancen, nicht so fern von zu Hause.

Neunzehn Jahre. Wogegen waren diese Hunderte von Impfungen gewesen? Was hatten sie geimpft? War der Impfstoff richtig verpackt gewesen? War eine Verunreinigung übersehen worden? Er hatte damals so wenig gewußt, und jetzt wußte er so viel. Wenn er sich nur besser erinnern könnte!

»Wenn ich nur ebenso sicher sein könnte, Jim«, murmelte eine Stimme, die vage wie seine klang.

Das Gespräch im Zimmer erstarb. Und Kirk spürte eine kalte Hand, die nach ihm griff.

2

Zumindest war die Zelle, in die sie ihn steckten, komfortabel.

Sie hatte keine Gitter, und der größere Raum war nicht deprimierender, als Gefängnisse üblicherweise sind. Das Mobiliar der Zelle war primitiv, aber wenigstens McCoys nichtdraymianischer Größe angepaßt.

»Ich kann mir einfach nicht sicher sein«, murmelte er hinter dem leicht leuchtenden Kraftfeld. Solche Selbstgespräche führte er bereits, seit Demos und eine Patrouille übergroßer Draymianer ihn hierhergebracht hatten.

»Ist es möglich, daß ich irgendwie verantwortlich war und bin für...«

»Lächerlich!« unterbrach ihn Kirk scharf.

»Es gibt genug Grund, anzunehmen«, versicherte ihm Spock, »daß der Zeitpunkt der Beendigung Ihres Impfprogramms und der Ausbruch der Seuche auf Dramia II zufällig zusammenfielen.«

»Es gibt ebensoviel Grund, anzunehmen, daß es sich um einen tragischen Fehler meinerseits handelte«, flüsterte McCoy.

»Das glaube ich nicht, Pille«, entgegnete Kirk fest. »Ich werde nicht untätig herumsitzen und zusehen, wie jemand das der Föderation einreden will.«

»Sie haben etwas vor, Captain«, sagte Spock. Es war keine Frage.

Kirk drehte sich um. »Nur eine kleine Spurensuche, Mr. Spock. Ich will lediglich Fakten sammeln – ganz unvoreingenommen, versteht sich – zur Unterstützung draymianischer Gerechtigkeit.« Er winkte.

Einer der Wächter außerhalb der Zelle trat an die Wand und drückte auf eine Reihe von Tasten eines kleinen Handgeräts. Das sekundäre Kraftfeld schwand, und Kirk und Spock entfernten sich. Der Wächter drückte in einer anderen Reihenfolge auf die Tasten. Das Feld leuchtete wieder auf. Nun war McCoy völlig isoliert.

Ohne einen Blick zurück schaltete Kirk den Kommunikator ein. »Kirk an *Enterprise* – beamen Sie uns hoch, Mr. Scott.«

»Wie viele Personen, Captain?«

»Zwei. Nur zwei, Mr. Scott.«

»Captain«, wandte der Chefingenieur ein, »ich finde...«

»Hochbeamen, Scotty – sofort!«

»Aye, Sir.«

Die zweifache Auflösung war farbenprächtig, nicht destruktiv. McCoy blieb allein zurück. Nun, nicht ganz allein.

Der Wächter, der geblieben war, nachdem Kirk und Spock die Zelle verlassen hatten, schlenderte zu dem Gefangenen hinüber und betrachtete ihn neugierig. Er wußte, was dem Terraner vorgeworfen wurde. Es war eine Ehre, einer seiner Wärter sein zu dürfen, einer der wenigen, die für sein Wohlergehen sorgen durften – damit er gesund und fit für die Verhandlung sein würde.

McCoy war es egal, Anschauungsobjekt zu sein. Er war zu deprimiert, vernünftig über etwas anderes zu grübeln als die erschreckende Wendung, die sein Leben genommen hatte.

»Ihre Freunde können die ganze Oberfläche von Dramia II bis zum Grundgestein absuchen«, sagte der Wärter zu dem Verzweifelten. »Sie werden nichts finden, was Sie retten könnte. Wir sind eine zivilisierte Rasse. Unser Gerichtssystem ist schnell und effizient.« Wie alle Gefängniswärter hielt er derlei für einen guten Witz.

Wie alle Gefangenen, die solchem Humor ausgeliefert sind, konnte McCoy nichts Belustigendes daran finden.

Worte wechselten mit Bildern und Tabellen. Manchmal zeigte der Labormonitor alles gemeinsam in einer brillanten, beeindruckenden Darstellung. Die Männer, die ihn studierten, suchten verzweifelt nach einem Hinweis zur Rettung ihres Freundes, doch bisher ohne Erfolg.

Kirk verließ sein Terminal und ging zu Spock, um auf dessen Bildschirm zu blicken. Während Spock in der Vergangenheit suchte, studierte Kirk zum x-tenmal den Föderationshaftbefehl – vergeblich. Die Formulierung war so exakt wie eine Solantriebsgleichung.

»Haben Sie schon irgendwas, Mr. Spock?«

»Nein, Captain.« Der Erste Offizier wandte sich nicht vom Monitor ab, der einen steten Strom von Information anzeigte. »Wir haben nur wenige geschichtliche Aufzeichnungen über das draymianische System, und sie beginnen erst vor zwei Standarddekaden. Dr. McCoys Ärzte-Team war eine der ersten Föderationsgruppen, die dorthin kam.«

»Ungewöhnlich, daß man so bald nach der Kontaktaufnahme ein Mediziner-Team in ein neues System schickte, nicht wahr?«

»Ja, Captain. Aber offenbar brauchten die Draymianer dringend medizinische Unterstützung. Verständlicherweise dachte man bei der Sternenflotte, daß jemand anders ihrer Bitte um Hilfe nur zu gern nachkommen würde, wenn wir es nicht taten. Die Klingonen beispielsweise.«

»Ich verstehe«, sagte Kirk. Wie üblich schätzte Spock die Lage richtig ein.

»Der Großteil der vorhandenen Informationen über den anfänglichen Kontakt der Föderation mit den Draymianern stammt von technischen Teams. Es sind planetare und solare Daten, geographische Statistiken...« Spock unterbrach sich und hielt den durchlaufenden Text an.

Mehrere Absätze füllten den Schirm.

DRAMIA II, KOLONISATION, GESCHICHTE DER

»Wurde auch allmählich Zeit«, brummte Kirk.

Die beiden Offiziere überflogen die Aufzeichnung, bis sie zu dem Teil kamen, den sie gesucht hatten.

SEUCHE, Dramia II, draymianische Kolonie.

Ursprung unbekannt. Symptome: Pigmentveränderung der Haut, Entkräftung, Koma.

Theoretisch Ansteckung verschiedener humanoider Spezies möglich, dazu gehören Menschen und Quormenschen, aber auch andere.

U.a. fielen Sanitäter Micheau Pochenko und Anästhesist Severin Alonzo Hart der Seuche auf Dramia II zum Opfer.

Spock blickte Kirk über die Schulter an. »Sieht ganz so aus, als wären auch zwei von Dr. McCoys Team an der Seuche gestorben. Das haben unsere draymianischen Gastgeber versäumt zu erwähnen.« Er wandte sich wieder dem Schirm zu und las nun laut: »*Bestimmte Spezies wie Vulkanier und Tauraner besitzen offenbar eine natürliche Immunität.* Interessant.«

»Weiter, Mr. Spock«, bat Kirk und ignorierte die Parade von Paragraphen, die gerade über seinen eigenen, nun unbeachteten Schirm wanderte.

Der Wärter gab es schließlich auf, den stummen Gefangenen mit spöttischen Bemerkungen zu traktieren, und meldete dem Sicherheitschef, was er gehört hatte, als der Mörder mit seinen beiden Vorgesetzten sprach.

»Sind Sie sicher?«

»Ja, General«, versicherte ihm der Wärter. »Der Föderationscaptain beabsichtigt, Dramia II aufzusuchen, um Material zu sammeln, das unsere Anklage gegen den menschlichen Abschaum McCoy zu Fall bringen soll.«

»Danke, Wärter. Sprechen Sie bitte mit niemandem darüber. Sie dürfen gehen.«

»Wie Sie wünschen, General.« Der Wärter grüßte militärisch und ging.

Demos überlegte mehrere Minuten. Wer wußte, wie die schlauen Föderationsoffiziere die Wahrheit verzerren würden, die sie von den armen Wracks auf Dramia II zu hören bekamen. Aber das Volk von Draymia hatte all die Jahre geduldig auf seine Stunde der Vergeltung gewartet. Er, Demos, würde nicht zulassen, daß sie ihnen vorenthalten blieb. Welche Tricks, welche Perversionen der Logik Captain Kirk aufgrund des Besuches der verlorenen Kolonie auch aushecken mochte, er mußte es wissen. Er selbst würde nach dem Rechten sehen, damit konnte er keinen Untergebenen beauftragen. Er drückte auf einen Schalter im Schreibtisch, von dem nur er wußte.

»Machen Sie mein Raumboot startklar...«

Kirk war klar, daß er ohne offizielle Genehmigung handelte. Aber er hatte nicht vor, die Sternenflotte zu verständigen und um Erlaubnis zu bitten. Schließlich hatte diese *zuständige Dienststelle* den verdammten Haftbefehl selbst ausgestellt. Wenn er später deshalb selbst vor Gericht zitiert wurde, auch gut – Hauptsache, es gelang ihm, Pilles Unschuld zu beweisen.

»Ungefähre Ankunft, Mr. Sulu?«

»In etwa vier Stunden Schiffszeit, Sir.«

»Erhöhen Sie die Geschwindigkeit, wenn der Computer die Beschleunigung noch ausgleichen kann. Die Draymianer werden sich zwar *wahrscheinlich* an ihr übliches Verfahren halten. Aber hier handelt es sich um einen Sonderfall, und sie wollen ihn vielleicht schnell zum Abschluß bringen. Außerdem wissen wir nicht, wie lange wir brauchen werden, bis wir irgendwelche Beweise für Pilles Unschuld finden.

Demos, ihr Sicherheitschef, hat zwar betont, wie zivilisiert die Draymianer sind. Aber wenn es öffentlich bekannt wird, daß der Mann, dem sie die Schuld an der Ausrottung ihrer einzigen Kolonie geben, in Regierungshaft ist, würde es mich nicht überraschen, wenn ihnen in den Sinn käme, die Gerechtigkeit in die eigene Hand zu nehmen.«

»Sie dürfen Fremdintelligenzen nicht mit menschlichen Maßstäben messen, Captain«, mahnte Spock.

»Ich wünschte, es wäre eine rein menschliche Neigung, Mr. Spock. Bedauerlicherweise verrät die stellare Geschichte, daß wir kein Monopol auf Mobausschreitungen haben.«

»Ja, wahrhaftig bedauerlich, Captain.«

Ein Ruf des Rudergängers unterbrach Kirks Gedanken.

»Ein Schiff verfolgt uns, Captain.«

»Herkunft?«

Sulu überflog die Sensorenwerte. »Zweifellos von Draymia, Sir. Ich spiele die Aufnahme noch einmal ab – hier ist es. Nicht größer als ein Zweimannscoutboot.«

»Volle Vergrößerung auf Heckschirm.«

»Ich bin auf voller, Sir.«

Kirk strengte die Augen an, aber der Schirm zeigte nur ferne Sterne. »Ich sehe es nicht, Mr. Sulu.«

»Die Sensoren hatten es nur einen Moment lang erfaßt, Sir. Offenbar folgte das Schiff uns knapp außerhalb der Scannergrenze. Als wir plötzlich beschleunigten, ist sein Pilot mitgesprungen, um nicht abgehängt zu werden, und ist ein oder zwei Sekunden in Scannernähe gekommen. Doch jetzt ist er wieder außerhalb Detektorreichweite.«

»Aber nicht außerhalb Empfang«, warf Uhura ein. »Soll ich versuchen, Verbindung aufzunehmen, Captain?«

»Nein, Leutnant, noch nicht.«

»Darf ich fragen, warum nicht?« Spock zog eine Braue hoch.

»Wir haben offenbar zwei Alternativen, Mr. Spock. Wir können diesen Burschen – der offenbar darauf aus ist, uns Steine in den Weg zu legen, sonst wäre die Versteckspielerei nicht nötig – im Glauben lassen, wir hätten ihn nicht bemerkt. Oder wir können versuchen, es ihm leichter zu machen.«

»Leichter, Captain? Ich fürchte, ich verstehe nicht.«

»Er könnte uns in einem kritischen Moment mehr Schwierigkeiten machen, wenn er sich an Bord stehlen würde. Das könnte er auch leicht, da wir unachtsamerweise die Schleuse zum Shuttlehangar offengelassen haben.«

»Captain, die Schleuse ist nicht offen«, versicherte Uhura.

»O ja – kümmern Sie sich bitte um dieses kleine Versehen, Mr. Sulu? – Mr. Spock, erteilen Sie den Befehl, alle Innenbeleuchtung in Räumen mit Fenster, sowie die des Aussichtsraums auszuschalten.

Soviel ich weiß, war noch nie ein Draymianer während des Flugs an Bord eines Föderationskreuzers. Die Draymianer wissen so wenig über uns wie wir über sie. Der Bursche soll den Eindruck gewinnen, daß der Großteil der Besatzung Freiwache hat und schläft.«

»Aber jeder, der näher kommt, muß doch annehmen, daß wir automatische Detektoren eingeschaltet haben, Captain.«

»Jeder Angehörige einer Rasse, die Erfahrung im Raumflug hat, Mr. Spock. Aber die Draymianer sind neu in diesem Geschäft. Außerdem haben wir ihrer Forderung stattgegeben und ihnen Pille ausgeliefert. Warum sollten wir innerhalb ihres Systems Schutzschirme aktivieren, wenn wir bereits bewiesen haben, daß wir die Gesetze achten?

Wer immer uns da folgt, ist überzeugt, daß wir nichts von ihm wissen. Belassen wir ihn noch eine Zeitlang in diesem Glauben.«

An Bord des großen Sternenschiffes gingen die Lichter aus. Demos beobachtete es an Bord seines kleinen Bootes.

Er hatte nur vage Vorstellungen von den Gewohnheiten auf Föderationsschiffen, die ihm helfen konnten, die Lage einzuschätzen, aber er glaubte nicht, daß man ihn auf dem Kreuzer bemerkt hatte, denn sonst hätte man bestimmt Verbindung mit ihm aufgenommen. So kam er genau zu dem Entschluß, den Kirk erhofft hatte.

Er steuerte sein kleines Boot näher – langsam zunächst, dann, als sich nichts tat, mit wachsender Zuversicht. Falls die Hangarschleusen des Sternenschiffs nicht automatisch waren, würde er wohl in seinen Raumanzug schlüpfen müssen.

Das Boot glitt lautlos in den riesigen Hangar und hielt an. Und er brauchte sich keine Gedanken mehr wegen des Raumanzugs zu machen, denn die Schleuse schloß sich hinter ihm, und die Instrumente zeigten ansteigenden Luftdruck außerhalb des Boots an. Es hielt sich niemand im Hangar auf, und ein Versteck ließ sich schnell finden. Demos steuerte sein Boot zwischen zwei Scoutboote, so konnte es höchstens direkt von vorn gesehen werden, und an Größe und Form unterschied es sich nicht sehr von ihnen. Jemandem, der zufällig vorbeispazierte, würde es vermutlich nicht auffallen. Das konnte er natürlich alles nur hoffen. Aber die Chance, sich einmal einen Föderationskreuzer von innen genauer anzusehen, war für Demos' martialische Mentalität zu verlockend, als daß er sie sich entgehen lassen konnte.

Schon mit zwei Zeiteinheiten würde er sich zufriedengeben – ja, sogar mit einer...

Er fand die Tür zum ersten Korridor und spähte vorsichtig durch die transparente Scheibe in ihrem oberen Drittel. Der Gang dahinter war leer. Er öffnete die Tür und duckte sich, um sich nicht den Kopf zu stoßen, und schlich zum leeren Hauptkorridor.

Wenn er sich nur irgendwo kurz verstecken könnte, um sich einen Plan zurechtzulegen...

Die nächste Tür hatte keine Scheibe. Er würde das Risiko eingehen müssen. Der Öffnungsmechanismus war unverkennbar und ließ sich leicht betätigen, was er tat. Die Tür glitt seitlich auf.

Automatisch langte er nach der Waffe an seinem Gürtel.

»Aber Demos, Sie glauben doch nicht wirklich, daß Sie es mit der ganzen Besatzung aufnehmen können«, sagte Kirk ruhig.

Die Hand, die die Waffe fast erreicht hatte, entspannte sich und glitt weiter, um sich am Bein zu kratzen.

»Und Sie«, sagte Demos, ohne seine Verärgerung ganz zu verhehlen, »haben kein Recht, eine Untersuchung in diesem System durchzuführen.«

Kirks Ton war beschwichtigend, als er sich an seinen Ersten Offizier wandte. »Würden Sie mich bitte daran erinnern, der Föderation meine kleine Eigenmächtigkeit zu melden, Spock?«

»Selbstverständlich, Captain.«

»Ich verlange, daß Sie es Ihren Vorgesetzten sofort melden, und daß ich dabei...«

»Wissen Sie, Demos«, unterbrach ihn Kirk. »Sie sind wohl kaum in einer Lage, überhaupt etwas zu verlangen. Aber ich glaube, ich tue Ihnen den Gefallen und versichere Ihnen, daß ich Ihrem Wunsch gern entsprechen werde. Bedauerlicherweise befinden wir uns jetzt jedoch außer Funkreichweite zum Hauptquartier der Sternenflotte.«

»Dann melden Sie es der nächsten Sternbasis...«

»Tut mir leid, Sie baten mich, es meinen *Vorgesetzten* zu melden. Wie Sie selbst sagten, ist die Überschreitung unserer Kompetenzen für die Durchführung dieser Untersuchung eine Sache, über die auf höchster Ebene befunden werden muß. Ich würde nicht im Traum daran *denken*, Sie zu beleidigen, indem ich die Sache irgendeiner geringeren Instanz unterbreite.«

»Dann werde ich mich persönlich zu Ihrer Sternbasis begeben und dieses Vergehen für Sie melden.« Demos drehte sich um und stapfte den Korridor zurück. Er spürte die Blicke, die ihm folgten.

»Tut mir leid, aber Ihr Schiff mußte zu Ihrem eigenen Schutz sichergestellt werden.«

Demos wirbelte wütend herum. »Meinem eigenen Sch...«

»Sie würden damit niemals die Sternbasis erreichen.«

»Das sagen *Sie*«, entgegnete Demos. »Genau wie Sie behaupten, daß Sie außer Funkreichweite zu Ihrem Hauptquartier sind!«

»Ja, und da ist noch etwas, was ich feststellen muß, General«, fuhr Kirk nun schärfer fort.

»Sie sind ein blinder Passagier, General«, erklärte Spock dem wütenden Sicherheitschef, »und haben, soviel ich weiß, eines Ihrer eigenen Gesetze gebrochen.«

Demos wollte etwas sagen, doch er geriet ins Stocken, als ihm seine Situation richtig bewußt zu werden begann. »Sie haben es geplant – Sie planten es so, daß es ganz legal aussehen würde – eine Entführung, mit der scheinbar kein Gesetz gebrochen wird.«

»Wir boten Ihnen lediglich die Gelegenheit auszuführen, was Sie vorhatten, Demos«, erwiderte Kirk hart. »Ich erinnere mich an ein ähnliches Vorgehen Ihrer Regierung gegen einen Bürger der Föderation. Sie erinnern sich nicht zufällig an den Namen dieses Bedauernswerten, oder? Er heißt McCoy. Leonard McCoy. Vielleicht können Sie sich nun ein bißchen besser in seine Lage versetzen, General. Ich glaube sogar, daß Sie ein persönliches Interesse daran haben werden.«

»Ich habe ein persönliches Interesse daran, daß der Gerechtigkeit Genüge getan wird«, schnaubte Demos und richtete sich zu seiner vollen Größe auf.

»Ausgezeichnet.« Kirk wandte sich zum Gehen. »Mr. Spock, bitte kümmern Sie sich darum, daß es dem General an nichts fehlen wird. Ich bin froh, daß er dasselbe Ziel im Auge hat wie wir.«

Dramia II erschien als braun-rote Sichel mit nur wenigen grünen und blauen Flecken am Hauptschirm. Eine rauhe Welt für eine neue Zivilisation. Die Draymianer hatten es trotzdem versucht, und es hatte ihnen Tod und Elend gebracht.

Ironischerweise strahlte das Vakuum um den kahlen Planeten in verzaubernder Schönheit. Dramia II schwebte in einer der dichten, auroraähnlichen Lichterscheinungen des interstellaren Raums, durch die das draymianische System bekanntgeworden war. Leuchtende Rottöne und Blau in allen Schattierungen glühten unter dem starken Bombardement der draymianischen Sonne und bildeten einen feurigen Schleier im All. Einige wandernde, metallisch gleißende Streifen umfluteten den Planeten und bedeckten Teile davon mit ionisierter Pracht.

»Ein wunderschönes Phänomen.«

»Ja, Captain«, stimmte ihm Spock zu. »Den Aufzeichnungen zufolge ist es eines von mehreren in diesem System. Es war der Glanzpunkt der ersten Kartographierung durch die Föderation hier.« Er deutete mit dem Kopf auf den Schirm.

»Dieses Band aus Materieteilchen ist am weitesten von der Sonne entfernt.«

»Aha. Wie sieht es mit der Strahlung auf dem Planeten aus?«

»Ich habe noch nicht alle Daten, Captain.«

»Warten Sie, sie kommen eben herein«, rief Spock. »Die Strahlung ist zwar hoch, aber nicht tödlich. Es gibt allerdings einige noch ungeklärte Aspekte an den Werten im Bereich eines der Lichtbänder, das die Atmosphäre durchdringt...«

»Damit können wir uns, wenn nötig, später befassen, wenn wir Dr. McCoys Unschuld erwiesen haben.«

»Ja, Captain.«

Demos räusperte sich verächtlich.

»Ich will nur wissen, ob wir gefahrlos hinunterbeamen können«, fuhr Kirk fort. »Also, meine Herren, wollen wir?« Er erhob sich aus seinem Kommandosessel und ging zum Lift, gefolgt von Spock und Demos.

Scott wartete im Transporterraum auf sie. Er äußerte sofort seine Besorgnis. »Sind Sie sicher, daß es gefahrlos ist, Captain?«

»So gefahrlos, wie unsere Sensoren genau sind, Scotty. Absolut.«

»Nicht absolut, Captain. Unsere Sensoren sind nie absolut genau«, korrigierte Spock.

Kirk grinste. Er blickte hinüber zu Demos, der die Transporterplattform etwas argwöhnisch betrachtete.

»Mr. Spock, Sie versuchen doch nicht etwa, unserem draymianischen Kameraden angst zu machen, oder? – Es steht Ihnen immer noch frei, an Bord zu bleiben, General.«

Der Chef des draymianischen Sicherheitsdienstes starrte ihn entschlossen an. »Ich bin hier, um sicherzugehen, daß Sie keine undurchsichtigen Lügengebilde fabrizieren, Captain Kirk!«

Er trat auf die Transporterscheibe und nahm eine etwas verkrampfte Haltung an.

»Sie haben ihn gehört, Mr. Scott. Energie.«

Scott wirkte immer noch besorgt, aber er nahm die nötigen Handgriffe vor. Das vertraute Summen ertönte, und die drei Personen verschwanden...

Und rematerialisierten. Kirk stolperte leicht, denn der Boden unter seinen Füßen war lockerer Sand.

Es gab noch ein bißchen Grün hier, wo die draymianischen Siedler Bäume und Hecken gepflanzt hatten.

Doch das Bewässerungssystem war in den neunzehn Jahren, da niemand sich darum gekümmert hatte, zusammengebrochen. Die Wüste war in die einst fruchtbare Peripherie der beiden Städte dieser Kolonie vorgedrungen.

Um sie herum lagen die ungeschützten, zum Teil zerfallenen Ruinen einstiger Wohn- und Geschäftshäuser und Lagerhallen – Opfer heftiger Stürme. Der Wind hatte Sand an den Wänden gehäuft, und scheibenlose Fenster blickten blind in die unaufhaltsame Wüste.

Da und dort waren Spuren alter Feuer zu sehen. Kirk hoffte, sie waren natürlichen Ursprungs gewesen und nicht von den letzten, panikerfüllten Überlebenden gelegt worden. Der Rückfall von der Zivilisation in die Barbarei innerhalb einer Generation war nie schön, egal, welche Welt es betraf.

Der Anblick war ernüchternd. Kirk konnte sich vorstellen, wie der endgültige, durch die Seuche verursachte Zusammenbruch gewesen sein mußte. Sein Mitgefühl für die Draymianer stieg, doch auch dieser Friedhof der Hoffnungen erschütterte sein Vertrauen an McCoys Unschuld nicht im geringsten.

»Kein erhebender Anblick«, murmelte er schließlich.

»Seuchen hinterlassen selten Blumenfelder und tanzende Kinder, Captain.«

Kirk funkelte den Sicherheitschef an, der jedoch mit dem Ausdruck des Selbstgerechten über seinen Kopf hinwegblickte.

Spock zog eine Braue hoch. »Es muß doch medizinische Einrichtungen gegeben haben – ein zentrales Krankenhaus zumindest. Ich nehme an, daß sie weniger beschädigt sind, da sie logischerweise die letzten Gebäude sein müssen, die aufgegeben wurden. Es wäre angebracht, dort mit unserer Suche zu beginnen.«

Demos machte die mit einem Schulterzucken vergleichbare Geste. »Wie Sie wollen. Es ist so hoffnungslos! Warum verlassen Sie unser System jetzt nicht in Frieden und lassen dem Schicksal seinen unabänderlichen Lauf?«

»Unabänderlich ist ein Wort, das ich nicht hinnehme«, knirschte Kirk. »Würden Sie uns nun bitte den Weg weisen?«

Demos drehte sich um und deutete auf eine etwas höhere Gruppierung von Ruinen im ungefähren Zentrum der ersten Stadt.

»Das dürften die Überreste der Kommunikationsstation sein. Nach dem Stadtplan müßten die medizinischen Einrichtungen ein paar Blocks nordöstlich davon liegen.«

Kirk nickte knapp, und sie wateten durch den Sand in die angegebene Richtung. Bald kamen sie schneller voran, denn der tiefe Sand machte Straßenpflaster Platz.

Sie befanden sich noch am Stadtrand, als sie bemerkten, daß sich rechts von ihnen etwas bewegte, und zwar so heftig und ruckartig, daß es auffallen mußte. Alle drei sahen es. Als sie über die Trümmer blickten, war es überraschenderweise Demos, der Angst zu haben schien.

»Etwas Gefährliches?« fragte Kirk.

»Wenn Sie sich erinnern, Captain Kirk, sagte ich, daß *fast* alle auf Dramia II der Seuche zum Opfer fielen. Spätere Beobachter, die den Planeten natürlich nicht betraten, meldeten, daß es Überlebende gegeben hatte. Ich fürchte, daß ›Überlebende‹ eine allzu optimistische Bezeichnung für die Bedauernswerten ist, die für immer hier gestrandet sind.

Vor acht Jahren wurde ein kleiner Trupp hinuntergesandt. Seither wissen wir, daß diese überlebenden Fremden nicht freundlich gesinnt sind.«

»Kein Wunder«, bemerkte Spock. »Wenn man bedenkt, was sie mitgemacht haben, kann man nicht erwarten, daß sie logisch reagieren. Aber Sie können wohl kaum als Fremder angesehen werden, General. Sie sind Draymianer wie sie. Sie werden sich über den Besuch von jemandem freuen, der aussieht wie sie.«

»Das ist ja das Problem«, entgegnete Demos bitter. »Es gibt keine Draymianer mehr auf dieser Welt – keine, wie wir sie kennen. Die Kluft zwischen den Überlebenden und uns ist so groß wie die zwischen Lebenden und wandelnden Toten.«

Weit rechts von der zerfallenen Mauer, die sie beobachteten, bewegte sich wieder etwas. Kirk hätte das Wesen nicht bemerkt, wenn er nicht genau in dem Augenblick auf die Stelle geblickt hätte, von der es aufsprang.

»Für einen wandelnden Toten ist er noch ziemlich lebendig. Wir dürfen ihn nicht entkommen lassen!«

Kirk rannte dem fliehenden Zweifüßer nach. Spock folgte ihm sofort. Demos zögerte, doch dann hielt er es offenbar doch für ratsamer, sich ihnen anzuschließen, als allein auf der offenen Straße zu bleiben. Er raste ihnen nach und hatte sie mit seinen viel längeren Beinen schnell eingeholt.

Wäre die Lebensform gesund gewesen, hätte sie ihre Verfolger in diesem Labyrinth von eingestürzten Wänden und Häuserskeletten leicht abschütteln können. Die paarmal, die sie einen Blick auf das Wesen erhaschen konnten, zeigten, daß es zerlumpt und bucklig war. Es rannte auf recht merkwürdige, hinkende Weise.

»Dort, Captain!« rief Spock. »Er ist um den Trümmerhaufen gerannt.«

Der Trümmerhaufen, das waren einst die Grundmauern eines siloähnlichen Gebäudes gewesen. Es war in sich zusammengefallen, und aus dem kreisrunden Hügel ragten da und dort scharfkantige Mauerstücke.

Sie rannten um ihn herum – und hielten auf der anderen Seite abrupt an. Das Pflaster war hier in allen Richtungen meterweit aufgerissen, außer dort, wo die steile Wand eines Abhangs endete. Es gab keine Häuser, auch keine Ruinen, in denen der Humpler sich hätte verstecken können, ehe sie um die Ecke gebogen waren.

»Das hatte ich befürchtet«, keuchte Kirk. »Er hat irgendein Schlupfloch, in dem er sich verkrochen hat. Man könnte fast meinen, jemand hätte ihn weggebeamt.«

»Sehr unwahrscheinlich, Captain«, sagte Spock trocken. Er ging auf den Hang zu, während Demos und Kirk die näheren Ruinen mit den Augen absuchten.

»Ich glaube, Ihre erste Annahme stimmt, Captain«, rief ihnen Spock zu. Sie gingen zu ihm und starrten in einen senkrechten Spalt im kahlen Gestein. Er war nicht sehr breit, aber mit angehaltenem Atem müßte sich ein Draymianer seitwärts hindurchzwängen können. Kirk und Spock würden weniger Mühe haben.

Die beiden Offiziere der *Enterprise* hielten Abstand voneinander, damit sie sich Deckung geben konnten, und näherten sich dem Spalt. Nichts tat sich.

Sie tasteten sich in die Dunkelheit, die nicht lange anhielt.

»Es wird heller«, murmelte Kirk. »Eine Höhle kann es also nicht sein.«

»Vielleicht eine, deren Decke ganz oder teilweise eingebrochen ist«, meinte der Erste Offizier.

Sie tasteten sich weiter an der kalten Wand entlang. Ein rauher Tenor erklang hinter ihnen.

»Kommen Sie lieber zurück, Captain!« rief Demos. »Dramia II wird selten besucht. Wir haben keine Ahnung, zu welchen Mutationen die Seuche unter den einheimischen Tierarten geführt hat, von denen einige …«

»Ersparen Sie sich den Biologieunterricht, Demos. Sie werden doch gestatten, daß ich Ihren Rat ignoriere.«

»Außerordentliche Vorsicht ist hier jedoch geraten, Captain.«

»Ich passe schon auf, Spock, aber ich darf diesen Überlebenden nicht entkommen lassen. Vielleicht gibt es in der Gegend keine weiteren, und wir haben nicht viel Zeit. Außerdem, wenn er uns entwischt, könnte er andere vor uns warnen, und dann finden wir vielleicht überhaupt keinen.«

Er ging entschlossen weiter und bemühte sich, auf dem Kiesboden so leise wie nur möglich zu sein. »Es geht um Pilles Leben, Spock, da muß ich schon ein paar Risiken eingehen.«

Das Licht wurde immer trüber, aber ganz erlosch es nicht. Und dann konnte Kirk ein paar helle Flecken voraus erkennen. Nach einigen weiteren Schritten gelangte er in einen größeren Raum.

Spock hatte recht gehabt. Es war eine Höhle, deren Decke stellenweise eingestürzt war. Der Boden war mit herabgefallenen Steinbrocken übersät.

Kirk schaute sich um. Von dem Buckligen war keine Spur zu sehen.

Die Felswand glänzte dunkel, wo Wasser heraussickerte. Die Rinnsale hatten ein kleines natürliches Becken gefüllt. Hier gab es Schutz vor der sengenden Wüstensonne, Schutz vor Raubtieren, und hier gab es Wasser. Das *mußte* das Zuhause des Hinkenden sein. Kirk hoffte nur, daß sie ihn nicht daraus vertrieben hatten.

»Captain – ist alles in Ordnung?«

Kirk wurde aus seinen Gedanken gerissen. Spock und Demos warteten auf sein Okay, weiterzugehen.

»Alles in Ordnung, Mr. Spock, kommen Sie.« Kirk trat an den

Rand des Beckens und stupste mit dem Fuß gegen einen Haufen angesengten Holzes. »Höhlenbewohner«, murmelte er, »in einer so hochentwickelten Zivilisation wie die von Draymia.«

»Das Resultat Ihres Dr. McCoy und seiner hochentwickelten Medizin«, entgegnete der Sicherheitschef eisig.

Kirk wirbelte herum. »Hören Sie, Demos, ich werde Ihre ständigen Beschuldigungen leid. Ehe Sie nicht beweisen können...«

Ein Schatten löste sich plötzlich von der Wand und wollte sich auf Kirk werfen.

Früher war dieser Bedauerliche zweifellos intelligent gewesen – jetzt leuchtete Wahnsinn in seinen Augen. Er landete unmittelbar hinter Kirk und warf ihn zu Boden und begann heulend auf ihn einzudreschen.

Kirk schüttelte die Benommenheit ab, aber er konnte seinen gewichtigen, berserkerhaften Angreifer nicht loswerden. Glücklicherweise rettete die blinde Wut des Bedauernswerten den Captain, denn der Draymianer trommelte auf ihn ein, wild und ohne Überlegung. Kirk konnte sich vor den ungezielten Schlägen schützen, bis Spock und Demos ihn von seinem rasenden Gegner zu befreien vermochten.

Kirk rollte sich herum. Er war außer Atem, aber nicht verletzt.

»Captain...«

»Ich bin in Ordnung, Spock – wirklich. Er *wollte* mir mehr weh tun, als ihm gelang.«

»Und warum, glauben Sie, hat er Sie angegriffen, Captain?« fragte Demos, der sich abmühte, den nur langsam ruhiger werdenden Wahnsinnigen festzuhalten.

Kirk stand auf. »Ich war seinem Versteck am nächsten.«

»Sie sind auch der einzige Mensch unter uns, Captain! Versuchen Sie doch nicht, das Offensichtliche zu leugnen! Er hat Sie angegriffen, weil Sie ein Mensch sind – wie Dr. McCoy!«

Zur Hölle mit dir, Demos! wüteten Kirks Gedanken. *Und mit diesem ganzen wahnsinnigen Sonnensystem.* Aber er klopfte lediglich schweigend seine Uniform ab und trat näher zu dem Gefangenen, um ihn zu mustern.

Das Gesicht verriet, daß die Furcht Zerknirschung gewichen war und Rage Kummer und Elend Platz gemacht hatte. Aus dem ursprünglichen Wutgeheul war ein herzerweichendes Wimmern geworden. Ganz offensichtlich war der Gefangene keine Bedrohung mehr.

»Lassen Sie ihn los«, flüsterte Kirk.

»Sind Sie sicher, Captain?« fragte Spock.

Kirk blickte dem Buckligen in die Augen. Sie richteten sich nicht auf ihn. Sie starrten jetzt in die Ferne auf etwas Grauenvolleres weit von den drei Fremden entfernt.

Vorsichtig ließen Demos und Spock ihn los. Der Erbarmungswürdige machte zwei Schritte, dann fiel er auf die Knie und schluchzte und stöhnte unkontrollierbar.

Kirk war klar, daß sie einen absoluten, unbestreitbaren Beweis für Pilles Unschuld finden mußten. Bloße Annahmen und auf Vernunft pochende Worte würden die Entscheidung von Leuten nicht beeinflussen, die Berichte über diese Art von psychischem und physischem Zusammenbruch gehört hatten.

Trotzdem mußte er noch einmal diese feste Überzeugung, in der er handelte, in Worte fassen.

»Demos, Sie müssen mir glauben, Dr. McCoy kann einfach nicht für so etwas – derartiges verantwortlich sein.« Er deutete auf den Geistesgestörten, der vor sich hin wimmernd auf dem steinigen Boden lag.

»Gute Absichten ändern nichts an bösen Folgen, Captain.«

»Aber wie konnte der hier die Seuche überleben?« fragte Kirk sich laut, als die hilflose Kreatur ihre Qual hinausheulte.

Demos erklärte: »Er und einige andere befanden sich auf Draymia und anderswo, als die Seuche ausbrach. Sie kehrten zurück, ehe jemand sie aufhalten konnte, und fanden alle, die sie geliebt und gekannt hatten, von der Seuche hingerafft vor. Sie blieben trotzdem hier, denn es war ihr Zuhause, das sie sich selbst geschaffen hatten.«

Die Stimme versagte ihm fast. »Neunzehn qualvolle Jahre – es gibt noch schlimmere Leiden als solche, die von Viren und Bazillen herrühren. Sie sehen jetzt selbst, Captain Kirk, daß es auf Dramia II keine wirklichen Überlebenden gab.«

3

»Kampfgeräusche und Stimmen! Ich *habe* mich nicht verhört!«

Die Stimme, welche die drei überrascht aufhorchen ließ, schallte klar und kräftig durch die Höhle.

»Aber Sie irren sich, wer immer Sie sind«, fuhr sie fort. »Es gab zumindest einen Überlebenden!«

Ein großer Draymianer kletterte über einen Haufen Trümmer der eingestürzten Decke. Seine Kleidung war zerlumpt, sein Gesicht von Entbehrung gezeichnet, doch ansonsten ähnelte er Demos weit mehr als dem Geistesgestörten, der sich auf dem Boden wand.

»Es gelang mir leider weder, mich den Schiffen bemerkbar zu machen, die damals die Heimkehrenden absetzten, noch den späteren Beobachtungsteams. Ich jedenfalls habe die Seuche überlebt – durch welches Wunder, weiß ich nicht. Inzwischen hatte ich jedoch schon jede Hoffnung aufgegeben, je von hier wegzukommen.«

»Dann erinnern Sie sich doch bestimmt, wie es damals war«, sagte Kirk aufgeregt. »Während der Seuche…«

»Und ob ich mich erinnere.« Der Draymianer nickte, er achtete nicht auf Demos' ungläubigen Blick. »Ich erinnere mich, wie die Leute ringsum, auch die Ärzte, erst blau geworden sind, dann grün, und als sie schließlich rot wurden, brachen sie zusammen und...« Er konnte nicht mehr weitersprechen.

»Die mit der Krankheit verbundene Pigmentveränderung, wie sie in den Aufzeichnungen erwähnt wurde, Captain«, sagte Spock.

Kirk nickte, doch seine ganze Aufmerksamkeit galt dem Überlebenden. »Erinnern Sie sich auch, daß vor dem Ausbruch der Seuche ein Ärzte-Team der Föderation hier war? Der Teamleiter war Leonard McCoy. Er war für das Impfprogramm verantwortlich. Sie wurden doch auch geimpft, vielleicht sogar von ihm. *Erinnern Sie sich an ihn?*«

Kirk hatte keine Ahnung, wie der so lange Zeit zwischen den Ruinen einer aufgegebenen Kolonie und von ihren paar geistig unzurechenbaren Bewohnern isolierte Überlebende reagieren würde. Mit Zögern sicherlich und einem zaghaften Versuch, eine unerfreuliche Vergangenheit ins Gedächtnis zurückzurufen.

Statt dessen leuchtete das Gesicht des Draymianers auf, und er redete, als wäre alles gestern geschehen.

»Ein terranischer Arzt, jung – natürlich erinnere ich mich an Dr. McCoy. Wie könnte ich den Mann vergessen, der mir das Leben gerettet hat?«

Trotz sozialer und physischer Verschiedenheiten der Spezies bedurften die Blicke, die Kirk, Demos und Spock wechselten, keiner Erklärung.

»Das ist auch der Mann«, sagte Demos schließlich bitter, »der schuld am Tod der Kolonisten und dem Ende der Kolonie ist.« Er deutete auf die Trostlosigkeit ringsum.

Der Überlebende war weder eingeschüchtert noch beeindruckt – wie man es vielleicht von jemandem erwarten mochte, der zwischen den Leichen von Tausenden und einigen wandelnden Toten überlebt hatte.

»Wir wußten wenig über die Föderation und ihre verschiedenen Rassen«, begann er bedächtig. »Es ist lange her. Vielleicht weiß man inzwischen mehr über sie. Aber ich glaube, schon damals wußten wir, daß die Unterschiede zwischen ihnen und uns nicht groß waren.

Obgleich ich mit diesem Dr. McCoy nur kurz zusammengekommen bin, lernte ich ihn doch gut kennen. Ich kann nicht glauben, daß Sie von derselben Person sprechen, die mir das Leben gerettet hat.« Flüchtig hing er seinen Erinnerungen nach, dann fuhr er fort:

»Manchmal schien er nicht ganz sicher zu sein und zögerte, bevor er etwas entschied. Aber er tat alles mit beispielloser Güte und ehrlicher Sorge um seine Patienten. Sie, wer immer Sie sind...«

»General Demos, Chef des draymianischen Sicherheitsdienstes.«

»Gut, Demos, Chef des draymianischen Sicherheitsdienstes, ich, Kolti, denke, daß Sie den Falschen verdächtigen. Einer, der Leben rettet, mordet nicht.«

Demos bedachte Kolti mit einem verärgerten und frustrierten Blick. Doch der Überlebende hatte in den vergangenen Jahren zu viel Schlimmes gesehen, als sich von einem anmaßenden Sicherheitschef einschüchtern zu lassen. Er dachte gar nicht daran, seine Meinung über Dr. McCoy zu ändern oder seine Hochachtung für ihn.

Ein Lächeln hatte Kirks Besorgnis vertrieben. Spock zog eine Braue hoch, als der Captain fragte: »Sie sind also sicher, daß es Dr. McCoy war, der Ihnen das Leben gerettet hat?«

»Ganz sicher.«

»Ich kann mir vorstellen, daß Sie es kaum erwarten können, nach Draymia zurückzukehren...«

»Ich habe Geduld gelernt«, warf Kolti ruhig ein.

»Ich habe den Eindruck«, fuhr Kirk fort, »daß Sie gewisse

Dinge über persönliche Belange stellen, Kolti. Sie haben gehört, was der draymianische Sicherheitschef gesagt hat. Dr. McCoy hat Ihnen das Leben gerettet. Nicht viele haben eine Gelegenheit, eine solche Dankesschuld zu begleichen. Sie schon.

Wären Sie bereit, mit Ihrer Heimkehr so lange zu warten, bis Sie geholfen haben, seinen guten Namen wiederherzustellen und zu verhindern, daß Draymia sich eines verhängnisvollen Justizirrtums schuldig macht?«

»Ohne Ihren Dr. McCoy wäre ich nicht hier, daß Sie mir diese Chance geben könnten. Ich werde alles tun, um ihm zu helfen.«

Kirk nickte. Jetzt hatte er seinen Beweis. Einen Zeugen, der sich weder beirren noch einschüchtern ließ. Er schaltete seinen Kommunikator ein.

»Mr. Scott – vier Personen zum Hochbeamen. Schnell, wir sind vielleicht schon zu lange hier.«

»Aye aye, Sir«, erwiderte der Chefingenieur erfreut.

An der Rückwand der Höhle wälzte eine wimmernde Gestalt sich plötzlich herum und richtete sich erstaunt auf, als das Wunder vor ihren Augen geschah. Schillernder Sonnenschein war in die Höhle gedrungen und verschlang die vier Personen.

Es war schnell vorbei. Dann war der Bedauernswerte wieder allein mit dem tropfenden Wasser in seiner Höhle.

Kaum war Kirk rematerialisiert, stieg er von der Transporterscheibe und rief: »Geben Sie mir die Brücke, Mr. Scott.«

Scott schaltete das Intercom ein und machte Kirk davor Platz.

»Sulu, Arex, zurück nach Draymia mit höchster Intersystemgeschwindigkeit!« Nachdem sein Befehl bestätigt war, schaltete Kirk aus, da sah er Scott auf den zerlumpten, aber ungebeugten Kolti starren.

»Ich weiß ja, daß Sie mir gesagt haben, daß ich vier Personen hochbeamen soll, Captain, und das habe ich auch getan. Aber wer ist *das*?«

»Ein draymianischer Freund von Dr. McCoy.«

»Ein *draymianischer* Freund...?« Scott verstummte, hörte jedoch nicht auf, mit großen Augen auf Kolti zu starren. Der Überlebende von Dramia II trat vorsichtig von der Transporterscheibe und schaute sich staunend um. Scott ging um die Konsole herum und streckte dem Fremden die Hand entgegen.

»Ich weiß nicht, wo Sie sich versteckt gehabt haben, Freundchen, aber irgendwie habe ich das Gefühl, daß Sie ein ehrbares Clanmitglied sind. Wie schaut Ihr Familienmuster aus?«

»Clanmitglied – Familienmuster?« fragte Kolti verständnislos, während Kirk und Spock ihn zum Turbolift führten und Demos ihnen folgte.

»Es ist lediglich Mr. Scotts Art zu sagen, daß wir in Ihnen einen Gleichgesinnten gefunden haben, an denen es bisher in Ihrem Volk mangelte«, erklärte Spock. Nachdenklich fuhr er fort: »Trotzdem kommen wir vielleicht bereits zu spät, Dr. McCoy zu retten. Und selbst wenn wir noch nicht zu spät sind, reicht Ihre Aussage möglicherweise nicht aus, die Flut der Gefühle zu wenden, die sich gegen ihn aufgeputscht hat. Aber es gibt historische Präzedenzfälle, bei denen der Mut eines einzigen die Gemütsstimmung vieler bezwungen hat.«

»Spock versucht damit zu sagen«, erklärte Kirk, »daß wir Ihnen den Mut zutrauen, das durchzuziehen.« Er winkte Koltis Erwiderung ab. »Sie können später bescheiden sein, nachdem wir McCoy gerettet haben. – Mr. Spock, bitte bringen Sie Kolti zur Krankenstation, damit Schwester Chapel ihn untersuchen kann. Und sorgen Sie dafür, daß er alles bekommt, was er braucht und gern hätte.«

»Mir würde etwas zu essen und ein frisches Bett völlig genügen, Captain Kirk«, versicherte ihm Kolti.

Kirk nickte und wandte sich wieder Scott zu. »Machen Sie Ihren Maschinen Dampf, Scotty, und bringen Sie uns so schnell wie möglich nach Draymia. Es geht vielleicht um Minuten. Die Draymianer«, er blickte zu Demos hoch, »gieren nach Rache.«

»Verständlich«, brummte der Sicherheitschef.

»Ich werde höchstpersönlich die Kohlen schaufeln, Captain.« Scott grinste.

Sie entfernten sich seit zehn Minuten von Dramia II und näherten sich Draymia, als Kirk endlich dazu kam, sich mit der Krankenstation in Verbindung zu setzen.

»Mr. Spock, sind Sie noch bei Kolti?«

»Ja, Captain.«

»Wie geht es ihm?«

»Einen Moment, Captain...« Spock blickte über die Schulter nach dem Draymianer, der in einem Krankenbett in einen Erschöpfungsschlaf gefallen war.

Nur Spock hatte bemerkt, wie erschöpft ihr Passagier war. Er hatte Koltis Haltung und innere Stärke bewundert, als er zuerst Kirks, dann Chapels Fragen beantwortet hatte. Aber jetzt im Schlaf konnte er nicht mehr verbergen, wie mitgenommen er war.

Chapel eilte an Spock vorbei und hantierte an den Geräten hinter dem Bett.

»Er scheint in verhältnismäßig guter gesundheitlicher Verfassung zu sein, Captain, wenngleich sehr entkräftet und erschöpft. Aber jetzt schläft er ruhig. Ein tapferer Mann.«

»Hoffentlich mutig genug, der unanfechtbare Zeuge zu sein, den wir brauchen«, antwortete Kirk. Er blickte auf den Hauptbildschirm. Ihre Abkürzung führte sie durch eine der prächtigen Lichterscheinungen. »Hoffen wir, daß die Gerichtsverhandlung noch nicht begonnen hat.«

»Nähern uns Standardorbit um Draymia, Sir«, meldete Sulu.

»Haben Sie gehört, Spock? Ich glaube, wir können Demos dazu bringen, daß er hinunterbeamt und einen Verfahrensaufschub erwirkt, bis unser Zeuge vor Gericht aussagen kann.«

»Der Prozeß wird wahrscheinlich ohne ihn stattfinden, Captain.«

Kirk erschrak unwillkürlich. In Spocks Stimme schwang – Bestürzung?

»Was ist los, Mr. Spock?«

Am anderen Ende der Leitung studierte der Erste Offizier der *Enterprise* den schlafenden Kolti aufs neue. Der Überlebende von Dramia II lag immer noch ruhig – aber sein Gesicht wirkte nicht mehr entspannt. Und leider war das nicht die einzige merkliche Veränderung.

»Captain, Koltis Haut färbt sich blau.«

Sehr blau. Das bisher normal cremefarbene Gesicht hatte nun einen blassen himmelblauen Ton angenommen. Andere hätten die Farbveränderung vielleicht belustigend gefunden oder wären im Höchstfall leicht beunruhigt gewesen. Aber die Implikationen waren weder komisch noch vage beunruhigend. Sie waren tödlich.

Vor allem für Dr. Leonard McCoy.

Die Tür zur Krankenstation glitt zurück. Dichtauf gefolgt von Spock und Demos eilte Kirk zum Quarantäneraum, in den Kolti inzwischen gebracht worden war. Schwester Chapel saß am Bett des Draymianers und untersuchte ihn mit einem modifizierten medizinischen Tricorder.

»Tut mir leid, Captain«, sagte sie schließlich. »Alles stimmt mit den gegebenen Werten überein. Ich habe keine Ahnung, was...«

»Die Seuche!« krächzte Demos beim ersten Blick auf den bläulich verfärbten Draymianer.

Kirk wirbelte zu dem Sicherheitschef herum. Wenn er hier seine schmutzigen Hände im Spiel hatte! Wenn er den einzigen Zeugen aus dem Weg räumen wollte, damit McCoy als Sündenbock geopfert werden konnte... Aber zweierlei dämpfte seinen Argwohn: die Furcht in der Stimme des Generals und seine entsetzte Miene.

Nicht einmal der beste Schauspieler Draymias, vermutete er, könnte ein solches Entsetzen mimen.

»Stellen Sie sofort die gesamte Krankenstation unter Quarantäne, Leutnant Chapel. Niemand darf mehr herein- oder hinausgelassen werden.«

Schwester Chapel trat sogleich ans nächste Intercom und gab die Anweisung des Captains durch, ohne einen Blick von dem umgeeichten Tricorder zu nehmen.

Spock hatte sich über den reglosen Kolti gebeugt. »Ich verstehe wenig von draymianischer Physiologie, Captain, und noch weniger von ihrer Reaktion auf bestimmte Krankheiten. Aber bedenken Sie, daß Kolti fast zwanzig unserer Jahre in völliger Abgeschiedenheit gelebt hat. Als wir ihn an Bord brachten, war er geschwächt, unterernährt und am Rand des physischen Zusammenbruchs.

Jetzt – dies. Seuche oder nicht, er ist nicht in der Verfassung, vor irgendeinem Gericht als Zeuge aufzutreten.«

»Wir müssen ihn retten!« sagte Kirk ruhig.

Demos verzog höhnisch das Gesicht. »Um McCoys willen.«

»Ja, um McCoys willen!« entgegnete Kirk heftig. »Und um seinetwillen!« Er stand dicht vor dem Riesen wie David vor Goliath. »Wissen Sie, General, wir schützen nicht nur unser eigenes Leben, wir versuchen, jedes zu erhalten. Bestürzt Sie das?«

Demos brachte plötzlich kein Wort hervor. Kirks Reaktion war unerwartet heftig gewesen. Vielleicht lag es auch an der geringeren Größe des Menschen und seiner beherrschten Höflichkeit, die ihn bisher getäuscht hatte. Nun stammelte er: »Es ist nicht, als ob ...«

Sein Kinn klappte herab und seine Augen quollen noch mehr hervor.

Kirk musterte ihn erstaunt. Sein flüchtiger Gefühlsausbruch konnte ihm doch nicht so zugesetzt haben.

»Captain ...« Da war etwas in Spocks Stimme.

Kirk wußte nicht, was ihn plötzlich dazu veranlaßte, aber er blickte an sich hinunter. Dann hob er die Hände und drehte sie langsam um. Die Handflächen waren blau. Sofort dachte er an die Aufzeichnung, die er mit Spock auf dem Monitor gelesen hatte. *Bestimmte Spezies wie Vulkanier und Tauraner sind offenbar immun.* Menschen nicht.

»Chapel – Leutnant Chapel...« Er ging mit schneller werdendem Schritt auf das Zimmer der Oberschwester zu.

Sie war da – sie lag mit dem Oberkörper auf ihrem Schreibtisch, und der Blauton ihrer Haut vertiefte sich vor seinen Augen.

»Mr. Scott, Ingenieur Kyle, alle, die mit uns in Berührung kamen – die Quarantäne kam zu spät!« rief er Spock zu – während seine Beine bereits nachgaben und er in die Knie sackte.

Demos streckte kraftlos die Arme aus, um ihn aufzufangen. Der draymianische General war himmelfarbig.

Benommen murmelte Kirk: »Vulkanier sind immun! Spock, Sie übernehmen das Kommando!« Er wollte noch etwas hinzufügen, und seine Lippen bewegten sich auch, aber sie brachten keinen Ton mehr hervor.

Spock fing ihn auf, ehe er zu Boden fiel. Er trug ihn zu einem freien Bett; dann holte er Chapel, legte sie ins nächste Bett. Das gleiche wollte er mit Demos tun, doch bei dessen Größe und Gewicht schaffte er es nicht sofort, und er hatte keine Zeit, sich lange mit ihm zu befassen. So machte er es dem Draymianer auf dem Boden so bequem, wie es ging.

Zweierlei mußte gleichzeitig geschehen – doch das hing von der Verfassung der Crew ab. Und die war nicht gut. Auf dem Weg zur Brücke sah Spock andere Besatzungsmitglieder, die auf den Korridoren lagen, wo sie umgekippt waren, während noch gesunde Kameraden ihnen zu helfen versuchten. Eine weitere Quarantäne wäre sinnlos. Diese rätselhafte Krankheit breitete sich zu schnell aus.

Und sie war nicht aufzuhalten. Er befahl den Besatzungsmitgliedern, die sich noch gut fühlten, es den erkrankten an Ort und Stelle rasch so bequem wie nur möglich zu machen und dann sofort an ihre Posten zurückzukehren und ihre Arbeit weiter zu verrichten, solange sie dazu fähig waren. Das war ein harter, aber unumgänglicher Befehl, zu dem er sich gezwungen sah.

Niemand protestierte. Schließlich war das die *Enterprise*.

Auf der Brücke sah es nicht besser aus. Nur Sulu hatte noch in etwa seine normale Hautfarbe, aber auch sie bekam langsam einen vagen Blaustich. Jedenfalls war er in der Lage, Spock zu helfen, das Schiff in die richtige Umlaufbahn zu bringen.

Als nächstes, vor dem Überleben, kam die Nachwelt. Spock setzte sich in den Kommandosessel und schaltete den Recorder ein.

»Logbuch des Captains, Zusatzeintragung. Aufzeichnung Erster Offizier Spock, gegenwärtig Befehlshabender.

Wir befinden uns in einem Zustand allgemeiner Quarantäne im Orbit um den Planeten Draymia. Die Lage ist kritisch. Wir haben uns offenbar die Krankheit zugezogen, die die draymianische Kolonie auf Dramia II ausgerottet hat. Fast die gesamte Besatzung ist bereits erkrankt, manche der Crew schwer.

Einige sind etwas widerstandsfähiger, aber es ist anzunehmen, daß das nur vorübergehend ist. Als stellvertretender Kapitän habe ich die Notmaßnahme 6 befohlen.« Spock machte eine Pause und blickte zu Sulu hinüber, dessen Haut bereits tiefblau war.

»Wurde die Notmaßnahme eingeleitet, Leutnant?«

»Ja – Sir«, antwortete der Rudergänger schleppend.

»Wenn nach Ablauf von vierundzwanzig Stunden jeder an Bord handlungsunfähig ist«, fuhr Spock mit der Aufzeichnung fort, »und der Computer nicht die offizielle Anweisung bekommen hat, die Maßnahme abzubrechen, wird das Schiff sich selbst zerstören, um zu verhindern, daß die Seuche sich weiter ausbreitet.«

Als er die Eintragung beendet hatte – die allerletzte vielleicht –, dachte er über die Ironie ihrer Lage nach. Es sah ganz so aus, als könnte Dr. McCoy sie alle überleben.

»Interessant«, flüsterte er.

»Was, Sir?« fragte Sulu.

»Begeben Sie sich zur Krankenstation, Leutnant.«

Sulus Stimme wurde dick, er war kaum noch zu verstehen. »Aber – Sir – Sie brauchen – jemanden, um...«

»Ich habe Ihnen einen Befehl erteilt, Mr. Sulu. Ich werde mit den Instrumenten zurechtkommen.«

Sulu war zu schwach, zu antworten. Schwankend stand er auf und taumelte zum Lift. Die Tür glitt zurück, ehe er sie erreichte.

Kirk trat heraus. Er schwankte leicht, war jedoch offensichtlich Herr seiner Sinne. Aber jeder Schritt schmerzte, und ihm war, als schlüge bei jedem Blick ein Hammer auf seine Augennerven.

»Spock...«, gelang es ihm zu flüstern.

Der Erste Offizier wirbelte herum. Er wirkte so erschrocken, wie das bei ihm überhaupt möglich war. »Captain, wie...? In Ihrem Zustand dürften Sie nicht...«

»Stimulanzien«, murmelte Kirk. »Vollgepumpt – wirken zeitweilig...« Spock war bereits bei ihm und half ihm zum Kommandosessel. Kirk wischte seine Einwände zur Seite. »Müssen Gegenmittel finden – schnell. Einziger – vielleicht – McCoy.«

»Captain«, gab Spock zu bedenken, »die gesamte Ärzteschaft auf Draymia konnte diese Seuche trotz jahrelanger intensiver Forschung nicht bezwingen.«

Kirks Stimme war nun fester. »Wir wissen nicht, ob sie sich direkt mit dem Problem befaßt haben, Spock. Demos sagte selbst, welche Angst ihre Beobachtungsteams vor einer Ansteckung gehabt haben.« Seine Gesichtsmuskeln zuckten. »Während Pille Probleme immer hautnah anging. Ich vermute, daß die Quarantänebestimmungen auch für medizinisches Personal galten, nachdem sie herausgefunden hatten, daß die Seuche absolut tödlich war. Vielleicht stellten anfangs ein paar Forscher tatsächlich Untersuchungen an und fielen der Seuche selbst zum Opfer. Aber selbst wenn, sie hatten keinen Zugang zum Speicher des medizinischen Archivs der Föderation. Und sie hatten keinen Forscher mit Pilles Fähigkeiten und Erfahrung im Umgang mit ungewöhnlichen Krankheiten.

Wir müssen ihn heraufholen...«

»Die Draymianer werden es nicht gestatten...« Spock unterbrach sich. Kirk war bewußtlos.

Spock wog alle Möglichkeiten dieser Lösung ab und überlegte Alternativen, ehe er sich an Uhuras verlassene Kommunikationsstation setzte.

»Raumhafen von Draymia«, meldete sich eine Stimme, und schon war ihr Besitzer auf dem Hauptschirm zu sehen.

»Hier Föderationssternenschiff *Enterprise*, Erster Offizier Spock. Ich muß *sofort* mit dem Oberpräfekten sprechen.«

»Wir kennen Ihre Macht und Ihre Fähigkeiten, Offizier Spock«, sagte der Draymianer. »Aber glauben Sie, daß der Oberpräfekt einfach zu jeder Zeit...«

»Wenn ich nicht sofort zum Oberpräfekten sprechen kann, können Sie mit siebenundneunzig Komma acht Prozent Sicherheit mit einer Degradierung rechnen. Es geht um die Dramia-Seuche.«

Der Draymianer rollte die Augen und brüllte Befehle über die Schulter. Der Schirm flackerte kurz, dann erschien der Oberpräfekt. Während das Bild schärfer wurde, kämpfte er noch mit seiner Jacke und mit seiner Würde.

»Mr. Spock, was soll das? Was ist mit der Seuche – und warum rufen Sie an und nicht Ihr Captain?«

»Captain Kirk und der Großteil der Besatzung sind gegenwärtig nicht einsatzfähig«, antwortete Spock. »Auf dem Schiff ist die draymianische Seuche ausgebrochen.«

»Die Seuche an Bord?« Der Präfekt blickte ihn voll Panik an. »Aber Mr. Spock, Sie werden doch nicht...?«

»Die Seuche wird nicht nach Draymia getragen werden. Ich bin nicht hier, um zu drohen, sondern um Ihre Hilfe zu erbitten. Falls kein Mittel gegen diese Seuche gefunden werden kann, wird die *Enterprise* sich vor dem Ende des nächsten Schiffstags selbst zerstören.«

Der Präfekt nahm das gleichmütig auf, aber als Spock fortfuhr, wurde seine Miene mißtrauisch.

»General Demos wird mit allen anderen sterben. Das bedauere ich. Es gibt nur eine Möglichkeit, ihn zu retten und den Überlebenden, den wir auf Dramia II fanden, und der Dr. McCoys Unschuld beweisen kann. Viele Leben und die Wahrheit stehen hier auf dem Spiel. Nur ein Mann kann vielleicht noch helfen: Dr. McCoy. Sie müssen ihn sofort freilassen. Auf Ehrenwort, wenn Sie möchten. Niemand außer ihm verfügt über die Fähigkeiten, in der kurzen, noch verbleibenden Zeit ein wirksames Heilmittel zu finden.«

Der Präfekt überlegte lange – verständlich bei dieser Masse von Informationen. Seine Entscheidung war fest, auch wenn sie ihm offensichtlich nicht leicht fiel.

»Ich kann es nicht.«

»Kolti, der Überlebende, ist ein Zeuge für Dr. McCoy. Es sind viele Personen verschiedener Rassen an Bord der *Enterprise*, die sterben werden, wenn Sie Dr. McCoy nicht freilassen. Vielleicht werden wir trotzdem sterben und Dr. McCoy mit uns. Wenn Sie so wenig Vertrauen in seine medizinischen Fähigkeiten haben, dann geben Sie ihn doch wenigstens frei, daß er mit seinen Freunden an der Seuche stirbt.«

»Sie argumentieren sehr überzeugend, Vulkanier, aber ohne Tatsachen zu bieten.«

»Sie müssen mir vertrauen! Ich habe keine andere Versicherung, die ich geben könnte.«

Der Präfekt schien ein vernünftiger Mann zu sein. Wenn Spock den fremdartigen Ausdruck seines Gesichts richtig deutete, machte der Draymianer es sich wirklich nicht leicht.

Schließlich wirkte seine Miene listig. »Es gäbe einen anderen, der mich vielleicht überzeugen könnte. Lassen Sie diesen Zeugen, diesen angeblichen Überlebenden, sprechen.«

»Das geht leider nicht. Auch er ist ernsthaft erkrankt.«

Frustration beendete ganz offensichtlich die Überlegungen des Oberpräfekten. »Demos kann nicht reden, der Zeuge kann nicht reden, nicht einmal Captain Kirk kann reden – und trotzdem hoffen Sie, daß wir Ihnen den Gefangenen zur Verfügung stellen? Bilden Sie sich wahrhaftig ein, Sie könnten die Freilassung eines Kriminellen so leicht bewirken? Hatten Sie etwa wirklich gedacht, ich würde Ihren verzweifelten Trick nicht durchschauen?«

Der Schirm wurde grau.

»McCoy«, murmelte Kirk hinter Spock. »Müssen ihn holen!«

Der Erste Offizier versuchte die Verbindung wieder herzustellen, doch die Bodenstation von Draymia reagierte überhaupt nicht. Schließlich gab er es auf, drehte sich um und ging zu Kirk.

»Captain, sind Sie…?«

»Einen Moment lang geht es mir gut, dann bekomme ich wieder eine Kostprobe vom großen Nichts – das liegt an den Stimulanzien, Spock. Unregelmäßige Wirkung. Ich habe das Zeug auf gut Glück genommen. Mein Körper wird sich wohl dafür rächen. Es ist mit…?«

Spock schüttelte den Kopf. »Die Draymianer weigern sich, ihn auch nur auf Hafturlaub freizulassen. Leider haben sie keinen Grund, uns zu trauen. Und es ist ihr Recht, mißtrauisch zu sein. Aber sie reagieren nicht logisch.«

»Nein, Spock.« Kirk atmete schwer. »Sie reagieren emotional. Bedauerlich, daß so viele Rassen im Kosmos weniger rational denken als die Vulkanier.«

»Es ist manchmal wirklich ärgerlich.« Spock entging Kirks Sarkasmus völlig. »Aber wenn Sie mir erlauben, angesichts der Widrigkeiten die Sache auf andere Weise in die Hand zu nehmen, glaube ich, Dr. McCoy doch frei zu bekommen.«

Kirk blickte ihn besorgt an. »Das wäre eine Mißachtung des offiziellen Haftbefehls, Mr.Spock.«

»Nur nach den Buchstaben des Gesetzes, Captain. Dr. McCoy könnte zurückgebracht werden, um vor Gericht Rede und Antwort zu stehen. Ich muß wohl kaum darauf hinweisen, daß mein Vorhaben aus Verzweiflung geboren ist. Wir werden uns Dr. McCoy nur eine Zeitlang ausleihen. Ich glaube, wenn wir sterben, wird es ihm sowieso egal sein, was die Draymianer mit ihm machen.«

»Sie sind sicher, daß Sie das schaffen, Spock?«

»Ich beabsichtige...«

»Nein, sagen Sie es mir nicht.« Kirk stemmte die Hände auf die Armlehnen und stand auf. Spock beeilte sich, einen stützenden Arm unter eine Achsel zu schieben.

»Ich glaube, ich kann den Transporter für Sie bedienen, Spock...«

»Seien Sie vorsichtig, Captain!« mahnte der Erste Offizier. Sie waren zum Transporterraum hinunter geschwankt. »Ich würde sehr ungern Kilometer über der Stadt rematerialisieren.«

Kirk nickte, schaffte ein Grinsen und hantierte an den Kontrollen. Da war noch etwas in seinem fiebrigen Kopf, das er Spock fragen mußte...

Als der Erste Offizier verschwand, war es ihm immer noch nicht eingefallen.

Es war dunkel, wo Spock auf der Straße vor dem Justizgebäude rematerialisierte. Dunkel und spät.

Er fühlte sich trotzdem exponiert, aber offenbar war seine Ankunft unbemerkt geblieben, keine Draymianer waren hier unterwegs. Nicht, daß ein gewöhnlicher Draymianer sonderlich auf ihn achten würde.

McCoys Gefangennahme mußte wohl noch geheimgehalten werden – oder die Draymianer hatten ihre Gefühle besser unter Kontrolle als ihre Führung bisher. Andernfalls hätte längst ein Mob das Gebäude gestürmt. Infolgedessen konnte er erwarten, daß der normale Bürger ihn eher mit Neugier denn Feindseligkeit beäugen würde. Diesmal würde er von der Geheimhaltung der Regierung profitieren.

Es hatte durchaus Vorteile, kleiner als die Einheimischen zu sein. Es ermöglichte Spock, durch das Labyrinth von Korridoren zu schleichen und vom Nachtpersonal nicht bemerkt zu werden, das zu sehr mit seinen Routinepflichten beschäftigt war, als in Winkel oder Nischen zu blicken, in die kein Draymianer passen würde.

Die beiden Wachen vor dem Trakt mit McCoys Kraftfeldzelle waren von anderem Kaliber. Sie wirkten pflichtbewußt, wachsam und durchaus bereit, ihre primitiven, aber tödlichen Schußwaffen einzusetzen.

Einen Augenblick zögerte Spock unsicher, denn nur zwei Wachen für einen so wichtigen Gefangenen erschienen ihm wenig. Dann fiel ihm ein, daß McCoy ja widerstandslos ausgeliefert worden war. Die Draymianer hatten keinen Grund zur Annahme, daß die *Enterprise* ihn plötzlich zurückholen würde.

Aber Spock hatte Grund zur Eile – wenn der Präfekt Zeit fand, ein wenig über ihr Gespräch nachzudenken…

Eines war ihm jedenfalls klar – jetzt war nicht die Zeit, mit McCoys Wachen über die ethischen Aspekte der Situation zu debattieren. Solche Männer wurden nicht ihrer Empfänglichkeit für logische Überzeugung oder gar ihrer Fähigkeit eigenständigen Denkens wegen ausgewählt. Er glaubte nicht, daß sie höflich reagieren würden, wenn er seine Absicht ankündigte.

Er nahm einen Schreibstift aus einer Tasche und warf ihn über den Korridor. Er klapperte in der Stille beim Aufschlagen sehr laut. Beide Wachen horchten auf. Mit der Hand auf ihrer Seitenwaffe gingen sie dem Ursprung des Geräusches nach.

Ein unerwartetes Plus – Spock hatte nicht damit gerechnet, daß beide ihren Posten verlassen würden. Die unverschlossene Tür zu McCoys Trakt war frei.

Aber die Wachen hatten keineswegs unfähig gewirkt. Sie waren es auch sicher nicht. Das bedeutete, daß es hier noch etwas gab, worauf er achten mußte. Er schlich über den Korridor in den Trakt. Ein rascher Hieb schlug dem dritten Wächter, der an der gegenüberliegenden Wand postiert war, die Waffe aus der Hand. Aber ein gewaltiger Arm schlang sich um Spocks Taille, hob ihn hoch und quetschte ihm die Luft aus dem Leib.

Spock ließ sich auf keine Experimente ein. Er hob den Arm, tastete nach einer bestimmten Stelle und wandte den Vulkangriff an.

Der Wächter brach mit zufriedenstellender Schnelligkeit zusammen. Sein Aufprall auf dem Parkettboden war laut genug, den dösenden McCoy zu wecken.

Er rollte sich auf seiner Pritsche herum und starrte. Kaum erkannte er Spock, sprang er auf und rannte zur Kraftfeldwand der Zelle.

»Spock – was in aller Welt...?«

Spock ignorierte die Frage, er blickte durch die Tür. Offenbar suchten die beiden Wachen immer noch nach der Ursache des Klapperns. Er griff nach der Fernbedienung des jetzt schlummernden dritten Wächters und drückte die Tasten in der gemerkten Reihenfolge.

»Erklärungen folgen später, Doktor. Und seien Sie leise!«

Das äußere schimmernde Kraftfeld schwand; dann eine andere Sequenz, und das innere löste sich ebenfalls zeitweilig auf. McCoy versuchte, gleichzeitig zu reden und richtig aufzuwachen. Das daraus resultierende Durcheinander von Fragen und Vorwürfen war entsprechend unverständlich.

»Haben Sie und Jim den Verstand verloren, Spock?« schloß er verwirrt. »Das ist ein Ausbruch!«

»Wenn Sie jetzt die Güte hätten, aus dem Kraftfeldbereich zu treten und mit mir zu kommen, Doktor...«

Spock machte einen Schritt – rückwärts. »Spock, ich kann nicht! Es wäre ungesetzlich. Ich muß dem Gericht Rede und Antwort stehen. Und ich *will* es.« Sein Gesicht war gequält. »Ich muß herausfinden...«

»Sie werden sich dem Gericht stellen, Doktor, und Sie werden alles herausfinden«, beruhigte ihn Spock und blickte ungeduldig von dem störrischen Arzt zur immer noch leeren Tür. »Nachdem Sie ein Mittel gegen die Seuche gefunden haben, an der alle auf der *Enterprise* sterben werden.«

McCoy starrte ihn an. »Seuche...?«

»Wir haben auch einen Zeugen gefunden, auf Dramia II. Ein potentieller Zeuge für Sie. Ich weiß nicht, ob er der Überträger ist, in dem die Infektion latent schlummerte, bis er an Bord kam, oder was sonst. Das müssen Sie herausfinden. Menschen sind ebenso anfällig für die Seuche wie Draymianer. Fast alle an Bord sind schwerkrank.«

»Spock – warum sagen Sie mir nicht das Wichtigste zuerst?«

»Sie fragen mich das Wichtigste nie zuerst, Doktor.«

McCoy verließ schnell den Kraftfeldbereich, in dem sie nicht hochbeamen konnten.

»Sie müssen sich aber der Möglichkeit bewußt sein, Doktor, daß die Draymianer Sie freisprechen könnten, daß Sie jedoch an Bord der Seuche ausgesetzt sein werden. Auch Sie könnten daran sterben.«

McCoy war jetzt völlig wach. Er strich sich das Haar aus der Stirn und starrte Spock an. »Es ist mir bewußt – wer ist denn hier der Arzt? Mich überrascht lediglich, daß Sie es für nötig hielten, es zu erwähnen!«

»Entschuldigen Sie, Doktor.« Spock blickte zur Tür. »Ich stehe ziemlich unter Streß.« Er drückte auf den Kommunikator. »Wir sind außerhalb der Kraftfeldzelle, Captain. Beamen Sie uns an Bord.«

Eine überraschte, wütende Stimme ertönte. Nicht aus dem Kommunikator, sondern von der Tür. Die beiden anderen Wachen waren zurückgekehrt. Sie brauchten kaum eine Sekunde, bis ihnen klar war, was es bedeutete, daß ein neuer Außerplanetarier vor ihnen stand, daß sich ihr Gefangener außerhalb statt innerhalb des schimmernden Feldes befand und daß ihr Kamerad bewußtlos auf dem Boden lag.

Zwei brisante Kugeln flogen durch die Stelle, wo McCoy und Spock noch einen Sekundenbruchteil zuvor gestanden hatten. Sie rissen ein gewaltiges Loch in die gegenüberliegende Wand.

4

McCoy ließ sich bereits alles durch den Kopf gehen, was er über die draymianische Seuche wußte, kaum daß er auf der Transporterplattform rematerialisiert war. Da sah er Kirk, der an der Transporterkonsole zusammengesunken war. Seine Haut war von giftigem Grün.

»Jim!«

Kirk blickte auf und lächelte schwach. »Pille, willkommen zu Hause.« Er sackte auf den Boden, bevor McCoy ihn erreichen konnte.

McCoy kniete sich neben ihn, drehte ihn herum und studierte ihn, als könne die Seuche ihm ein Zeichen geben – eine Bewegung unter der Haut oder leuchtende Bazillen, die die Formel für ein wirkungsvolles Gegenmittel buchstabierten.

Kirk lag nur reglos da.

»Helfen Sie mir, ihn zur Krankenstation zu bringen, Spock.«

Gemeinsam trugen sie ihn zu McCoys Labor und legten ihn neben die beiden, die als erste infiziert worden waren – Kolti und Demos.

Die drei – zwei Draymianer und ein Mensch – lagen erschrekkend reglos. Sie schlugen nicht um sich, rangen nicht nach Luft, schrien nicht vor Schmerzen und schienen keine Halluzinationen zu haben. Da war lediglich diese eigentümliche Färbung der Haut – der schließlich der Tod folgen würde. Nur Kirk, bei dem die Überdosis der Stimulanzien noch schwach wirkte, wachte dann und wann kurz auf und murmelte etwas.

McCoy vergeudete keine Zeit damit, ihm zuzuhören. Er studierte seinen Freund lediglich so sachlich wie möglich. Denn nur, wenn er sich nicht von persönlichen Gefühlen ablenken ließ, würde sein Kopf klar genug sein, nach einer Lösung zu suchen.

Er zweifelte nicht daran, daß er sich bereits angesteckt hatte, doch bis die Krankheit ausbrach, konnte er arbeiten. Dann würde es rasch abwärts mit ihm gehen.

Es konnte nicht so schwierig sein. Er hätte eine Lösung finden müssen. Aber er hatte nicht. Konnte es nicht.

McCoy hämmerte auf die Konsole des Medcomputers, als wäre der verantwortlich für die immer näherkommende Katastrophe. Jedesmal, wenn er glaubte, einen Anhaltspunkt gefunden zu haben, erschien auf dem Monitor:

KEINE ENTSPRECHENDEN DATEN – EINGABE KANN NICHT BEARBEITET WERDEN

... und er mußte wieder von vorn anfangen. Ein Arzt? Wer hatte geglaubt, er wäre ein Arzt? Er hatte alle lange genug getäuscht.

Bitter dachte er, wenn die Draymianer die ganze Zeit wirklich recht gehabt hatten, würde er jetzt selbst von der Seuche hingerichtet werden, die er verursacht hatte. Nicht, daß ihm eine so unpersönliche Gerechtigkeit noch etwas ausmachte.

Aber sehr viel machte es ihm aus, daß seine Freunde vielleicht mit ihm sterben müßten – als Opfer seiner Unfähigkeit.

Er blickte zu Spock hinüber, der an einem anderen Terminal saß. Aber der Medcomputer konnte ihnen keine brauchbaren Hinweise geben, dessen war McCoy sich sicher. Wahrscheinlich erleichterte es jedoch Spocks Gefühl der Hilflosigkeit.

Außerdem konnte vielleicht doch eine winzige Chance bestehen, daß er etwas in den Aufzeichnungen fand, das möglicherweise zu einem Hinweis führte.

Einen Strohhalm.

»Irgend etwas, Spock?«

»Negativ, Doktor.«

McCoy studierte die Daten auf seinem eigenen Monitor und wischte sich über die Stirn. »Das Problem ist, daß diese starken Pigmentveränderungen einfach nicht zu irgendeiner bekannten oder auch nur vom Hörensagen bekannten Krankheit passen.«

Passen nicht – keine Hinweise – aber diese Farbveränderungen waren doch das Hauptsymptom, nicht wahr? Oder nicht?

Er äußerte einen nebensächlichen Gedanken. »Spock, wir wissen, daß Vulkanier immun gegen diese Krankheit sind. Aber das bedeutet nicht, daß sie sie nicht übertragen können.«

»Stimmt, Doktor.«

»Trotzdem sind Sie hinuntergebeamt, um mich zu holen.«

Spock blickte nicht von seinem Monitor auf. »Wegen der Unnachgiebigkeit des Präfekten hielt ich es für gerechtfertigt, dieses Risiko einzugehen.«

Dann war McCoy also nicht der einzige in diesem Zimmer, der Grund zu Gewissensbissen hatte.

Offenbar gingen sie dieses Problem verkehrt an. Die Draymianer hatten zweifellos genau diese gleichen Forschungen betrieben. Ein Medizinstudent in den ersten Semestern, der noch unbelastet von Präzedenzfällen war, wäre vielleicht gleich auf eine Lösung gestoßen, grübelte McCoy. Doch er, der Jahrzehnte von Statistiken und Erfahrungen in seinem Gedächtnis gespeichert hatte, konnte wahrscheinlich nur den Wald vor lauter Bäumen nicht sehen. War er überhaupt noch zu irgendwelchen eigenständigen Ideen fähig?

Wo war die Unverbrauchtheit der Jugend, wenn sie so verzweifelt benötigt wurde?

Wieder blickte er zu Demos, Kolti und Kirk. Ihre Haut war inzwischen rosa. Bald würde sie leuchtend rot sein, und dann würde es keine Rolle mehr spielen, welche brillanten Einfälle ihm vielleicht doch noch kamen.

»Arbeiten Sie schneller, Spock. Sie treten ins Endstadium ein.«

»Eine sinnlose Aufforderung, Doktor.«

Das wußte McCoy selbst. Spock arbeitete so schnell, wie er nur konnte. Wenn man es ihm nicht anmerkte, dann nur, weil er auch nicht ein Jota Energie an sichtbare Muskelanspannung oder angestrengtes Atmen vergeudete.

McCoy versuchte sogar eine Richtstrahlverbindung nach Alco II herzustellen, der nächsten Föderationswelt mit modernen medizinischen Einrichtungen. Aber auch das gelang ihm nicht. Doch so schnell wollte er nicht aufgeben.

»Spock – Spock!« brüllte er, bis der Erste Offizier endlich den Blick vom Monitor losriß. »Können Sie mir helfen? Ich versuche nach Alco II durchzukommen. Vielleicht ist es zu weit, aber...« Er starrte auf den Schirm. »...trotzdem dürfte ich keinen solchen Wellensalat bekommen.«

Spock blickte zu ihm herüber. »Das ist keineswegs überraschend, Doktor. Zweifellos befindet sich jetzt eine dieser Lichterscheinungen zwischen Draymia und Alco. Nicht einmal ein Richtstrahl kommt da durch.«

McCoy schaltete den Computer ab. In seiner Hoffnung auf fremde Hilfe hatte er kostbare Minuten vergeudet. Hinter ihm murmelte Kirk etwas. Er hatte ihr Gespräch mitgehört, und sogar sein Unterbewußtsein reagierte auf die Schönheiten des Universums, die er so liebte.

»Lokales Phänomen – auroraartige Lichterscheinung, wunderschön – wechselnde Farben und Schattierungen, prachtvoll...«

»Heiliger Äskulap!« japste McCoy.

»Kein Grund zu schreien, Doktor«, rügte Spock. »Sie haben etwas gefunden?«

»Die Lichterscheinungen...«

»Sind eine Sackgasse, Doktor. Sie sind ein ungewöhnliches Phänomen, aber ihre Strahlung ist keinesfalls tödlich – ja, nicht einmal bedenklich.«

McCoy stand auf und streckte sich. »Eines Tages, Spock, werde ich mir die Zeit nehmen, die Wirkung der Strahlung auf das Melanin in menschlicher – und draymianischer – Haut zu studieren. Aber nicht jetzt.«

Spock wirkte eine Minute lang sehr nachdenklich, dann wurde er fast aufgeregt. »Die Pigmentveränderungen sind *kein* Symptom der Krankheit. Sie sind ein separater Effekt der Strahlung!«

McCoy nickte energisch. »Geben Sie die gleichen Daten wie bisher in den Medcomputer, *ohne* Erwähnung der epidermalen Farbveränderungen. Vielleicht erfahren wir diesmal etwas.«

Spock zögerte keine Sekunde. Die Daten erschienen fast sogleich auf dem Monitor.

»Ich glaube, das ist, was Sie brauchen, Doktor«, sagte Spock, während er die entstehende Formel studierte.

McCoy setzte sich wieder und stellte fest, daß er zitterte. »Der Farbwechsel der Haut hatte absolut nichts mit der Krankheit zu tun, aber wir gaben ihn als Symptom ein. Kein Wunder, daß der Computer die übrige Information im falschen Kontext bearbeitete. Er nennt uns ein Gegenmittel. Und die Ursache der Krankheit«, McCoy seufzte, »ist ebenfalls die Lichterscheinung.«

»Aber Doktor«, wandte Spock unsicher ein. »Wir stellten doch soeben fest, daß es sich um einen separaten Effekt handelt.«

»Ja, doch die Strahlung ist auch der Schlüssel zu der Seuche. Sie hat nur nichts mit den Farbveränderungen der Haut zu tun. Es muß ein Virus oder eine Bakterie sein, die durch diese Strahlung stimuliert wird. Und weil die Lichterscheinung beides stimuliert, hatte es den Anschein, als wären die Farbveränderungen auf die Krankheit zurückzuführen – dabei haben sie, medizinisch gesehen, keinerlei Verbindung zueinander.« Er machte eine Pause.

»Vor neunzehn Jahren muß Dramia II ebenfalls durch einen der starken Lichtgürtel gekommen sein. Das kann ich allerdings nicht mit Sicherheit sagen, ich habe Astronomie nicht studiert. Aber ich wette, eine Überprüfung der Expeditionsunterlagen wird es bestätigen. Ich erinnere mich auch dunkel an einen farbenprächtigen Nachthimmel. Aber ich war damals zu beschäftigt, um draymianische Farben zu bewundern.« Er senkte die Stimme.

»Ein Todesregenbogen hat die damalige Seuche verursacht, und dieses Himmelslicht hat sie wiedergebracht. Wir wurden erst infiziert, als ein Überträger der inaktiven Mikrobe – Kolti – an Bord gebracht wurde. Ich glaube, eine Überprüfung alter Aufzeichnungen in draymianischen Archiven könnte bestätigen, daß zahllose Draymianer die Farbe wechselten – und ihre normale wieder annahmen, sobald die Lichterscheinung verschwunden war.«

Seine Stimme wurde fast zu einem Flüstern. Aber Spock machte ihn nicht darauf aufmerksam, daß er ihn kaum noch zu hören vermochte, denn McCoys Erleichterung war etwas Privates, das er nicht unterbrechen durfte und das McCoy auch nicht mit ihm teilen konnte.

»Demnach hatte ich absolut nichts mit der Seuche zu tun.« Der Arzt blinzelte und ging zu Spock, um über seine Schulter auf den Monitor zu blicken.

»Das ist unser Virus, Doktor, genau wie Sie vermuteten.« Spock drückte auf ein paar Tasten, und neue Daten kamen. »Und da ist, was ich am meisten gefürchtet habe!«

Unter dem Mikrobild des Virus erschienen die Worte: KEIN GEGENMITTEL BEKANNT.

Spock bemühte sich, so ruhig wie nur möglich weiterzusprechen. »Ich hatte bereits vermutet, daß die Draymianer längst ein Mittel gegen diese Krankheit gefunden hätten, wenn es eine Heilung gäbe. Sie hatten neunzehn Jahre Zeit zu forschen und müssen wie wir auf diese Verbindung zwischen Strahlung und Seuche gestoßen sein.«

»Gegen jede Krankheit, die durch ein lebendes Agens verursacht wird, gibt es ein Antidot, Spock. Jede...« Er hielt abrupt inne, dann sagte er eindringlich: »*Überlegen* Sie, Spock!«

»Ich habe überlegt, Doktor. Ich brauchte allerdings einen Augenblick, den – Zusammenhang zu erkennen. Erinnern Sie sich, was ich über unseren Zeugen Kolti gesagt habe? Sie haben ihn vor neunzehn Jahren gegen die Saurierkrankheit behandelt.«

»Kolti? Es waren so viele. Vielleicht – ja, ich glaube, ich erinnere mich. Ich hatte nicht erwartet, diese Krankheit auf Dramia II zu finden. Wenn ich mich nicht irre, war er einer ihrer Raumbotschafter gewesen und hatte sie sich irgendwo in der Föderation zugezogen. Und ob ich mich jetzt an ihn erinnere! Wir hatten verdammte Mühe, das richtige Serum zu finden – wir hatten nicht damit gerechnet, mehr als ortsübliche Krankheiten behandeln zu müssen. Warten Sie!« McCoys Gesicht leuchtete auf wie einer von Scotts Kontrollreaktoren.

»Sie haben gesagt, daß *er* der Zeuge ist? Der Überlebende, den Sie gefunden haben?«

»Stimmt, Doktor. Er hat die Seuche und alle Nachwirkungen überlebt. Aber offenbar hält die Impfung gegen den Sauriervirus keine neunzehn Jahre an.«

»Nein. Natürlich nicht. Er braucht eine Wiederholungsimpfung. Jeder an Bord sollte geimpft werden. Wenn tatsächlich saurische Antikörper der Schlüssel sind, müßte nach der Impfung die Genesung ebenso rasch vonstatten gehen wie der Krankheitsverlauf.«

»Hoffen wir es, Doktor«, sagte Spock mit einem Blick auf die Betten. Kolti, Kirk und Demos begannen sich zinnoberrot zu färben. »Uns bleibt nur noch wenig Zeit.«

McCoy rannte bereits zum Kühlschrank, in dem fertige Seren aufbewahrt wurden. »Ich würde gern erst ein paar Tests durchführen, Spock, aber wie Sie sagten, haben wir die Zeit dafür nicht.« Er verzog das Gesicht. »So schlimm wie der Tod können mögliche Nebenwirkungen nicht sein.«

»Eine seltsam logische Feststellung, Doktor.« Ironie war Spock nicht ganz fremd.

McCoy füllte eilig ein Massenimpfgerät, dann ein zweites und drittes mit dem vorhandenen Serum. Schließlich programmierte er den Spezialcomputer auf Herstellung des noch zusätzlich benötigten Serums. Es würde fertig sein, bevor er und Spock die ersten Impfungen durchgeführt hatten.

In der Krankenstation zischte es bald von den Hochdruckimpfpistolen, als sie von Bett zu Bett, von Pritschen zu behelfsmäßigen Liegen gingen, um das Serum zu injizieren. McCoy hatte auch nicht versäumt, sich selbst zu impfen – wenn das Serum aus irgendeinem Grund nicht wirkte, wollte er es als erster wissen.

Das Intercom neben dem Monitor summte. McCoy blickte auf. »Ich dachte, Sie hätten gesagt, daß alle anderen an Bord ausgefallen sind, Spock.«

»So ist es auch, Doktor.« Spock ging zum Bordsprechgerät und drückte auf die Empfangstaste. »Aber auch der Hauptcomputer ist immun gegen die Seuche.«

McCoy brummelte etwas über Vulkanier und Maschinen, was Spock jedoch nicht hörte, und machte mit der Impfung weiter.

Spock kehrte Augenblicke später vom Intercom zurück. »Es wird Sie interessieren, Doktor, daß wir die letzten Ausläufer der Lichterscheinungen verlassen, die diese Schwierigkeiten verursachten und Ihre Kommunikationsbemühungen vereitelten. Ich habe auch rasch die Zusammensetzungen der draymianischen sowie der dramianischen Atmosphäre abgerufen. Ich glaube nicht, daß wir irgendwelche geschichtlichen Aufzeichnungen über Massenfarbveränderungen auf Draymia finden werden. Die Zusammensetzung unterscheidet sich zwar nur minimal, aber entscheidend – genug, um die Strahlung abzuschirmen, die die Pigmentveränderung hervorruft.«

McCoy trat zum nächsten Kranken. »Dann war Draymia also immer immun gegen diese Krankheit. Kein Wunder, daß der Ausbruch der Seuche auf Dramia II sie so erschreckte. Ihnen waren sogar die Farbveränderungen unbekannt.« Er nahm die Impfung vor und bemerkte, daß der Anzeiger an der Impfpistole aufleuchtete.

»Leer. Aber die Synthesemaschine müßte inzwischen die erforderliche Menge hergestellt haben. Ich bin gleich wieder zurück, Spock.«

Der Erste Offizier nickte, ohne sich bei seiner Impftätigkeit unterbrechen zu lassen, während McCoy ans andere Ende der Krankenstation zum Labor eilte.

Unterwegs sah er, daß bei Kirk, Demos und Kolti der Farbwechsel bereits rückwärts verlief – von Rot zu Rosa, dann Grün und Blau, bis sie schließlich ihre normale, gesunde Gesichtsfarbe wieder hatten. Die Geschwindigkeit der Veränderung war so groß, daß sie mit bloßem Auge zu erkennen war – hoffentlich würde die Genesung ebensoschnell voranschreiten.

Das war der Fall. Als McCoy mit der zweiten leeren Impfpistole zurückkehrte, hatte Kirk bereits die Augen offen. Sekunden später auch Kolti und Demos. In der Nähe schnaubte ein Transportertechniker wie ein Schwein auf Trüffelsuche, als auch er allmählich zu sich kam.

Eine seltsame Krankheit – er würde sich eingehend damit beschäftigen, sobald er Zeit hatte. Das würde ein Studie werden, die er zur Veröffentlichung in der medizinischen Fachzeitschrift der Sternenflotte einreichen konnte – war das eine Träne im Augenwinkel? Er wischte sie weg, bevor einer seiner Patienten sie bemerken konnte. Er hatte eben zu viel und zu angestrengt in zu kurzer Zeit gearbeitet.

»Du hast es geschafft, Pille!« hauchte Kirk.

»Wieder einmal.« McCoy blickte auf und sah, daß ihn vom Bett neben dem Kirks ein großer Draymianer anstarrte, den er nicht kannte. Sein Blick voll unverhohlener Bewunderung.

McCoy wandte sich rasch ab. Sowohl dieser fast anbetende Blick wie auch die Tatsache, daß er sich beim besten Willen nicht an das Gesicht dieses Draymianers erinnern konnte, machten ihn verlegen. Aber er hatte damals, vor neunzehn Jahren, so viele Draymianer gesehen, während dieser Kolti zweifellos nur wenige Menschen kennengelernt hatte und es deshalb nicht verwunderlich war, daß er sich an das seines Arztes erinnerte.

Trotzdem ging er hinüber zu dem Fremden, schüttelte ihm die Hand und umarmte in auf draymianische Weise. Die Heftigkeit, mit der der Patient beides voll Zuneigung erwiderte, bewies, wie rasch sein Körper sich erholte.

Kirk setzte sich auf den Bettrand und machte kreisende Kopfbewegungen, um den Hals zu lockern.

»Wie fühlst du dich, Jim?«

»Als hätte ich zehntausend Jahre geschlafen, Pille, ohne daß sich jemand die Mühe gemacht hat, mich abzustauben.«

»Dr. McCoy?« Er drehte sich um und sah, daß der Chef des draymianischen Sicherheitsdienstes sich ebenfalls aufsetzte, allerdings etwas unbeholfen auf dem für ihn viel zu kleinen Bett. »Wir sind eine technologisch hochentwickelte Rasse, Dr. McCoy. Wir hatten gedacht, daß wir in ein paar Dingen, wie interstellare Reisen und Kommunikation noch in den Kinderschuhen stecken. Aber nun hat es ganz den Anschein, daß das auch in weniger wissenschaftlichen Dingen der Fall ist.«

Er streckte eine riesige Hand aus. »Würden Sie die ehrliche Entschuldigung eines fehlgeleiteten Kindes annehmen, das es nicht besser wußte und nur das Wohl seiner Rasse im Sinn hatte? Der Groll hat seine Wurzeln in unserer Erinnerung der Geschehnisse, nicht in unseren Herzen.«

McCoy schüttelte die angebotene Hand fest, dann ging er weiter – er hatte noch viel zu tun.

»Doktor!« rief Spock, als er gerade die Impfpistole wieder ansetzte. »Sind Sie sicher, daß Sie weitermachen können?«

McCoy wischte sich salzige Feuchtigkeit aus den Augen. »Versteht denn hier niemand was von Physiologie?« schnaubte er. »Ich arbeite schwer und unter Streß, das ist alles!«

Spock verband die Worte mit dem Ton und McCoys hypothetischem Geisteszustand – und verstand. Natürlich sah er keinen Grund zu lächeln.

Waren die Draymianer anfangs darauf bedacht gewesen, ihre Feindseligkeit zu verbergen, so zeigten sie nun bei ihrer Wiedergutmachung unverhohlene Begeisterung. Während der folgenden Tage dachte McCoy so manches Mal, daß er davonlaufen und sich verstecken sollte, um nicht doch irgendwann von den ununterbrochenen freundschaftlichen Umarmungen zerquetscht zu werden. Die Draymianer überschlugen sich schier, um ihre Dankbarkeit zu zeigen.

Die einzigen Schwierigkeiten ergaben sich, wenn er immer wieder Geschenke abweisen und erklären mußte, daß die Bestimmungen untersagten, für im Rahmen seiner Pflichten geleistete Dienste irgendwelche Zuwendungen anzunehmen. Ihre gute Gesundheit sei ihm Belohnung genug.

Nachdem der letzte Orden verliehen, die letzte Rede gehalten, die letzte Beweihräucherung überstanden war, warteten sie wieder auf der Terrasse des Justizgebäudes, hoch über den verkehrsreichen Straßen der Hauptstadt Draymias.

Kirk und Spock waren mit McCoy anwesend, alle drei in Paradeuniform. Der Oberpräfekt und Demos waren natürlich auch da. Und ein dritter Draymianer befand sich ebenfalls hier – Kolti, im prächtigen Blau und Rotbraun von Draymias diplomatischem Raumdienst. Sie würden die gutgeschnittene Uniform in Zukunft oft sehen, dachte Kirk, vor allem, wenn Kolti als Maßstab der Draymianer genommen werden konnte, die für diesen diplomatischen Dienst ausgebildet wurden.

»... und so wollen wir von Draymia Ihnen noch einmal danken, Mr. McCoy«, schloß der Präfekt, »daß Sie das Gegenmittel gefunden haben, das künftige Kolonien vor der Ausrottung durch die Lichtkrankheit bewahren wird.«

»Danken Sie Mr. Spock und Captain Kirk, nicht mir«, wehrte McCoy ab. Er bemühte sich, nicht zu erröten – auch wenn ihm das in den letzten Tagen schon selten genug gelungen war. Er glaubte auch, es wäre ihm gelungen, bis der Präfekt plötzlich eine einschüchternd umfangreiche Schriftrolle aus dem Nichts zauberte.

»Und nun«, begann der hohe draymianische Staatsdiener, »ist es mir eine Ehre, einige treffende persönliche Bemerkungen ...«

»Bitte, Herr Oberpräfekt«, unterbrach ihn McCoy müde. »Irgendwie habe ich das Gefühl, alle diese Bemerkungen schon gehört zu haben. Dürfte ich mich – bitte – entschuldigen? Ich würde jetzt wirklich gern aufs Schiff zurückkehren.«

»Wir müssen um Verzeihung bitten.« Demos kam McCoy zu Hilfe, indem er mitfühlend, aber bestimmt eine Hand auf den Arm des enttäuschten Präfekten legte. Unzweifelhaft hatte auch der Sicherheitschef angestrengt an einer *eigenen* Rede gearbeitet, die er sich nun selbst zu halten versagte. »Aber selbst einem so überragenden Genie wie Dr. McCoy«, fuhr er fort, »ist es bisher nicht gelungen, ein Gegenmittel gegen Langeweile zu entdecken.«

Kirk und der Präfekt lachten, während Spocks Miene unbewegt blieb.

»Ich glaube nicht«, entgegnete McCoy, »daß es nötig sein wird, solange in der Galaxis noch Krankheiten wüten.«

Der Präfekt stieß das draymianische Äquivalent eines Seufzers hervor und rollte seine lange Rede wieder zusammen. »Nun gut – gehen Sie in Frieden und Gesundheit, Dr. McCoy – der Gesundheit, die Sie unseren künftigen Siedlern sicherten. Ich hoffe, wir sehen uns irgendwann einmal wieder.«

»Ich denke, daß Föderationsschiffe künftig häufiger nach Draymia kommen werden, Sir«, prophezeite Kirk. »Ich halte es für recht wahrscheinlich, daß wir wieder einmal hierhergeschickt werden. Wir würden uns jedenfalls darüber freuen.«

»Wir erst recht«, versicherte ihm der Präfekt befriedigt.

Nachdem die Draymianer die drei *Enterprise*-Offiziere zum Abschied noch umarmt hatten, traten die drei zum Ziergeländer.

»Beamen Sie uns an Bord, Mr. Scott.«

»Aye, Captain«, bestätigte der Chefingenieur glücklich.

»Ich weiß nicht, wie es bei Ihnen aussieht, meine Herren«, sagte Kirk, während der Turbolift sie zur Brücke brachte, »aber ich bin bereit, zur Alco-Sternbasis zurückzukehren.«

»Und ich bin bereit, zu meiner normalen Routine zurückzukehren und rosa Pillen zu verteilen und Halsschmerzen zu kurieren«, versicherte ihm McCoy inbrünstig.

»Ich hoffe, diese Bemühungen«, begann Spock, während die Tür zurückglitt und sie die Brücke betraten, »schließen die Wiederaufnahme der Verteilung normaler täglicher Vitaminrationen an die Besatzung, ihren biologischen Bedürfnissen entsprechend, ein.«

McCoy blieb unweit der Tür stehen. »Was soll das heißen?«

»Nun, Sie waren in letzter Zeit etwas nachlässig in Ihren Pflichten, Doktor.«

McCoy starrte ihn an. »Nachlässig in meinen Pflichten? Ich befand mich unter Massenmordanklage in Einzelhaft auf einer fremden Welt und war anschließend gezwungen, in unvorstellbar kurzer Zeit ein Antidot für eine bisher unheilbare Krankheit zu finden – mit Ihrer Hilfe, möchte ich hinzufügen –, und da wollen Sie sagen, daß ich nachlässig in meinen Pflichten war?«

»Hippokrates«, entgegnete Spock ruhig, »hätte Versuche, lahme Ausreden zu finden, nicht gebilligt, Doktor.« Er rief den Turbolift, stieg hinein und ließ Kirk und den empörten McCoy an der Tür zurück.

Der Arzt gab in nicht gerade schmeichelhaftem Ton ein paar fast unverständliche Laute von sich, die wohl irgend etwas mit Spocks Abstammung zu tun haben mußten.

»Beruhige dich, Pille!« sagte Kirk schließlich und mußte sich sehr plagen, sein Grinsen zu unterdrücken. »Du kennst doch Spock. Er versucht nur, dich auf die Palme zu bringen.«

»Palme bringen?« schnaubte McCoy. »Dann hol' ich ihm einen tollwütigen Affen runter. Jim, glaubst du, daß Vulkanier tollwutanfällig sind?«

Nun konnte Kirk sich nicht mehr halten. Er bog sich vor Lachen, und dann fingen auch McCoy und Sulu und Arex zu lachen an. McCoy schaute sich um und erkannte, daß er hier nicht mit Mitgefühl rechnen konnte.

Endlich gelang es ihm, sich zu beherrschen. »Jim, wenn ich je wieder eingesperrt bin, dann schick ja keinen Vulkanier zu meiner Befreiung. Und wenn du es doch tust, mußt du ihm jemand hinterherschicken, der ihn befreit. Das schwör' ich dir!«

Danach schwieg er, und seinem wilden Blick folgte ein ungewöhnlich schadenfrohes Grinsen.

Das ernüchterte Kirk. »Pille«, fragte er besorgt. »Was brütest du aus?«

»Aufbauende Vitamine«, murmelte McCoy. Das klang fast vergnügt. »Ja, Vitamine.« Er blickte auf. »Entschuldigen Sie mich alle – ich muß arbeiten – einige Vitaminpräparate zusammenstellen. Ich war nachlässig in meinen Pflichten.«

Kirk konnte ihn ein Liedchen über Vitamine singen hören, bis der Turbolift mit ihm verschwunden war.

ZWEITER TEIL

Der Witzbold

Nach einem Drehbuch
von Chuck Menville

5

»Nachdem ich mich offenbar bisher nicht klar genug ausgedrückt habe, versuche ich es noch einmal, Schwester Chapel«, sagte Spock kalt. »Kopfschuppen kommen bei Vulkaniern *nicht* vor.«

Chapel lehnte sich auf dem Stuhl im Sprechzimmer zurück und blickte den Ersten Offizier der *Enterprise* mitfühlend an.

»Vielleicht gibt es eine andere vulkanische Bezeichnung dafür.«

»Ein solcher Befall ist unmöglich!« beharrte Spock. Er kratzte sich hinter dem Ohr. »Doch muß ich zugeben, daß es sich für eine unmögliche körperliche Beschwerde als lästig erweist.«

»Was ist los?« Beide drehten sich um, als McCoy eintrat. »Hallo, Christine. Hallo, Spock. Stimmt etwas nicht?« fragte er mit übertriebener Unschuldsmiene.

»Etwas stimmt seit Tagen nicht, Doktor. Es begann kurz nachdem wir Draymia verließen, und bevor wir die mineralogische Untersuchung dieser Außersystemgruppierung von Typ-4-Asteroiden begannen.« Er blickte über den Schreibtisch.

»Schwester Chapel ist überzeugt, daß ich mir ein nur bei dekadenten physiologischen Systemen vorkommendes Leiden zugezogen habe. *Schuppen.* Ich habe ihr geduldig erklärt, daß Vulkanier für derartige Beschwerden nicht anfällig sind.«

»Ja, es ist eine für den ineffizienten menschlichen Organismus keineswegs unübliche Beschwerde – und es sieht so aus«, McCoy beugte sich vor und blickte forschend auf Spocks Kopf, »als hätten Sie einen besonders starken Befall. Na so was – kein Wunder, daß Sie in letzter Zeit so gereizt sind.«

»Ich bin nie gereizt«, widersprach Spock verärgert. »Und ich sage Ihnen, daß es nicht Schuppen sein können. Es ist einfach nicht möglich bei – Sie lächeln, Doktor! Ich bin nicht der Meinung, daß ich irgend etwas Belustigendes sagte.«

»Haben Sie Ihre tägliche Vitaminration bekommen, Spock? Ich weiß, ich war sehr nachlässig – aber Sie machten mich ja darauf aufmerksam. Erinnern Sie sich?«

»Ja, ich muß zugeben, daß Sie Ihre täglichen Pflichten wieder bewunderns...« Der Erste Offizier hielt plötzlich inne. Wenn ein Vulkanier überhaupt mißtrauisch dreinblicken konnte, so war das jetzt genau der Eindruck, den Spock bot.

»Vitamine – Doktor, könnte es sein, daß Sie wegen der Bemerkung beim Verlassen von Draymia, die ich mir über Ihre Effizienz erlaubte, einen irrationalen Groll gegen mich hegen? Könnte es sein, daß Sie...?«

Spock erhob sich abrupt. »Ich glaube«, sagte er eisig, »daß eine Analyse meiner Vitaminration nicht mehr erforderlich ist.«

McCoy erlaubte sich ein Lächeln. »Ach, nehmen Sie es doch gelassen, Spock. Ärger würde Ihren Zustand nur verschlimmern. Ich füge Ihrer Vitaminration keinen Zusatz mehr bei, und Ihr primitives Leiden wird in etwa zwei Tagen verschwunden sein. Dafür möchte ich dann eine Zeitlang nichts mehr über die Ausübung meiner Pflichten als Schiffsarzt hören – einverstanden?«

»Ist das eine Bitte«, fragte Spock steif, »oder eine Drohung?«

»Nennen wir es eine vernünftige Übereinkunft zweier intelligenter Wesen. Ich hätte mir etwas Radikaleres als Kopfschuppen einfallen lassen können, wissen Sie. Außerdem könnte man doch meinen, daß Sie die Situation aus wissenschaftlicher Sicht interessant finden. Ich wußte nicht, ob es funktionieren würde. Aber es ist immer erfreulich, wenn sich eine Theorie in die Praxis umsetzen läßt. Soviel ich weiß, sind Sie der erste Vulkanier, der je...«

»Bitte, Doktor! Ich bin einverstanden. Aber bitte tun Sie etwas dagegen.«

»Schon gut, Spock, beruhigen Sie sich.« Wieder lächelte er. »Es ist nicht gefährlich.« Er ging zum Computerterminal und rief eine Datei auf.

»Vielleicht interessiert Sie das – hier ist das Molekulardiagramm, das ich für das erwünschte Ergebnis erstellen mußte. War gar nicht so einfach, das dürfen Sie mir glauben. Vulkanier haben so viele Antikörper im Blut, daß es fast unmöglich ist, etwas zu finden, das diese in Generationen perfektionierte Abwehr durchdringen kann.«

»Ich bin sicher, Doktor«, sagte Spock trocken, während er die Verbindung von Atomen auf dem Schirm studierte, »daß Sie keine Mühe gescheut haben.«

»Weil wir gerade von Mühe sprechen«, warf Schwester Chapel ein, »wie lange werden wir denn noch mit dieser mineralogischen Untersuchung hier festsitzen, bevor wir zur Alco-Sternbasis zurückkehren und uns ein wenig erholen und vergnügen können?«

Spock war froh über den Themawechsel und erklärte: »Die Größe und Dichte dieser freien Gruppierung übertrifft alle bisherigen Schätzungen, die automatische Sonden ermöglichten. Wir sind unserem Zeitplan mehrere Tage voraus, wie der Captain versicherte. Er ist ebenso bestrebt wie wir alle, dieses relativ unbedeutende Unternehmen hinter sich zu bringen. Er war auch keineswegs erfreut, als wir diesen Befehl erhielten.

Aber Befehl ist Befehl. Wir müßten in den nächsten Tagen fertig sein. Auch wenn die Arbeit eintönig war, konnten wir viele wertvolle Daten sammeln. Die Gruppe ist kommerziell sehr vielversprechend. Die Asteroidenmassen sind von der Form her unterschiedlich und wahrscheinlich die Überreste eines explodierten Planeten, der aus seinem Sonnensystem ausgebrochen war. Trotzdem sind sie dicht beisammengeblieben. Einige sind von beachtlicher Größe, und einige übertreffen sogar Ceres im Solsystem. Ich glaube nicht, mich zu irren, wenn ich sage, daß hier bereits in wenigen Jahren viel...«

Ein tiefes Grollen war zu hören, und alles bebte.

Chapel fiel fast rückwärts vom Stuhl. Spock und McCoy griffen rasch nach der Computerkonsole, um sich festzuhalten. Das Beben schwand schnell, der erste Schreck machte Besorgnis Platz. McCoy und Chapel wechselten nervöse Blicke.

Alarm wurde gegeben, und hin und wieder übertönte ein neuerliches Grollen das Sirenengeheul, und unregelmäßige Vibrationen waren zu hören, doch keine so heftig wie die ersten Stöße.

»Sind Sie okay, Christine?«

»Ja. Aber was ist passiert?«

»Ich weiß es nicht. – Was meinen Sie, Spock?« Er blickte auf. »Spock? – Wohin ist er verschwunden?«

Spock war bereits unterwegs zur Brücke. Es gab nicht viele Ursachen für ein solches Grollen und Beben. Die meisten waren natürlich. Nur eine nicht. Die Erfahrung sagte ihm, daß es sich um letztere handelte. Sie standen unter Beschuß!

Er kam in dem Moment auf die Brücke, als der Hauptbildschirm grell aufflammte. Die schmerzende Helligkeit schwand langsam, und das Bild formte sich wieder, als die Scanner sich von dem Lichtschock erholten.

Während er zu seiner Konsole ging, erwiderte Spock den flüchtigen Gruß Scotts an der Brückentechnikstation.

Das Heulen des Rotalarms war in der Krankenstation aus Rücksicht bedeutend gedämpfter gewesen als hier und überall sonst auf dem Schiff.

Ein neuerlicher Beschuß schüttelte die Brücke so heftig, daß die Besatzung trotz der künstlichen Schwerkraft einen Augenblick von den Füßen gerissen wurde. Noch ein Treffer eines etwas stärkeren Photonengeschosses an derselben Stelle, und Spocks Füße würden nie wieder auf dem Deck aufsetzen.

Kirks Stimme klang zwar etwas angespannt, aber völlig beherrscht, obwohl die Ursache des mysteriösen Angriffs noch unbekannt war.

»Scotty, volle Energie auf die Schutzschilde.«

»Aye, Sir.« Scott führte den Befehl aus, dann übergab er seine Station einem Untergebenen, der eben keuchend ankam, um an seinen Posten im Maschinenraum zu eilen.

»Photonenbomben«, murmelte Uhura. »Aber wer beschießt uns?«

Kirk ignorierte ihre Überlegungen. »Mr. Sulu, neuer Kurs, hundertzwanzig Grad Nord, zwanzig hoch. Ausweichkurs Eins!«

»Jawohl, Sir«, bestätigte der Rudergänger und nahm die nötigen Einstellungen vor.

Kirks Sachlichkeit wich einen Augenblick lang offenem Ärger. »Mr. Spock, wo waren Sie?«

»Ich habe keine wirkliche Entschuldigung, Captain. Eine bereits Tage anhaltende Veränderung subkutanen follikularen Gewebes machte mir zu schaffen.«

»Das ist mir nicht entgangen. Aber wenn Sie nicht herausfinden, wer uns angreift, werden Sie vielleicht auf drastische Weise für immer davon geheilt werden.«

»Ganz meine Meinung, Captain.«

Auf seinem Monitor erschien bereits die gewünschte Information in schematischer Darstellung, mit weiteren Angaben wie

Klassifikation, Typ, Bewaffnung, Besatzungsstärke und wahrscheinliche Herkunft.

Im Augenblick waren alle Statistiken überflüssig. »Romulaner, Captain.« Er studierte den Hauptbildschirm, auf dem noch ihr letztes Sondierungsobjekt zu sehen war – das rasch zurückbleibende Planetenbruchstück von der Größe eines kleinen Mondes. »Offenbar lagen sie hinter diesem größten Asteroiden auf der Lauer.«

»Beim Than von Comorron!« ertönte eine unverkennbare, wütende Stimme. Scott hatte den Maschinenraum erreicht und Spocks Erklärung gehört und brüllte über die offen gebliebene Verbindung. »Ein heimtückischer Hinterhalt! Das geht zu weit, sogar für die Romulaner. Bieten wir diesen Feiglingen einen Kampf, den sie nie vergessen werden!«

Kirk sympathisierte mit seinem Chefingenieur, entgegnete jedoch ruhigen Tons: »Nein, Mr. Scott. Es sind bereits mehrere Schadensmeldungen eingegangen. Dazu kommt, daß die anderen offensichtlich drei zu eins in der Überzahl sind. Wir werden uns lieber auf einige treffende verbale Äußerungen beschränken.«

»Vorsicht ist der bessere Teil der Tapferkeit? Sir, ich habe das immer für einen Widerspruch in sich gehalten.«

»Hauptsache, Sie halten sich bereit, mir allen Saft zu geben, den die Schutzschilde entbehren können.«

»Aye, Sir.« Scott versuchte gar nicht, seine Enttäuschung zu verhehlen. Kirk schaltete die Verbindung ab. Manchmal ging das Temperament mit Scott durch.

»Sulu, geben Sie mir volle Energie für die Hecksensoren.«

»Jawohl, Captain.«

Das Bild auf dem Hauptschirm wanderte, während weitere Explosionen um das Schiff aufflammten. Doch inzwischen waren die visuellen Taster auf automatischen Ausgleich der intensiven Helligkeit geschaltet.

Die drei Schiffe waren nur als Punkte zu sehen, aber Kirk glaubte trotzdem, die unverkennbaren Umrisse wahrzunehmen.

»Die Romulaner setzen die Verfolgung fort, Captain«, meldete Spock. »Und sie erhöhen die Geschwindigkeit. Auch fächern sie offenbar aus, um uns in die Zange zu nehmen.«

»Schaffen wir es, ihnen zu entkommen, Mr. Spock?«

Spock zögerte. Er studierte die Daten, so schnell der Computer sie aufzeigen konnte. »Ungewiß, Captain. Bei der Verfolgung durch drei Schiffe wird die Berechnung komplex.«

»Arbeiten Sie daran.« Kirk wandte sich angespannt wieder dem Bildschirm zu und murmelte: »Sie müssen sehr scharf auf uns sein, daß sie uns verfolgen, nachdem ihr Überraschungsangriff fehlgeschlagen ist. Jetzt können sie nicht mehr behaupten, daß es ein Versehen war.« Er verzog das Gesicht zu einem schiefen Grinsen. »Die Romulaner kommen.«

Er hob die Stimme, als er Spock zurief: »Ungeduld ist ihnen angeboren. Ich glaube, einer von ihnen wurde nervös und drückte zu früh auf den Auslöser. Wenn sie ein wenig geduldiger gewesen wären, hätten wir keine Chance gehabt.«

»Stimmt, Captain«, bestätigte Spock. »Sie müssen uns schon eine geraume Weile bei der Arbeit beobachtet haben. Glücklicherweise hing unser Vorgehensschema von Größe und Dichte der Asteroiden ab. Deshalb konnten sie auch nicht sicher sein, wann wir den Kurs ändern würden, und darum die wachsende Angst, wir könnten sie plötzlich entdecken.«

»Captain?« Kirk drehte sich zu Uhura um. »Der Commander der Romulaner möchte mit Ihnen reden. Ich habe Sichtverbindung.«

»Auf den Schirm«, sagte Kirk grimmig. »Ich habe ihm auch etwas zu sagen!«

Das Bild der drei Verfolger wich nach kurzen Störungen dem eines offenbar sehr selbstbewußten romulanischen Offiziers.

Kirk empfand sofort Abneigung gegen ihn, mehr noch als üblicherweise gegen romulanische Militaristen. Er vergeudete keine Zeit mit diplomatischen Phrasen.

»Wer immer Sie sind, ich erwarte eine sofortige Erklärung für Ihren unprovozierten Angriff!«

»*Unprovoziert!*« rief der Romulaner mit vorgetäuschter Besorgnis. »Mein teurer Captain Kirk, Ihr Schiff ist in Mißachtung unseres Abkommens in romulanisches Gebiet eingedrungen. Wir hatten gar keine Wahl, als uns und die Souveränität des Reiches zu schützen.«

»Ich verstehe«, entgegnete Kirk spöttisch, »unser Erscheinen war völlig unerwartet für Sie.«

»Ein schrecklicher Schock«, versicherte ihm der Romulaner.

»Und deshalb kennen Sie auch meinen Namen.«

»Wir...«, der Romulaner hüstelte, »erkannten Ihre Schiffsnummer, und auch bei uns ist nicht unbekannt, wer der Commander der berühmten *Enterprise* ist.«

»Ich verstehe«, sagte Kirk aufs neue. »Aber vielleicht können Sie mir dann diese seltsame Diskrepanz erklären.«

»Diskrepanz?« wiederholte der Romulaner eine Spur unsicher.

»Wenn Sie Ihre Detektoren so sehr verbessert haben, daß Sie aus dieser Entfernung unsere Schiffsnummer erkennen konnten, wieso ist Ihnen dann entgangen, daß wir uns nicht einmal in der Nähe romulanischen Gebietes befinden? Wir sondierten eine neu entdeckte Asteroidengruppe an der Föderationsgrenze – weit außerhalb jeden romulanischen Einflußbereichs.

Ich kann nur sagen, daß Ihre Beschuldigung eine durchschaubare Lüge ist, und ich werde eine detaillierte Beschwerde beim romulanischen Gesandten in der Föderation einreichen.«

Der romulanische Commander nahm es gelassen. Er lächelte sogar auf seine Art. »Sie ignorieren die Realität, Captain. Haben Sie vergessen, daß ein Eindringen in romulanisches Reichsgebiet mit der Todesstrafe geahndet wird? Sie und Ihre Besatzung wurden bereits verurteilt.«

»Ich sagte Ihnen doch«, entgegnete Kirk verärgert, »daß wir keine romulanische Grenze übertreten haben. Wir unterstehen Ihrer Gerichtsbarkeit nicht.«

»Nichts als Haarspalterei«, erwiderte der Romulaner ungerührt. »Oh, es könnte natürlich sein, daß irgendein Rechtsverdreher einen Fehler in unserer Begründung fände – aber Sie werden bedauerlicherweise keine Gelegenheit haben, Einspruch zu erheben.«

Er wurde regelrecht charmant. »Es ist zu schade, daß Sie die Aussichtslosigkeit Ihrer Lage nicht einsehen, Captain. Warum übergeben Sie uns Ihr Schiff nicht kampflos? Wir wären bereit, Gnade vor Recht ergehen zu lassen – zumindest für einige Ihrer Mannschaftsränge.«

Kirks Magen drehte sich um. »Wie wär's...«, begann er hitzig. Aber der Schirm wurde abrupt grau. Etwas an Kirks Ton mußte dem Commander wohl verraten haben, daß er auf keine Bedingungen eingehen würde.

Wieder schüttelte eine heftige Explosion die Brücke.

»Captain«, sagte Spock. »Der Angriff der Romulaner mag zwar überstürzt gewesen sein, aber ihre Zangenformation ist gut durchdacht. Es gibt kein Ausweichmanöver, das es uns ermöglichen würde, mehr als zwei Schiffen gleichzeitig zu entgehen. Egal, wie wir manövrieren, ein Feindkreuzer wird uns immer im Visier haben.

Beschießen wir ihn, und es gelingt uns nicht, ihn mit dem ersten Schlag auszuschalten, werden wir gleich darauf gegen alle drei kämpfen müssen. Unsere Schutzschilde werden einem so massiven Beschuß nicht lange standhalten können. Andererseits, wenn wir die Flucht fortsetzen, werden alle drei uns vermutlich einholen, und wir sind in der gleichen untragbaren Lage.«

Kirks Gedanken überschlugen sich. »Ich muß Ihnen widersprechen, was unsere Möglichkeit betrifft, gegen alle drei gleichzeitig zu kämpfen. Aber ich traue es den Romulanern durchaus zu, daß einer der Kapitäne sein Schiff und seine Besatzung mit einem selbstmörderischen Manöver für den Clanruhm opfert, während uns die beiden anderen Schiffe in Atem halten. Einer derartigen Überlastung könnten unsere Schutzschilde allerdings nicht standhalten.«

Spock nickte. »Die Bedeutung, die Romulaner gewissen archaischen Formen der Selbstaufopferung beimessen, ist gut bekannt. Ich stimme bei, daß aus der Sicht des romulanischen Oberkommandos die Eliminierung der *Enterprise* von solcher Bedeutung ist, daß der Verlust eines seiner Kreuzer nicht sehr ins Gewicht fallen würde.«

»Was heißt, daß wir versuchen müssen, ihnen zu entkommen – irgendwie«, schloß Kirk.

Mehrere seltsame Pieptöne und ein hohes Summen von der Navigationskonsole ließen sie aufhorchen.

»Was ist los, Mr. Sulu?«

Der Rudergänger studierte seine Armaturen mit unsicherer Miene. »Captain, wir nähern uns einem auf der Karte nicht eingetragenen Energiefeld von beachtlichem Umfang, und ich bekomme recht merkwürdige Daten von unseren Sensoren herein.«

»Mr. Spock?«

»Einen Moment, Captain.« Als Spock sogleich die Bugscanner einschaltete, verschwand das Bild des romulanischen Kreuzers, der sich unmittelbar hinter ihnen befand.

Vor ihnen, über dem ganzen Sternenfeld, lag eine ungeheure Lichtmasse, die an eine leuchtende Nebelbank erinnerte.

»Zum Teil gasförmig«, meldete Spock, »aber auch große Partikeldichte. Der Unterschied ist noch nicht erkennbar. Offenbar handelt es sich um eine Masse winziger strahlender Partikel, die von einer anderen Kraft als der Gravitation zusammengehalten werden – viel zu dicht, um etwa das Fragment eines Nebels zu sein. Und Leutnant Sulu hat recht – die Daten sind *äußerst* merkwürdig.

Eigenartig, daß ein solches Phänomen nicht auf den Karten der ferngesteuerten Sonde verzeichnet ist, die die Asteroidengruppe erforschte. Eine solche Konzentration von Energie in ihrer Nähe hätte auch einer Automatiksonde nicht verborgen bleiben können.«

»Glauben Sie an telepathische orientalische Flaschengeister, Spock? Einer hat soeben versucht, meinen Wunsch zu erfüllen«, sagte Kirk aufgeregt. »Damit wird es uns vielleicht gelingen, die Romulaner abzuhängen. Sie wissen doch, wie sie vor allem Unbekannten zurückschrecken. Sie sind Eroberer – keine Forscher.«

Spocks Antwort klang warnend. »Nicht immer die schlechteste Politik, Captain.« Er deutete auf den Schirm. »Dieses Feld zeigt extreme Werte und enthält innere subatomare Konfigurationen noch unidentifizierbarer Art.«

»Wir werden genug Zeit haben, sie zu enträtseln, Mr. Spock, *nachdem* wir die Romulaner abgeschüttelt haben. Leutnant Uhura, Befehl an alle: Sicherheitsvorkehrungen für Notmanöver. – Mr. Sulu, bringen Sie uns hindurch.«

»Jawohl, *Sir*!« Sulu hantierte an der Konsole. Die *Enterprise* änderte leicht den Kurs und tauchte geradewegs in den Außenrand der leuchtenden Barriere ein.

»Wenn Sie gestatten, daß ich das sage, Captain«, bemerkte Spock, ohne den Blick von dem Monitor zu nehmen. Er zeigte nun die wechselnden Daten der durch das eigenartige Feld dringenden Sensoren an. »Ihre Entscheidung wurde etwas hastig getroffen. Von emotionalen Erwägungen beeinflußt, wie ich glaube.«

»Und ob, Mr. Spock«, gab Kirk offen zu. »Ich wog alle Fakten ab, zog alle Annahmen in Erwägung – auch Ihre in bezug auf unsere Chancen, ob wir nun fliehen oder uns verteidigen. Ich gebe zu, die Vorstellung, in Fetzen gerissen zu werden, veranlaßte mich, ein kleines Risiko einzugehen. Wenn das emotionale Erwägungen sind...«

»Wir dringen nun in den Innenbereich des Feldes ein, Captain«, unterbrach ihn der Erste Offizier und beendete damit die Debatte.

Eine stetige Vibration machte sich bemerkbar. Kirk spürte sie zuerst in den Füßen, dann, als sie stärker wurde und seinen Körper aufwärts wanderte, überall. Trotzdem vibrierte sein Körper selbst natürlich nicht – er spürte lediglich die Wirkung der Schwingungen, die das Material des Schiffes erfaßten.

Eine phantastische Parade abstrakter Formen und Bilder sprang ihnen vom Hauptschirm entgegen, während die *Enterprise* durch das Energiemeer segelte. Farben so leuchtend, Schattierungen so intensiv, daß sie stofflich schienen. Tiefe Rot- und helle Gelbnuancen, waldgrüne Töne und blaue, ein stumpfes Schwarz, ein leuchtendes Rosa. Ein großes Gebiet, das wie Brombeermilch aussah, huschte vorüber, dann eines wie gefurchter Quarz.

Kirk hatte wenig Zeit, all die Schönheit zu bewundern. Seine Gedanken galten der destruktiven Wirkung dieser farbenprächtigen Strahlung. Die Vibrationen wurden stärker. Als er jetzt sprach, zitterte seine Stimme, doch nicht aus innerer Unsicherheit, sondern durch die Vibration hervorgerufen.

»Wie stehen unsere Chancen, Mr. Spock?«

Der Erste Offizier der *Enterprise* beschäftigte sich bereits mit der fast unmöglichen Aufgabe, mit einem Auge die Instrumente abzulesen, mit dem anderen die Komposition des Feldes zu messen, und die Quarks und Ergs nicht durcheinanderzubringen.

»Wenn Intensität und Dichte – die Wechselbeziehung ist entscheidend – sich nicht über den subatomaren Bereich erhöhen, müßten wir in der Lage sein, das Feld sicher zu passieren. Sollten sie steigen, werden unsere Schutzschilde sehr belastet werden.«

Kirk dankte mit einem knappen Nicken, dann schaltete er das Intercom wieder ein. Es vibrierte unter seinen Fingerspitzen wie ein Massagegerät.

»Mr. Scott, wie sieht es bei Ihnen aus?«

»Nach dem Klang Ihrer Stimme zu schließen, Captain, würde ich sagen, nicht schlimmer als auf der Brücke. Es ist manchmal schwierig zu erkennen, ob die Schutzschilde überhaupt oben sind. Die merkwürdigste Energieanordnung, die mir seit langem untergekommen ist, und ich bekomme Werte von den Dilithiumreaktorkammern, die Sie nicht glauben würden. Aber – alles scheint zu funktionieren.«

»Mr. Spock hat festgestellt, daß das Feld aus sehr dichten, ungewöhnlich geladenen subatomaren Partikeln zusammengesetzt ist.«

»Wilde Materie. Das erklärt einige der Werte, die ich bekomme – aber nicht alle, Captain. Ich werde froh sein, wenn wir da wieder raus sind.«

»Ich freue mich, daß es Sie beunruhigt, Scotty. Wenn die Werte *Ihnen* Kopfschmerzen verursachen, was glauben Sie, wie die Romulaner sich da erst fühlen. Kirk Ende.«

»Scott Ende.« Der Chefingenieur schaltete das Intercom aus, stützte eine Hand an die glatte gewölbte Wand und studierte die Instrumente, die den Herzschlag der *Enterprise* aufzeichneten.

»Halt durch, kleiner Liebling – halt durch…«

Das Energiefeld war größer, als nach den ersten Schätzungen anzunehmen gewesen war, aber nach interstellarem Maßstab war es nicht mehr als ein unbedeutender Fleck in dem endlosen Vakuum.

Ein unbedeutender Fleck, dachte Kirk, während er die sich lichtende Farbenpracht studierte, die ihnen vielleicht allen das Leben rettete.

»Bleiben Sie auf Kurs, Mr. Sulu. Mr. Spock, wir haben jetzt Daten von beiden Seiten der Masse – wie ist seine Struktur und wie beeinflußt sie unsere gegenwärtige Situation?«

»Nach den Computerberechnungen, Captain, dürfte das Feld groß genug sein, daß wir einen gewaltigen Vorsprung gewinnen, sollten die Romulaner es umgehen wollen.«

»Ich bin gerade zum gleichen Ergebnis gekommen, Captain«, meldete Sulu. »Ich kann sie immer noch orten, und es hat den Anschein, als wären sie umgekehrt – es könnte auch sein, daß sie auf der anderen Seite nur dahinkriechen. Jedenfalls haben sie offenbar nicht vor, in das Feld einzufliegen.«

»Bleiben Sie an den Scannern, Mr. Sulu«, befahl Kirk. »Vielleicht wollen sie doch noch einen langsamen Versuch wagen.«

Aber als es auch Minuten später keine Anzeichen von ihren Verfolgern gab, hielt er es für unbedenklich, die Alarmstufe Rot aufzuheben.

»Keine Spur von ihnen, Sir«, hauchte Sulu erleichtert. »Es hat funktioniert!«

»Ja, sie sind lieber umgekehrt, als sich dem unbekannten Potential des Feldes auszusetzen«, bestätigte Kirk.

Spock wurde philosophisch. »Weil die Chancen für die Romulaner nicht schlecht stehen, Captain. Aus ihrer Sicht ist zwar der Ruhm größer, wenn sie uns im Kampf vernichten. Aber sie erreichen auch, was sie wollten, wenn wir in dem Energiefeld umkommen. Infolgedessen besteht für sie keine Notwendigkeit, sich selbst in Gefahr zu bringen.«

»Trotzdem besteht die Möglichkeit«, gab Kirk zu bedenken, »daß sie in der Nähe bleiben, um das Feld zu messen und zu dem Schluß kommen, daß sie es gefahrlos passieren können. Sie wissen, daß wir Treffer abbekommen haben und die holprige Reise die Schäden vergrößert haben kann. Vielleicht sehen wir sie wieder.« Er blickte zur Navigationskonsole.

»Wir machen einen Stop für Reparaturen, Mr. Sulu. Informieren Sie die betroffenen Abteilungen und fordern Sie sie auf, sich zu beeilen, vor allem den Maschinenraum.«

Uhura rieb sich den Körperteil, der den meisten direkten Kontakt mit dem Schiff hatte. »Nach dieser Fahrt werde ich wohl auch ein paar Reparaturen brauchen«, bemerkte sie.

Kirk überlegte laut. »In einem solchen Fall wäre ein extrem lokalisiertes Deflektorschild sehr nützlich.«

»Ich würde vorschlagen«, sagte Spock trocken, »daß Sie Chefingenieur Scott dieses Problem anvertrauen. Er dürfte es sehr stimulierend finden.«

»Aber Sie sollten Scotty dabei nicht aus den Augen lassen, Uhura. Er ist verdammt gut mit diesen Tastern.«

Uhura bedachte beide mit einem abfälligen Blick. »Ich nehme an, daß Sie sich schrecklich witzig finden.«

Spock zog eine Braue hoch. »Witzig, Leutnant Uhura? Ich versichere Ihnen, ich versuchte lediglich...«

Die Lifttür glitt zurück. Eine hohe Stimme ertönte. »Melde mich zum Dienst, Captain.«

»Gerade im rechten Moment, Mr. Arex. Übernehmen Sie.« Kirk stand auf. »Ich werde mir mal selbst ein Bild von den Schäden machen und dann mein längst überfälliges Mittagsmahl zu mir nehmen.«

Die von den romulanischen Photonengeschossen verursachten Schäden erwiesen sich zum größten Teil als geringfügig, zeigten aber auch, was mit ein bißchen weniger Glück alles hätte passieren können. Nur gut, daß die romulanische Disziplin nicht mehr viel taugte. Wenn die Kapitäne der drei Schiffe einen koordinierten Angriff zum optimalen Zeitpunkt durchgeführt hätten...

Sie hatten Glück gehabt, daß es kein klingonischer Angriff gewesen war. Ein Klingonenkommandant hätte inzwischen die ganze Gefechtsabteilung für diesen selbstverschuldeten Mißerfolg exekutiert.

Ernstere Schäden gab es nur im Maschinenraum – aber keine, die nicht zu beheben gewesen wären. Die Erschütterungen durch einige nahe Explosionen außerhalb des Schiffes hatten in ein paar Lagerräumen so allerlei durcheinandergerüttelt und Schäden am Shuttlehangar verursacht, die jedoch leicht abzudichten waren. Tote hatte es glücklicherweise keine gegeben, und nur ein paar Besatzungsmitglieder waren leicht verwundet. Reparaturteams unter der Leitung der Techniker Kaplan und Senif kamen mit ihrer Arbeit rasch voran.

In der oberen Offiziersmesse schloß Kirk sich Spock, Uhura, McCoy und Sulu zu einem, wie er hoffte, ungestörten Mittagessen an. Vielleicht kamen sie nicht so schnell wieder zu einer Essenspause, falls sich die Romulaner doch noch entschlossen, durch die Energiewolke zu steuern.

Scott gesellte sich zu ihnen, als sie gerade zu essen angefangen hatten. Der Chefingenieur hatte unentwegt gearbeitet und konnte sich erst jetzt eine kleine Pause gönnen.

Er nahm einen tiefen Schluck aus dem großen Becher, den er mitgebracht hatte. Irish Coffee, wie Kirk bemerkte. Er bezweifelte, daß es in der Sternenflotte einen zweiten Ingenieur gab, der einen Standardspeisencomputer programmieren konnte, Irish Coffee zu produzieren – oder irgendwelche andere Kaffeemischgetränke, die Scott nach Wunsch abrufen konnte. Eben diese Art von Ingeniosität hatte die *Enterprise* vor mehr Katastrophen bewahrt, als er sich erinnern wollte.

»Wie kommen Sie mit den Reparaturen voran, Scotty?« erkundigte sich Kirk, obwohl er genau wußte, daß der Chefingenieur nicht zum Essen gekommen wäre, gäbe es noch ernsthafte Schwierigkeiten. Aber wenn man ihn nicht fragte, würde es ihn kränken.

»Besser, als ich hoffen konnte, als ich sah, was die Bomben dieser Heiden angerichtet hatten.« Er nahm ein gegrilltes Rippchen vom Tablett und biß ab.

»In ein paar Minuten werden wir den Schilden wieder volle Energie liefern können. Und in höchstens zwanzig Stunden ist alles wieder so gut wie neu.« Er machte ein saures Gesicht. »Alles nur wegen dieser romulanischen Geier.«

»Die Romulaner sind nicht im entferntesten ornithoid, Mr. Scott. Ich bin überrascht, daß Sie...« Dann wurde Spock sich des amüsierten Schweigens bewußt. »Ich verstehe«, sagte er nachdenklich. »Wieder so eine terranische Phrase.«

»Ich meinte damit die Verhaltensweise der Romulaner, nicht ihre Anatomie, Mr. Spock. Obwohl ich auch darauf einige passende Bemerkungen parat hätte.« Das quittierten die anderen am Tisch mit bestätigendem Gemurmel.

Wir haben viel Glück gehabt, dachte Kirk. Er überlegte, wie er seinen offiziellen Bericht formulieren sollte. Hier handelte es sich nicht um eine Verwechslung, auch nicht um Grenzstreitigkeiten, egal, was der romulanische Commander behauptete.

Der Hinterhalt war geplant und gut vorbereitet gewesen und wäre fast geglückt. Nur der Übereifer eines Gefechtsoffiziers und das unerwartete Energiefeld hatten sie gerettet.

Müßiges Plaudern fiel schwer, wenn alle nur daran dachten, wie befriedigend es wäre, zumindest einem dieser Romulaner den Hals umzudrehen.

McCoy zwang sich zu einem Lächeln und sagte: »Jedenfalls ist mit uns noch zu rechnen.« Er hob seine Buttermilch. »Ich erhebe mein Glas auf unser verdammtes Glück. Wie oft sind wir eigentlich schon so knapp davongekommen? War das nun das vierhundertzehnte oder vierhundertelfte Mal?«

Die anderen hoben ebenfalls ihre unterschiedlichen Trinkgefäße. »Prost!«

Noch keiner hatte jedoch einen Schluck nehmen können, ehe Sulu erstaunt aufschrie. Er starrte auf den dunklen Fleck, der über seine Uniform rann.

»He – das Glas rinnt aus!«

Doch niemand am Tisch lachte darüber. Uhuras Aufschrei folgte gleich darauf.

»Was sagt man dazu – meines ebenfalls!«

»Meines auch«, fügte Scott hinzu.

Tatsächlich hatte jeder Flecken aufzuweisen. Alle waren verwirrt. Wie üblich kam die erste Bemerkung von Spock.

»Wir sind offenbar die Opfer eines sehr bizarren Zufalls.«

McCoy schaute sich am Tisch um. »Vielleicht – vielleicht...«

»Die Wahrscheinlichkeit«, fuhr Spock fort, »daß alle Gläser gleichzeitig lecken oder wir alle so unachtsam sind, ist astronomisch gering.«

McCoy wischte sein nasses Hemd ab und blickte abrupt auf. »Astronomisch, bei meinen Knochen! Das ist kein Zufall. Ich erinnere mich, daß wir bei der Ausbildung ähnlichen Unfug trieben.« Er studierte sein Glas. »Trickgläser – man hat uns Trickgläser untergejubelt!« Er ließ den Blick um den Tisch wandern. »Wir haben einen Witzbold unter uns!«

»Keine voreiligen Schlüsse, Pille«, mahnte Kirk. Aber unwillkürlich studierte auch er die Gesichter seiner Tischgenossen. Alle, außer Spock natürlich, der automatisch über jeden Verdacht erhaben war. Er hätte sich ein Trickglas nicht einmal vorstellen, geschweige denn auch nur auf die Idee kommen können, seine Späßchen damit zu treiben.

Wenn er es recht bedachte, war das nicht gerade etwas, was irgendeiner hier am Tisch tun würde. »Ich traue keinem von uns hier einen so infantilen Humor zu«, sagte er. »Spock hat wahrscheinlich recht, Pille – es ist nur ein unvorstellbarer Zufall.«

»Das glaube ich auch«, stimmte ihm Sulu bei. »Wir sind alle naß geworden, also wer sollte der Spaßvogel sein?«

»Wahrscheinlich ein kleiner Fehler im anorganischen, nichtmetallischen Fabrikationsprogramm«, meinte Scott. »Ich werde es bei der nächsten Schicht mit dem zuständigen Techniker durchchecken.«

»Gut«, sagte Kirk. »Aber jetzt schlage ich vor, daß wir zu Ende essen, bevor alles so kalt wird wie mein Drink.«

Um mit gutem Beispiel voranzugehen, hob er eine Gabel voll Pommes frites hoch. Doch noch ehe sie den Mund erreichte, bog sie sich in der Mitte, als wäre das Metall weich geworden. Die Pommes frites fielen auf sein Hemd und rutschten hinunter. Der Fettstreifen bildete einen interessanten Kontrast zu dem nassen Fleck.

Ob es an dem schwerfälligen Rutschen der fetten Kartoffelstreifen lag oder an der Tatsache, daß es diesmal nur dem Captain passierte, ließ sich nicht sagen. Jedenfalls wurde mehrstimmiges Kichern laut, das jedoch schnell verstummte.

McCoy war ernst geblieben. »Noch ein Zufall, Jim?«

Kirk wischte über sein Hemd und schaute wieder um den Tisch, doch diesmal nachdenklicher. »Ich bekomme meine Zweifel, Pille.« Er betrachtete die Gabel.

Etwas hatte das Metall ungefähr in der Mitte des Griffs verbogen. Wie, konnte er nicht sagen. Es schien eine ganz gewöhnliche Gabel zu sein. Auch als er sie eingehender studierte, fand er kein verborgenes Minischarnier, auch keine Stelle am Metall, wo vielleicht mit einer Feile nachgeholfen worden war.

»Ich bekomme wirklich meine Zweifel...«

Sie aßen schweigend und ohne weiteren Zwischenfall fertig. Wenn es einen Witzbold unter ihnen gab, dann schämte er sich jetzt wahrscheinlich und unterließ weitere Demonstrationen seines Humors.

Doch damit war das Problem nicht aus der Welt geschafft. Denn jetzt geschahen Dinge im ganzen Schiff – auf die niemand auch nur im geringsten vorbereitet war. Die ersten neuen Manifestationen wurden bei der Rückkehr der Brückenoffiziere auf ihre Posten wahrgenommen. Spock entdeckte ein Instrument auf seiner Konsole, das vorher nicht dagewesen war. Er hatte es noch nie zuvor gesehen. Es war offensichtlich, wie es benutzt werden sollte, aber als er es versuchte, tat sich gar nichts.

»Eigenartig«, murmelte er schließlich. »Sehr eigenartig.«

Kirk hörte es und ging von der Navigationskonsole, wo er die Daten über das Energiefeld studiert hatte, zu ihm hinüber.

»Was ist, Spock – was haben Sie da?«

Der Erste Offizier streckte es ihm entgegen. Es war ein kleines, röhrenförmiges Gebilde, einem Fernrohr ähnlich.

»Ich habe dieses Instrument auf meiner Konsole gefunden, Captain. Es hat nur diesen einen drehbaren Ring als Bedienungsmechanismus. Aber er bewirkt nichts – sehen Sie?«

Spock drückte das Okular ans linke Auge und versuchte, es mit dem Ring einzustellen. Kirk, der ihm dabei zusah, bemerkte einen dunklen Kreis um Spocks rechtes Auge. Und als Spock das scheinbare Fernglas zurückzog, hatte er auch um das rechte Auge einen dunklen Ring – genau von der Größe und Form des Okulars.

»Es hat offenbar gar keine Funktion«, meinte Spock. »Ich habe alles mögliche versucht, doch ohne Resultat.«

Gegen seinen Willen mußte Kirk lachen. Sulu und Uhura erging es nicht besser, als sie sich umdrehten und Spock ansahen.

Der Vulkanier stand da und blickte verwirrt zur Kommunikations-, dann zur Navigationskonsole und zurück zu Kirk. Natürlich machte Spocks Ahnungslosigkeit die Situation für die anderen um so komischer.

Schließlich brachte Kirk mühsam beherrscht hervor: »Entschuldigen – Sie, Spock, wissen Sie...«, aber er hatte sich immer noch nicht soweit gefaßt, daß er es ohne zu lachen hätte erklären können. So deutete er nur Kreise um die eigenen Augen.

Spock stand noch einen Augenblick reglos da und ließ sich die wortlose Erklärung durch den Kopf gehen. Dann hob er die Hand und tupfte unter die Augen. Als er sie betrachtete, waren zwei Fingerspitzen rußig.

Er zog lediglich die Brauen zusammen.

Wenn das der letzte derartige Vorfall gewesen wäre, hätte Kirk ihn vielleicht wirklich dem seltsamen Humor eines Besatzungsmitglieds zugeschrieben. Aber die »Vorfälle«, wie jeder an Bord es bald nannte, ereigneten sich mit zunehmender Häufigkeit. Und wurden immer weniger erheiternd.

Scott beschäftigte sich mit ausschließlich ernsthaften Gedanken, als er durch die Korridore zur Maschinenzentrale schritt. Die Reparaturen der von den Romulanern verursachten Schäden würden in Kürze abgeschlossen sein, bis auf einige Feinarbeiten in bestimmten schwerer betroffenen Abteilungen.

Knifflige Reparaturen bedurften sorgfältiger Überlegung, die ihrerseits ziemlichen Hunger verursachte. Er blieb in dem Moment an einem der Speiseautomaten stehen, als Arex und M'ress um die Ecke bogen.

»Mr. Scott«, rief Arex. »Wenn Sie Hunger haben, kommen Sie doch mit uns mit. Wir wollen zum Speisesaal.« Sein seelenvolles Gesicht strahlte Freundlichkeit aus.

»Nein, danke, Arex«, lehnte Scott höflich ab. »Ich nehme mir nur eine Kleinigkeit mit, die Arbeit drängt und ich möchte einige meiner jüngeren Techniker mit manchen Maschinen nicht gern zu lange allein lassen.« Er grinste.

»Wie Sie meinen«, sagte Arex verständnisvoll. »Weiß man schon, wer sich diese Streiche erlaubt hat, mit den – Trickgläsern, wie jemand sie nannte – und mit Mr. Spock?«

»Nein, wir haben keinerlei Hinweise. Außerdem habe ich von mehreren anderen kindischen Streichen aus den verschiedensten Abteilungen gehört.«

Arex und M'ress wechselten Blicke. »Wirr haben garr nichts derrgleichen gehörrt oderr gesehen«, schnurrte M'ress.

»Vielleicht sind Sie immun – gut für Sie.«

»Hoffentlich. Wenn ich bedenke, was mit Mrr. Spock warr«, sagte M'ress mitfühlend. »*Mm-rrau – so peinlich.*«

»Bis später«, fügte Arex hinzu, als sie weitergingen.

Scott murmelte »auf Wiedersehen«, dann schaltete er den Speisenautomaten ein, gab Namen und Rang ein und bestellte abwesend ein Schwarzbrotsandwich mit Emmentaler.

»Nein – lieber Pumpernickel«, verbesserte er rasch. Das Lämpchen glühte bestätigend auf. Scott drückte auf einen zweiten Knopf und wurde mit einem Blick auf den Teller belohnt, der in das Ausgabefach glitt.

Er langte hinein, nahm das Sandwich heraus und drehte sich zum Gehen um. Da hörte er ein Geräusch hinter sich.

Erstaunt drehte er sich um. Ein zweites Pumpernickelsandwich erschien im Fach. Er zuckte die Schultern und zog es ebenfalls heraus – und schon wurde es durch ein drittes ersetzt, dem sogleich zwei aufeinander folgten.

Er brummelte vor sich hin, setzte seine drei auf dem Boden ab und nahm die zwei neuen heraus. Noch zwei erschienen, gefolgt von drei weiteren – die letzten jedoch statt mit Emmentaler mit Limburger.

Danach kamen in immer schnellerer Reihenfolge einzelne Stücke von Schokoladentorte, Käsekuchen, Nußschnitten, dann drei dampfende Schüsseln Chop Suey, Vanilleeiskrem mit Schokoladensoße und ein geräucherter Truthahnschenkel.

Blinkend und surrend gab der Automat so schnell einen Strom von portionierten Speisen von sich, daß Scott nicht dazu kam, auch nur zu erkennen, was jede einzelne war.

»Was zum... *Aufhören!*«

Er hatte bereits die Arme voll Käse, schmelzender Eiscreme, Speisen unterschiedlichsten ethnischen Ursprungs. Seine Uniform war von der Taille abwärts bespritzt und bekleckst.

»*Ein* Sandwich habe ich bestellt!« brüllte er verzweifelt. »Nur ein verdammtes Sandwich, du verrückte Maschine!«

Schritte erklangen, Arex und M'ress waren umgekehrt und eilten um die Ecke. »Mr. Scott!« rief Arex. »Ist was passiert?« Der besorgte edoanische Navigator hielt abrupt an. M'ress fing zu lachen an, da konnte auch Arex sich nicht zurückhalten.

»Ent-schuldigen – Sie, Mr. Scott«, stammelte er. »Es tut uns leid, aber...«

»Lachen Sie nur – welch ein Spaß!« knurrte Scott gereizt, während ihm Salamischeiben und Nierenpasteten entgegensprangen. »Ich wette, daß Sie zwei für alles verantwortlich sind, was... He!«

Der Automat verdoppelte seine Kapazität, indem er nun auch noch durch den Recyclingschacht Speisen ausspie. Das erschwerte es Scott, nach den Kontrolltasten zu langen – obwohl jegliches bisherige Draufdrücken und Draufschlagen ohnehin nichts genutzt hatte.

»Das ist eine infame Verleumdung, Mr. Scott!« protestierte Arex. »Wir sind weder die Urheber dieses, noch irgendwelcher anderer Streiche! Wie hätte *ich* das programmieren können? Ich weiß ja nicht einmal von der Hälfte der herumliegenden Speisen, daß dergleichen überhaupt genießbar ist.«

»Es kann eine wahllose Programmierung sein«, konterte Scott. »Ich frage mich, ob der Captain Ihnen Ihre Ausrede abkauft.«

Er wich einem Schwall Köfte aus, auf die jeder persische Koch stolz gewesen wäre, und machte erneut einen Schritt auf die Kontrollen zu. Wenn er die Bedienungstafel abnehmen könnte, brauchte er nur die Schaltkreise zu überbrücken.

»Ich werde Sie beide melden, sobald ich...« Er hielt inne, als er die Wand erreichte und sich bückte, um die zwei Schraubverschlüsse in Bodenhöhe zu öffnen.

Während er das tat, schoß ein großes Stück Sahnetorte mit erstaunlicher Geschwindigkeit aus der Maschine und klatschte ihm voll ins Gesicht, daß er zurücktaumelte. Als er sich wieder gefangen hatte, wischte er sich die Sahne aus den Augen und starrte leeren Blicks auf den Automaten.

»Glauben Sie uns, Mr. Scott«, versicherte ihm Arex ernst, »wir haben nichts damit zu tun.«

Aber der Chefingenieur ignorierte ihn und wich von der Maschine zurück, als hätte sie plötzlich eigene, boshafte Intelligenz entwickelt.

Das letzte Tortenstück war wie ein Geschoß gekommen – und *gezielt*!

Er starrte den Automaten mißtrauisch an.

Das war nicht der letzte dieser seltsamen Vorfälle.

6

Die Streiche wurden immer mehr und immer plumper. Schließlich behinderten sie sogar die Schiffsreparaturen. Der Gipfel an Lächerlichkeit war erreicht, als Kirk auf die Brücke gestürmt kam und mit in den Hüften gestützten Händen an der Lifttür stehenblieb.

Arex blickte an der Navigationskonsole auf, Spock von seinem Computer und M'ress von der Kommunikationskonsole.

»Okay«, sagte Kirk finster. »Jetzt reicht es wirklich!«

Aus seiner Stimme schwang gleichermaßen Frustration wie Wut. So kannte man den Captain nicht. Alle blickten ihn verwundert an.

»Was – reicht, Sir?« fragte Arex schließlich.

Kirk bedachte den unschuldigen Navigator mit einem zornigen Blick. »Ich habe gerade eine frisch gereinigte Uniform angezogen, als ich *das* bemerkte.« Er drehte sich um.

Auf dem Rücken des Hemdes sprangen einem große leuchtendgelbe Buchstaben ins Auge. KIRK IST DOOF. Darunter war wie von Kinderhand ein Vollmondgesicht mit schielenden Augen und zu einem dummen Grinsen verzogenen Mund gezeichnet.

Die Vorfälle an Bord hatten inzwischen einen Punkt erreicht, wo niemand sich mehr über irgend etwas wunderte. Doch dieser Angriff auf die Kapitänswürde ließ alle auf der Brücke erstaunt aufblicken. Das Ganze war von plumpem Humor in offene Beleidigung ausgeartet.

Ein flüchtiges Kichern wurde irgendwo laut. Jeder blickte nervös auf seinen Nachbarn, aber das Kichern wiederholte sich nicht – zum Glück für den, dem es entkommen war.

Jeder wußte nur eines sicher, er selbst hatte nicht gelacht – und jeder wollte es Kirk auf seine Weise wortlos übermitteln, während dieser einen nach dem anderen anblickte.

»Wenn der hysterische Anfall vorüber ist, hätte ich gern eine Erklärung für dieses kindische Benehmen.«

»Das«, sagte Spock in eigenartigem Ton, »dürfte schwierig sein. Ich hatte sowohl Leutnant Arex wie Leutnant M'ress im Auge, doch weder er noch sie lachte. Unnötig zu sagen«, endete er ruhig, »daß ich nicht gelacht habe.«

»Irgend jemand *hat* jedenfalls gekichert«, entgegnete Kirk. Neugier hatte bereits seine Wut verrauchen lassen.

Ehe die Debatte fortgesetzt werden konnte, sprang M'ress plötzlich auf und deutete hinter Kirk. »Captain, drehen Sie sich um!«

Kirk hatte nun endgültig genug. »Also wirklich, M'ress, Sie müssen sich schon was Besseres einfallen lassen!«

»Es ist kein Trick, Sir«, versicherte ihm Arex.

Kirk wirbelte herum – und wich ein paar Schritte zurück. Dichter Nebel wallte aus dem Schacht des Turbolifts auf die Brücke. Er wogte um die Beine des Captains und über den Boden.

»Was ist *das*?«

Spock befragte bereits den Computer, und die Antwort erschien auf dem Monitor. »Der Ursprung dieser atmosphärischen Aberration scheint sich zwei Decks unter uns zu befinden, Captain.«

Auf die Funktion des Lifts schien der Nebel keine Auswirkung zu haben. Als Kirk auf die Nothaltetaste drückte und die Tür zurückglitt, sahen sie, daß der Korridor vor ihnen, vom Boden zur Decke, mit gespenstischem, wallendem Nebel gefüllt war.

Spock machte zwei Schritte in diese Wolke und hielt sich einen kleinen Sensorenscanner vor die Augen. Während Kirk ungeduldig wartete, nahm er Messungen vor.

»Und was ist es?«

»Um ehrlich zu sein, Captain, ich hatte etwas anderes erwartet«, antwortete Spock, ohne zu erläutern, was dieses »andere« war. »Aber das hier ist offenbar ein völlig normaler, auf Wasser basierender Nebel – nur, daß seine Existenz auf einem Sternenschiff *nicht* normal ist. Vielleicht könnten die Feuchtigkeitsmesser...«

Als er einen weiteren Schritt vorwärts tat und die Beine unter ihm fortrutschten, schlug er wild um sich und kämpfte um sein Gleichgewicht. Kirk beeilte sich, ihm zu helfen, dabei rutschte er selbst wie auf Kugeln. Doch indem sie sich gegenseitig stützten und sich schließlich an einer nahen Tür festhalten konnten, vermieden sie einen möglicherweise gefährlichen Sturz. Sie brauchten eine Weile, bis sie wieder zu Atem kamen.

Spock gab den Sensorscan zugunsten zwar weniger detaillierter, dafür aber direkterer Untersuchungsmethoden auf. Er kniete sich vorsichtig nieder und erkannte so mühelos, weshalb sie den Boden unter den Füßen verloren hatten.

»Erstaunlich«, murmelte er. »Der Boden ist mit einer Eisschicht bedeckt.«

»Er wäre fast auch mit uns bedeckt gewesen«, brummte Kirk. »Was für eine Art von Eis, Spock?«

»Offenbar ganz normales, gefrorenes Wasser, Captain. Es scheint keine ungewöhnlichen oder gefährlichen Eigenschaften zu besitzen – außer seinem gegenwärtigen Zustand natürlich.«

»Eis«, murmelte Kirk. Er starrte in den kalten Nebel. »Ich weiß nicht, was auf unserem Schiff vorgeht, Mr. Spock, aber es muß aufhören, bevor jemand zu Schaden kommt. Wer sich diesen Unfug ausdenkt, wird offenbar immer übermütiger.«

Wie auf ein Stichwort ertönte dieses seltsame Kichern wieder. Kirk brauchte sich nicht umzusehen, er wußte, daß nur er und Spock sich im Korridor befanden. Das aufreizende Kichern war diesmal laut und deutlich. Es klang ein wenig wie von einer Frau und beinah – beinah vertraut.

Kirk machte einen Schritt in die Richtung, aus der das Kichern kam, wie er glaubte. Hatte sich vielleicht doch jemand in diesem Nebel versteckt? Sofort rutschten die Füße unter ihm davon. Nur Spocks fester Griff half ihm, sein Gleichgewicht wiederzufinden.

»Dieses Lachen – es klingt wie das auf der Brücke vor ein paar Minuten. Irgendwie sehr vertraut.« Er blickte seinen Ersten Offizier an. »Was halten Sie von der ganzen Sache, Spock?«

»Trotz der zunehmenden Zahl von Vorfällen, Captain, deutet alles auf einen einzelnen Schuldigen hin.«

»Wie wollen Sie wissen, daß es nicht meh...« Kirks Augen weiteten sich. »Sie glauben zu wissen, wer es ist, nicht wahr?«

»Nicht wer, Captain – was. Ich glaube, daß unser Witzbold die *Enterprise* ist.«

»Die *Enterprise*...?« Kirk ließ sich diese Hypothese durch den Kopf gehen. Plötzlich fügte sich alles zusammen. »Jetzt ergibt alles Sinn. Dieser sorgfältig modulierte weibliche Ton – es ist die Stimme unseres Hauptcomputers!«

»Exakt«, bestätigte Spock.

»Ich will, daß alle Mann sich auf ihre Posten begeben und die Computertechniker in Doppelschichten arbeiten. Wir werden eine komplette Überprüfung des kybernetischen Systems vornehmen und dieser Sache auf den Grund gehen.« Seine Stimme wurde drohend.

»Trickgläser und verrückte Speisenautomaten sind eine Sache; aber wenn irgendein Schaltkreisfehler sich auf das Funktionsprogramm des Schiffs auszuwirken beginnt...«

»Ich bin ganz Ihrer Meinung, Erster Offizier. Das muß gestoppt werden, bevor dieser Streiche größeren Schaden anrichten. – Momentan haben wir jedoch ein direkteres Problem.« Er deutete mit einem Kopfnicken auf den Boden hinter ihnen. »Wie kommen wir bei diesem Eis heil zum Lift zurück?«

Doch gibt es kaum ein Problem, das ein Sternenschiffkapitän und sein Erster Offizier nicht mit vereinten Kräften lösen können.

Auf Händen und Knien kriechend schafften Kirk und Spock es sicher zum Lift.

Während Arex und M'ress ihren Pflichten auf der Brücke nachgingen und Kirk und Spock über das Problem nachdachten, das der verrückt gewordene Zentralcomputer darstellte, waren Uhura und Sulu auf dem Weg zum Erholungsraum. McCoy schloß sich ihnen einen Augenblick später an.

Uhura drückte auf die Taste neben der Tür. Ein kleines Schild leuchtete grün mit dem Wort FREI auf. Gleichzeitig ertönte ein gedämpftes Piepen, das farbenblinden und des Englischen nicht kundigen Besatzungsmitgliedern und Gästen dasselbe mitteilte.

Uhura schnurrte fast vor Zufriedenheit. »Gut, es ist niemand da. Jetzt können wir unsere Freizeit genießen, ohne irgendwelche dummen Streiche befürchten zu müssen.«

Die schwere Tür glitt zur Seite. McCoy folgte den beiden. »Genau das, was der Arzt verordnet hat«, sagte er lachend und nahm das (wenn auch nur scheinbar) entspannende Bild der Grünanlagen und Springbrunnen in sich auf.

»Die Standarderholung«, bemerkte Sulu. »Und jetzt etwas ein bißchen Originelleres.« Er drückte auf den Knopf, der die Tür hinter ihnen schloß und sie vom Rest des Schiffes trennte.

Nur einen Augenblick später erschallte dreimal ein elektrischer Gong, und Spocks Stimme füllte den leeren Korridor und jeden anderen und alle Räumlichkeiten an Bord. »Alarmstufe Gelb – alle Mann auf ihre Stationen. Ich wiederhole: alle Mann auf ihre Stationen. Computertechniker der zweiten und dritten Schicht in den Konferenzraum. Ich wiederhole: alle Mann...«

Aber in der Abgeschlossenheit des Erholungsraums wurde der Befehl nicht gehört. Vielleicht durch einen Defekt an den Lautsprechern.

Vielleicht...

Sulu trat an das einzig sichtbare Zeichen der hier gut integrierten Elektronik: eine kleine Konsole rechts vom Haupteingang. Mit einem Knopfdruck ließ er die Parklandschaft verschwinden.

Nun sahen sie den Raum, wie er wirklich war: eine riesige Halle mit gewölbten Wänden, völlig in Weiß gehalten. Es war, als stünden sie in einer glatten Elfenbeinkuppel.

»Etwas Beruhigendes und Anheimelndes«, murmelte der Rudergänger überlegend. »Was meinen Sie?« fragte er seine Begleiter. »Hätten Sie etwas gegen einen schönen, menschenleeren Badestrand?«

Er wandte sich der aufwendigen Tastatur zu. Der Monitor darüber würde ein detailliertes, dreidimensionales Bild des Programms zeigen, das der Bediener der Konsole eingab. Die Konsole selbst bestand aus einer Standardtastatur sowie zahlreichen Kontrollen, mit denen unter anderem das Klima, die Tageszeit und dergleichen eingestellt werden konnten. Sulu begann mit der Eingabe. Nur Offiziere und qualifizierte Mannschaftsmitglieder durften so heikle Einzelheiten wie Temperatur und Sauerstoffgehalt manipulieren.

Während er die Tasten betätigte, begann sich auf dem Schirm allmählich ein Bild zu formen.

Er hielt kurz an, um es zu studieren, dann drückte er auf weitere Tasten, um periphere Vegetation hinzuzufügen. Schließlich begutachtete er zufrieden das fertige Programm. Er drückte auf eine Taste, woraufhin das Bild sich um dreihundertsechzig Grad drehte und dann schräg anhielt.

Zufrieden schaltete er auf Übertragung.

Rundum, über ihnen, unter ihnen, verwandelte sich der Raum.

Spock hätte es als Routineumstellung physischer Bedingungen innerhalb eines beschränkten Raums durch den Erholungscomputer genannt, der sich der umfangreichen Fabrikationseinrichtungen der *Enterprise* bediente. Jeder, der vor zweihundert Jahren gelebt hatte, hätte es ein Wunder genannt.

Die Anlage hier war primitiv verglichen mit dem gewaltigen Traumcomputer,* den sie auf einem Planeten kennengelernt hatten. Aber innerhalb seiner Leistungsgrenzen war er zur Behebung der Langeweile an Bord zu einigen sehr wirkungsvollen Verwandlungen imstande.

Schimmernde Formen gewannen Substanz, und die Illusion von Festigkeit, Wände und Decke verschwanden, und an ihrer Stelle erschien ein Sandstrand, auf den sanfte Wellen spülten. Das Schreien ferner Möwen war zu hören. Der Erholungscomputer konnte zwar keine dreidimensionalen Ebenbilder der Vögel erschaffen, diese bewegte Illusion wäre zu schwierig aufrechtzuhalten gewesen. Aber es waren dreidimensionale Aufnahmen von Seevögeln vorhanden, die auf den fernen tiefblauen Himmel projiziert wurden.

Sulu achtete sehr aufs Detail – schließlich war die fortgeschrittene Schöpfung dieser Computerlandschaften eine eigene Kunst-

* RAUMSCHIFF ENTERPRISE, die neuen Abenteuer, Band 3: Der Venus-Faktor, Goldmann 23662.

form. Ein Seestern lag am Wasserrand, und angespülter Tang trocknete in der Luft.

»Gut gemacht, Sulu«, lobte McCoy und begutachtete die fertige Schöpfung. »Ihre Wasserlandschaften sind perfekt, aber ich fürchte, hier ist es mir ein wenig zu heiß. Ich würde lieber einen bedächtigen Waldspaziergang machen.«

»Das würde mir auch zusagen«, stimmte ihm Uhura zu, während sie zu der starken Lichtquelle hinaufblinzelte, die hier die Sonne darstellte.

»Warum haben Sie das nicht gleich gesagt?« fragte Sulu, der mit dem Vorschlag einverstanden war. »Also, ein Wald – dunkel und tief.«

Ein Tastendruck löste Wasser, Möwen, Sand, Seestern und Tang auf. Der Rudergänger fing noch einmal von vorne an.

Botanik war sein Hobby. Deshalb übertraf er seine Schöpfung des Strandes sogar noch. Der Wald, den er herbeizauberte (ein nordamerikanischer Mischwald), war schier endlos und prangte in üppigem Grün. Sonnenstrahlen fielen durch die Zweige, und Staubkörner tanzten in ihrem Licht. Es war eine sehr reale Abbildung, in der Sulu weder das Moos an der »Nord«seite der Bäume vergessen hatte, noch die passenden Pilze dazwischen.

»Ahhh – das ist schon eher etwas für mich!« freute sich McCoy. Er genoß die angenehm kühle Luft und atmete bedächtig den würzigen Duft von Tannen und Buchen ein – so künstlich er auch war. Er forderte Uhura und Sulu mit einer Geste auf, vorauszugehen, und folgte ihnen auf dem Pfad zwischen den Bäumen, der sich kreuz und quer durch die verhältnismäßige Enge des Erholungsraums schlängeln würde.

Falls es ihnen langweilig werden sollte, genügten ein paar Tastendrucke an der Konsole – die Sulu geschickt hinter einem jungen Ahorn verborgen hatte – und die Landschaft würde sich wieder verändern. Doch noch freuten sie sich über die kühle leichte

Feuchtigkeit ihres höchstpersönlichen Waldes und versuchten, die von Sulu mit voller Absicht durcheinandergemischten Vogelstimmen einzuordnen…

M'ress, die die Anwesenheitsliste der Offiziere von Schlüsselpositionen führte, wie es bei einem Gelbalarm üblich war, stellte fest, daß sich drei Offiziere nicht meldeten. Sie überprüfte es erneut, ehe sie Kirk darauf aufmerksam machte.

»Captain«, berichtete sie schließlich, »nach allem, was ich erruierren konnte, müssen sich die Offizierre McCoy, Sulu und Uhurra noch im Haupterrholungsrraum befinden. Sie haben den Aufrruf wederr bestätigt, noch sich gemeldet.«

»Das muß nicht unbedingt überraschen, Leutnant«, entgegnete Kirk. »Um eine längere Illusion aufrechtzuerhalten, kann der Haupterholungsraum völlig vom Rest des Schiffs abgetrennt werden. Sie können die drei wahrscheinlich erreichen, indem Sie sie über das separate Lautsprechersystem des Erholungsraums rufen.«

»Das ist es ja, Sirr! Ich habe es berreits verrsucht«, erklärte sie besorgt. »Sie antworrten auch darrauf nicht. Ich weiß nicht einmal, ob mein Rruf durrchkommt.«

»Also, das *ist* überraschend.« Kirk richtete sich steif in seinem Sessel auf. »Versuchen Sie es noch einmal.«

M'ress wandte sich wieder ihrer Konsole zu und nahm die erforderliche Einstellung vor. »Drr. McCoy, Leutnant Uhurra, Leutnant Sulu – melden Sie sich soforrt auf derr Brrücke. Gelbalarrm. Ich wiederrhole, Alarrmstufe Gelb. Bitte bestätigen Sie.«

»Noch einmal«, befahl Kirk angespannt. Was ging da vor?

M'ress seufzte und hob die Stimme, obwohl sie wußte, daß die Lautsprecher die Stärke automatisch regeln würden. »Drr. McCoy, Leutnant Uhurra, Leutnant Sulu, kommen Sie zurr Brrücke…«

Der Pfad durch die dichten, hohen Bäume war mit dicken Farnbüschen gesäumt. Wasser sickerte von einem Hang in einen Tümpel, wo eine Venusfliegenfalle über der Projektion einer Ameise zuschnappte.

Das Tropfen des Wassers war der einzige Laut in der Waldeinsamkeit. Die drei Spaziergänger gelangten zu einer von hohen Farnen und Pilzen umrandeten Lichtung. Baumschwamm bildete Stufen an Stämmen.

»So friedlich, so entspannend«, murmelte Sulu. »Eine wundervolle Erholung von Hast und Routine. Eine ausgezeichnete Wahl, Doktor.«

»Ich mache ein Nickerchen«, erklärte Uhura und legte sich in den Schatten eines mächtigen Ahorns.

»Und das schönste ist, daß es hier keine unliebsamen Überraschungen gibt«, sagte McCoy. »Außer«, fügte er halbspaßend hinzu, »einer von Ihnen ist der verdammte Witzbold.«

Sulu setzte sich ins Gras und grinste. Doch sein Grinsen schwand rasch, als ein fernes, unnatürliches Kichern die Stille brach. Uhura stützte sich neugierig aufhorchend auf einen Ellbogen. McCoys Blick suchte den Himmel und die Bäume ringsum ab.

»Ich weiß, daß Sie alles sehr naturgetreu programmiert haben, Sulu – aber diese Landschaft erscheint mir nicht irisch genug für Kobolde.«

»Ich habe auch keine programmiert«, versicherte ihm Sulu. Er spähte mit leichter Besorgnis ins dunkle Unterholz. Die Speicher des Erholungscomputers hatten Unglaubliches zu bieten. Wenn vielleicht jemand auf die Idee kam, sie zu erschrecken, vielleicht mit einem taurischen Säbelzahnwolf...

»Es hat sich fast so angehört, als kicherte jemand.«

Das Kichern – oder was immer es war – wiederholte sich nicht.

McCoy zuckte schließlich die Schultern. »Wahrscheinlich nur

ein Fehler auf einem der Toneffektbänder – könnte alles mögliche sein. Wir sind alle ein bißchen nervös durch die letzten Vorfälle.«

Uhura stand auf. Die Lichtung erschien nicht mehr so einladend. »Ich glaube, mit meinem Nickerchen wird es nichts, ich bin doch nicht so müde, wie ich dachte.«

Sie überquerten die Waldwiese und folgten wieder dem Pfad. Er bog in einiger Entfernung zwischen den Bäumen nach links ab.

Gleich hinter der Biegung hörte er vor einer großen, quadratischen Grube auf. Wie von dem plötzlich aufkommenden Lüftchen herbeigelockt, wuchsen Zweige aus dem Unterholz und schoben sich in unnatürlicher Symmetrie über die Grube. Sobald dieses dichte Gitter vollständig war, fielen Blätter und Tannennadeln von den Bäumen darauf, bis selbst ein so aufmerksamer Beobachter wie Spock nicht bemerkt hätte, daß sich unter all diesen gefallenen Blättern und Zweigen eine Grube befand. Ein letztes Blatt schwebte herab, um eine winzige Spur Dunkelheit zu verbergen, gerade als McCoy, Sulu und Uhura näher kamen und die vor ihnen liegende Landschaft bewunderten.

»Das ist eine Hemlocktanne, nicht wahr?« fragte McCoy und deutete. »Wunderschön! Ich mochte Ihren Strand, aber...« Er machte eine weitausholende Armbewegung. »...ich wollte etwas Schattigeres, Kühlendes. Es ist fast als – *he*!«

Ein erstauntes Japsen von Sulu und ein Aufschrei von Uhura folgten, und fast gleichzeitig Rascheln von Blättern, Knirschen brechender Zweige und ein mehrfaches Plumpsen. Dann war alles still. Still, bis ein durchdringendes Kichern ringsum ertönte. Drei Augenpaare blickten nervös nach oben.

Doch der Urheber ließ sich nicht sehen. »Wieder dieses Kichern«, murmelte Sulu. »Es war keine Einbildung.«

»Ich habe mich getäuscht«, sagte McCoy grimmig. »Das ist kein Bandfehler. Ohne Zweifel lacht uns jemand aus.« Er plagte sich auf die Füße und klopfte seine Uniform ab.

»Also haben wir unseren Witzbold doch nicht zurückgelassen, als wir hierherkamen. Aber wie, zum Teufel, kann sich jemand in einem kahlen Erholungsraum verstecken? Es gibt keine uneinsehbaren Ecken oder Nischen.«

»Der Schalter für Notfälle an der Tür«, sagte Sulu nachdenklich. »Vielleicht ist jemand hereingekommen, nachdem die Landschaft bereits eingegeben war.«

»Möglich«, pflichtete ihm McCoy bei. »Sind Sie beide in Ordnung?«

Uhura stand gerade auf. Ein Stich im linken Fußgelenk beim Auftreten ließ sie zusammenzucken, aber sie nickte. Sulu hatte beim Fallen mit dem Instinkt des Leichtathleten reagiert und sich nicht einmal die Haut abgeschürft. McCoy hatte nur einfach Glück gehabt.

Der Arzt blickte hinauf. »Ich weiß nicht, wie Sie beide dazu stehen, aber mir reicht es! Ich werde dieser Sache jetzt auf den Grund gehen!«

Seine Worte führten zu einer unerwarteten Reaktion. Nach einem heftigen Gekichere wiederholte eine Stimme seltsam gestelzt: »Auf den *Grund* gehen!« Die Stimme klang freundlich, trug aber trotzdem nicht dazu bei, McCoy zu beruhigen. Er deutete nach oben, ohne jemanden zu sehen.

»Also gut, wer immer Sie sind. Wir sind auf Ihren idiotischen Streich hereingefallen. Jetzt helfen Sie uns hier heraus.«

»Hereingefallen«, wiederholte die Stimme. »Hereingefallen, haha…« Sie brach in unbezwingbares Lachen aus.

Normalerweise hätte zumindest einer der drei in der Falle sitzenden Offiziere die Stimme inzwischen erkennen müssen. Aber ihr Verstand wurde momentan zu sehr von ihrem Ärger dominiert. Sie konnten sich nur einen Gegner aus Fleisch und Blut vorstellen.

»Wenn wir herausfinden, wer Sie sind«, fuhr McCoy wütend

fort, »werden Sie sich vor einem Bordgericht zu verantworten haben – darauf können Sie Gift nehmen!«

Diese Drohungen beeindruckten den Lacher in keiner Weise. Im Gegenteil, je ernster die Drohungen, desto heftiger das Gelächter.

»Ich warne Sie«, sagte Sulu. »Der Captain wird Sie degradieren, wer immer Sie sind. Sie sind nun zu weit gegangen. Es ist nicht mehr komisch. Nicht, daß irgendwelche Ihrer anderen dummen Streiche es gewesen wären.«

Aber ihr unsichtbarer Gegner schien gar nicht daran zu denken, mit dem kichernden Lachen aufzuhören.

McCoy blickte seine Begleiter an. »Offenbar ist der Bursche zu eingenommen von seinem merkwürdigen Humor, als daß er auf Vernunft hören – geschweige denn uns helfen würde. Das müssen wir wohl selbst.«

Er drehte sich um und studierte die Grubenwand. Die künstliche Erde war weich und krümelig. Er ließ den Blick zum Rand wandern. Die Grube war tief und die Wände glatt und steil. Hinaufzuklettern war unmöglich, selbst wenn sie einander hochhalfen.

Versuchshalber scharrte er an der Erde. Sie gab mühelos nach.

»Zu locker, Doktor!« sagte Uhura besorgt. »Sie könnte einstürzen.«

»Nein, ich glaube nicht, daß unser Witzbold so weit gehen würde«, entgegnete er zweifelnd. »Außerdem«, fügte er ironisch hinzu, »könnte er keine Späße mehr mit uns machen, wenn wir tot wären. Wie auch immer, ich habe nicht vor, müßig herumzusitzen und darauf zu warten, daß er sich was Neues einfallen läßt. Helfen Sie mir mal.«

Gemeinsam machten sie sich daran, einen schrägen Pfad die Wand hinauf zu graben, und mußten hin und wieder zurückspringen, wenn Erde herunterrutschte. Aber zu einem Einsturz kam es nicht. Sie waren binnen kurzem von oben bis unten schmutzig. Es war eine zeitraubende, anstrengende Arbeit, aber bald würden sie aus der Grube sein. Wie McCoy vermutet hatte, machte ihr unsichtbarer Gegner keine Anstalten, ihnen zu helfen.

Spock blickte von seiner Konsole auf den besorgt wartenden Kirk. »Tut mir leid, Captain – nichts. Ich habe versucht, den offenbar schadhaften Notöffnungsmechanismus zu umgehen und die gegenwärtige Programmierung abzubrechen, aber ich konnte es nicht.

Doch es gibt genügend Anzeichen, daß sie noch drinnen sind. Jemandes Sauerstoff wird erneuert, und hin und wieder wird Energie für die Aufrechterhaltung der programmierten Szenerie verbraucht.«

»Dann gibt es nur zwei Möglichkeiten«, sagte Kirk. »Entweder sie können nicht antworten – aus welchem Grund auch immer. Oder eine Fehlfunktion der Einrichtung verhindert, daß wir sie erreichen.« Er drehte sich um.

»M'ress – tut sich schon was?«

»Noch keinerlei Verrbindung, Captain. Auf keinem Kanal.«

Kirk überlegte. »Es ist der Computer, der uns Schwierigkeiten macht, Spock. Er überwacht auch alles, was im Erholungsraum vorgeht. Also...«

»Das wollte ich gerade selbst vorschlagen, Captain.«

Spock drehte sich um, und seine Finger huschten mit geschmeidiger Präzision über die Tasten. Dem Blinken und Aufleuchten von Anzeigern folgte das Piepen und Summen reagierender Apparaturen. Die Antwort erfolgte sowohl schriftlich auf Spocks Monitoren, sowie hörbar aus den Brückenlautsprechern.

»Ich weiß es, aber ihr müßt es herausfinden!«

Spocks Augenbrauen sahen aus, als wären sie seine Stirn hochgekrochen. Infantile, rätselhafte Antworten war er von Menschen gewöhnt. Aber daß etwas so Präzises und absolut Logisches wie der Schiffscomputer zu so barbarischer Torheit Zuflucht nehmen würde, erschien ihm schon fast wie das Ende aller Rationalität.

Kirk starrte ihn ungläubig an. »Habe ich das wirklich richtig gehört, Mr. Spock?«

»Ich fürchte ja, Captain. Die Funktionsstörung ist offenbar viel ernster, als ich für möglich hielt.« Er wandte sich wieder seiner Tastatur zu.

»Frage«, formulierte er sorgsam. »Hältst du Dr. McCoy und die Leutnants Uhura und Sulu absichtlich im Erholungsraum gefangen?«

Die Antwort kam ebenfalls umgehend, diesmal in einem Ton, der schließen ließ, daß der Computer seine gestörten Schaltkreise nicht mehr völlig unter Kontrolle hatte. Er wird doch ganz bestimmt nicht wie ein schmollendes Kind klingen *wollen*, dachte Kirk.

»Das verrat' ich nicht«, schrillte er. »Nie, nie, nie! Ihr könnt mich auch nicht dazu bringen. Könnt ihr nicht, könnt ihr nicht! Und ich tu's nicht!«

Kirk ballte die Fäuste und ging zu Spock hinüber. »Lassen Sie mich versuchen«, flüsterte er. Dann sagte er laut und so scharf, wie er nur konnte.

»Hier spricht Captain James T. Kirk. Du bist programmiert, jedem Befehl, den ich dir erteile, zu gehorchen.«

»Das ist richtig«, antwortete die Stimme ruhig.

Bei dieser versöhnlichen Antwort verrauchte ein wenig von Kirks Wut. Vielleicht brauchte der Computer, um von diesem unerklärlichen Irrsinn loszukommen, lediglich feste Befehle.

»Also gut«, fuhr er fort. »Ich befehle dir, die Offiziere McCoy, Sulu und Uhura aus dem Erholungsraum freizulassen – *sofort*!«

Auf der Konsole blinkten ein paar Lämpchen auf, dann erklang die Stimme sanft: »Sagst du bitte?«

»Also wirklich!« Kirk schluckte. Ihn wunderte inzwischen nichts mehr.

Spock lehnte sich zurück und murmelte: »Man sollte die Befehlspriorität nicht mit einer Maschine debattieren, Captain. Unter den gegebenen Umständen würde ich Ihnen empfehlen, Ihren Stolz zu schlucken und nachzugeben.«

Kirk wollte protestieren, doch dann nickte er. Er bemühte sich um eine ruhige Stimme, als er sagte: »Bitte?«

Eine Pause, und diesmal schienen die Lämpchen in normaler Sequenz aufzuleuchten. Er wollte bereits einen triumphierenden Blick mit Spock wechseln, als die Stimme ausgelassen rief: »Sag bitte, bitte!«

Kirk schaltete die Tonübertragung ab, um dem Spiel ein Ende zu machen. Arex sah aus, als wolle er etwas sagen, unterließ es dann aber, als Kirk den Hauptbildschirm ans Intercomsystem anschloß, auf eine Taste drückte und das Bild des besorgten Chefingenieurs zu sehen war.

»Mr. Scott, ich habe jetzt wirklich genug!«

»Aye, Captain.« Scott ignorierte Kirks Ärger. Den Grund dafür konnte er sich ohnehin denken. Außerdem würde bestimmt gleich die Erklärung folgen. Er hatte recht.

»Wir haben ein ernstes Problem mit dem Hauptcomputer, Scotty. Es geht nicht mehr nur um Cremetorten und Glatteis; wir sind ziemlich sicher, daß er McCoy, Sulu und Uhura gekidnappt hat.«

»Gekidnappt? Der Hauptcomputer?« Scotts Miene vollzog seine Gefühle nach, als ihm die Bedeutung von Kirks Worten voll bewußt wurde. »Der Hauptcomputer – aber wie…?«

»Das wissen wir noch nicht.«

Scott überlegte. »Warum befehlen Sie ihm nicht, es zu erklären?«

»Das haben wir versucht, Scotty.« Kirk lächelte schief. »Als

Antwort haben wir bloß Spott und Unsinn bekommen. Weder Mr. Spock noch ich glauben, daß es etwas bringt, wenn wir es auf diese Weise weiterversuchen – und es ist auch nicht gerade gut für meinen Blutdruck. Ich sehe nur noch eine Lösung, eine Chance, noch ernstere Schwierigkeiten zu verhindern.« Er seufzte.

»Ich möchte, daß Sie alle höheren Logikfunktionen abschalten, bis wir herausfinden, was verantwortlich ist für diesen kybernetischen Irrsinn, und ihn in den Griff kriegen.«

»Aye, Sir.«

»Lassen Sie nur die technischen Funktionen in Betrieb«, fuhr Kirk fort. »Aber unterbrechen Sie alles, was zu abstraktem und kreativem Erkennen und Folgern fähig ist, bis wir ein Team in den Computerraum schicken können, das diese Speicher analysiert. Wir dürfen keine weiteren Manipulationen der Bordfunktionen riskieren.«

»Ich werde sofort ein Team darauf ansetzen, Sir. Und die Hauptlobotomie übernehme ich selbst. Scott Ende.«

»Brücke Ende.« Kirk schaltete aus. Scotts Bild verschwand, und der Captain sah sich einem Panorama fremder Konstellationen gegenüber.

7

Eine weitere Handvoll Erde, dann noch eine – und schließlich die letzte. Sulu begutachtete den schrägen Pfad, den sie in die Wand gegraben hatten.

»So müßte es gehen.« Er lächelte Uhura zu. »Sind Sie bereit?«

Sie holte tief Atem. »Ich habe seit Jahren keine Kletterpartie mehr gemacht.« Während ihrer Akademiezeit hatte sie mit ein paar wagemutigen Freunden den Äolia auf Tsavo II erklommen.

Wenn diese ihre Bedenken sehen könnten, nur weil sie eine Wand von lediglich dreieinhalb Metern hochsteigen sollte, würden sie lachen.

Sulu und McCoy bildeten mit verschränkten Händen eine Doppelstütze für sie. Mit dieser Hilfe und indem sie sich vorsichtig hochtastete, um kein weiteres Erdreich zu lösen, gelang es ihr, sich über den Rand zu ziehen.

Der Rudergänger folgte ihr einen Augenblick später. Dann halfen sie gemeinsam dem weniger sportlichen McCoy, der sich fluchend zum Grubenrand hinaufplagte.

»Wenn ich diesen Witzbold in die Finger kriege, steck' ich ihn einen Monat lang in Quarantäne.«

Sulu sank auf seine Fersen zurück und wischte sich den Schweiß vom Gesicht. »Ich dachte immer, Sie wollten die Leute raus aus Ihrer Krankenstation haben und nicht hineinbringen, Dr. McCoy.«

»Diesmal wird es mir ein Vergnügen sein, mir selbst einen Patienten zu besorgen.«

Er hätte noch mehr gesagt, doch in diesem Moment löste der Wald sich in Chaos auf. Noch ehe jemand fragen konnte, was los war, wurden aus den hohen Bäumen und dem milden würzigen Lüftchen eine mit Schnee und Eis bedeckte Wildnis, in der ein heulender Wind ihnen Eiskristalle ins Gesicht peitschte. Und über dem Sturm höhnte eine Stimme: »Vielleicht kühlt euch das ab.«

Um sich warm zu halten, kauerten sich die drei Offiziere zusammen, schützten das Gesicht mit den Händen und versuchten, sich in dieser neuen Umgebung zurechtzufinden. Sulu ignorierte die beißende Kälte und drehte sich langsam um. Doch wohin er auch blickte, nichts als weißer Boden und noch weißerer Himmel. »Wir haben hier einen regelrechten Blizzard«, stellte er fest. »Wie sollen wir da den Ausgang finden?«

McCoy stampfte mit den Füßen und trat den Schnee fest. Er war tatsächlich echt.

Sie wurden mit Gekicher überschüttet, während die Temperatur immer tiefer fiel...

Scott überlegte immer noch, wie der Computer es angestellt haben konnte, seine Freunde zu »kidnappen«. Diese Entführung war ihm rätselhaft, um so mehr, da Kirk es nicht für nötig gehalten hatte – oder vielleicht die Zeit dafür nicht gehabt hatte –, ihm die Erholungsraumsituation zu erklären.

Aber weitere Überlegungen würden warten müssen, bis er die Anweisungen des Captains ausgeführt hatte.

Er bog um eine Ecke und gelangte zu einer verschlossenen Tür mit der Aufschrift: UNBEFUGTEN ZUTRITT VERBOTEN. Er drückte den Daumen auf das Sensorfeld, und die Tür öffnete sich für ihn.

Im Augenblick war der Hauptcomputerraum leer. Da dieses Zentralgehirn kaum Wartung benötigte und der Raum außer in kritischen Situationen abgeschlossen war, hatte ihn in letzter Zeit, abgesehen von der üblichen Patrouille des Sicherheitsdienstes, niemand betreten. Scotts erfahrener Blick fand auch keinerlei Spuren unerlaubter Aktivität.

Die Stillegung war wirklich bedauerlich, denn auf seine Art war der Zentralcomputer eine der beeindruckendsten Sehenswürdigkeiten an Bord. Reihen um Reihen von blinkenden Lämpchen, Flüssigkristalldisplays, leuchtende Schaltelemente – und das Ganze war nur der winzige sichtbare Teil des Herzens und Gehirns des Schiffes.

Scotts Ziel lag am hinteren Ende des Raums. Doch ehe er Zugang bekam, war wieder eine Daumenabdruck- und diesmal zusätzlich eine Netzhaut-Identifikation erforderlich. Erst als er als Berechtigter anerkannt war, öffnete sich ein bisher verborgener Schlitz, in den er eine Spezialkarte schob. Darauf glitt lautlos ein mannshohes Verkleidungsteil zur Seite und gab eine Reihe von sequentiellen Schaltern und Kontrollen über einer farbig kodifizierten Tastatur frei.

Er gab aus dem Gedächtnis eine selten benutzte Kombination ein. Mehrere Sets der sequentiellen Kontrollen leuchteten auf – die Anzeiger der Bereiche höhere Logik und kreative Entscheidungsfindung. Diese waren in verschiedene Sektionen aufgeteilt, die mit *Intuitiver Folgerung*, *Abstraktion*, *Deduktion* und *Reaktion, 4. Stadium* gekennzeichnet waren. Die nicht beleuchteten Sektionen ignorierte Scott. »Zeit für ein Nickerchen, altes Mädchen«, murmelte er. »Befehl des Captains.« Seine Hand langte nach dem ersten roten Schalter.

Aber er erreichte ihn nicht. Ein schrilles Pfeifen, das körperlichen Schmerz bereitete, erfüllte den Raum. Er purzelte zur Decke und landete dort schmerzhaft auf dem Rücken.

Typischerweise war seine erste Reaktion mehr emotional als hilfreich. Als es ihm gelang, sein Gleichgewicht zurückzugewinnen und seinen Verstand zu überzeugen, daß er nicht auf den Boden stürzen würde, rollte er herum und kroch über die auf dem Kopf stehende Konsole an der hinteren Wand.

»Scott an Captain Kirk«, rief er über dem gerade noch erreichbaren Intercom. »Ich habe ein Problem hier unten, Sir.«

Kirk fühlte mit ihm, konnte ihm jedoch nicht helfen. Auf der Brücke war es ihnen nicht besser ergangen. Alle waren an die Decke geworfen worden.

Spock gelang es, das Hauptintercom einzuschalten, indem er an seiner Konsole hoch – oder war es hinunter? – kletterte.

»Scotty, verdammt, was ist los?«

»Ich bin mir nicht sicher, Captain.« Scott wappnete sich und schritt, wie nur ein erfahrener Raumfahrer es fertigbringen konnte, über die Decke zu der nächsten Reihe Interdeckmonitore. Ein kurzer Blick genügte, ihm zu zeigen, daß man auf allen Decks die gleichen Schwierigkeiten hatte wie er.

»Unsere Schwerkraft hat sich um hundertachtzig Grad verändert – ganz von selbst, wie es aussieht.«

»Diese Annahme ist falsch«, erklang Spocks klare Stimme. Er saß verkehrt herum auf seinem Sessel und studierte die Daten auf seinem Monitor. »Es handelt sich zweifellos um ein Manöver des Computers, um Mr. Scott daran zu hindern, seine höheren Funktionen abzuschalten.«

»Verrückt«, murmelte Kirk. »Das ist verrückt! Das sind keine dummen Streiche mehr. Unser eigener Computer hat uns den Krieg erklärt – und ich habe nicht die geringste Ahnung, warum.«

»Ich glaube nicht, daß der Begriff ›Krieg‹ für diese Situation zutreffend ist, Captain. Der Computer hat noch zu keinen offenen Feindseligkeiten gegriffen.« Spock wirkte trotz seiner auf dem Kopf stehenden Umgebung entspannt. »Ich habe eine Theorie. Doch zuerst rate ich Mr. Scott, sich so weit wie möglich vom Logiksektor zu entfernen, vielleicht fühlt sich der Computer dann weniger bedroht und hält sich mit feindseligen Handlungen gegen uns zurück.«

»Bedroht? Mr. Spock, der Computer ist mit so vielen stabilisierenden Schaltkreisen versehen ...« Kirk unterbrach sich, als er die Miene seines Ersten Offiziers sah.

»Na gut«, murmelte er resigniert. »Es ist wohl sinnlos, die Realität in Abrede zu stellen.« Er sprach ins Intercom. »Mr. Scott – verlassen Sie den Computerraum.«

Scotts Augen weiteten sich bei diesem Befehl. »Verlassen, Sir? Nach allem, was ...« Sein Blick wanderte verlangend zum geöffneten Terminal.

»Sofort, Mr. Scott!«

»Aye, Sir.« Er seufzte. Einen flüchtigen Moment lang überlegte er, ob er nicht doch versuchen sollte, die Kontrollen mit einem Sprung zu erreichen und abzustellen. Er entschied sich dagegen. Nicht, weil er bedachte, was Kirk sagen würde, sondern weil er befürchtete, daß der Computer drastischere Maßnahmen ergreifen würde. Er durfte nicht riskieren, die Besatzung Gefahren auszusetzen, die schlimmer als ein Sturz von der Decke sein mochten.

Und da er nicht sicher sein konnte, daß er allein den Vergeltungsschlag der Maschine zu spüren bekäme, drehte er sich um und marschierte über die Decke zum Ausgang. Er blieb davor kurz stehen und warf einen Blick zurück. Die Verkleidung stand noch offen. Es war dem Computer also nicht gelungen, eine Möglichkeit zu finden, die Notabschaltungskontrollen effektiv zu schützen. Das war das einzig Ermutigende. Aber sobald er durch die Tür war, würden diese Kontrollen sowieso wirkungsvoll vor jeglichem Zugriff bewahrt sein. Kirks Stimme erklang hinter ihm aus dem Intercom. »Mr. Scott?«

»Bin schon am Gehen, Captain.« Er trat über das niedrige Wandstück über der Tür, drehte sich auf der anderen Seite um und beobachtete, wie sie zuglitt.

Er streckte sich nach unten und konnte die Türkontrollen gerade noch erreichen. Wie erwartet zeitigte sein mehrfacher Versuch keine Wirkung. Die Tür blieb fest geschlossen.

Jahre der Erfahrung in Situationen aller Art an Bord ermöglichten es ihm, nun richtig zu reagieren.

Abrupt lösten sich seine Füße von der Decke, und er stürzte. Er landete nicht gerade wie eine Katze, aber es glückte ihm doch, sich in der Luft so zu drehen, daß seine Arme und Beine – und ein nicht so mobiler Teil seiner Anatomie – den größten Teil der Wucht abfingen, als er auf dem Boden aufschlug.

Andere hatten nicht so viel Glück. Es hatte ein paar Verletzte gegeben – Prellungen, leichte Gehirnerschütterungen, zwei Beinbrüche –, aber nichts Schlimmeres.

Der Chefingenieur rollte herum, setzte sich auf, rieb sich den Nacken und schüttelte schließlich drohend die Faust zur geschlossenen Tür. »Verblödetes Riesenhirn, komm wieder zu Verstand!«

Wie nicht anders zu erwarten, ließen sich weder die Tür noch ihr isolierter Herr und Meister zu einer Reaktion herab.

Die Erfahrung hatte sich auch auf der Brücke bezahlt gemacht, wo es nicht zu den geringsten Verletzungen gekommen war.

»Sie hatten recht, Spock«, gab Kirk zu. »Sobald die Bedrohung seiner kreativen Funktionen beseitigt war, sah er keinen Anlaß zu Defensivmaßnahmen mehr.«

Die vorrangigste Frage war nun, zu welchen Offensivmaßnahmen der Computer möglicherweise greifen würde. Aber Spock hatte eine Theorie erwähnt, und seine Theorien erwiesen sich gewöhnlich als sehr wahrscheinlich.

»Also, Spock, können Sie mir sagen, was mit unserem Schiff passiert ist?«

Spock lehnte sich zurück und begann: »Aufgrund meiner Einschätzung der Umstände des Verschwindens der Offiziere McCoy, Sulu und Uhura, und aller vorherigen, wenngleich weniger drastischen Vorfälle, halte ich jetzt meine ursprüngliche Annahme – daß irgendeine labile Person den Computer manipuliert hat – für falsch.«

»Und wieso, Spock?«

»Die dafür notwendigen Manipulationen sind außerordentlich komplex. Eine derartige Präzisionsarbeit in diesem Umfang übersteigt die Möglichkeiten eines Teams, geschweige denn einer Einzelperson. Dafür wären die Einrichtungen und das Fachwissen eines größeren kybernetischen Reparatur- oder Herstellungszentrums erforderlich.

Mit einer einzigen möglichen Ausnahme«, schloß er. »Chefingenieur Scott.«

»Und wir wissen, daß Scotty nichts damit zu tun hat. Schon deshalb, weil diese Art von Unfug einfach nicht zu ihm paßt.« Kirk wirkte unsicher. »Aber wenn niemand an Bord dahintersteckt, was dann? Zentralcomputer sind angeblich narrensicher. Unserer sollte sich selbst abschalten, nach allem, was er bereits angerichtet hat.«

»Ich glaube, es gibt nur noch eine Erklärung, Captain. Ich brauche wohl nicht zu fragen, ob Sie sich an das eigentümliche Energiefeld erinnern, durch das wir vor den Romulanern geflohen sind.«

Kirk nickte und lehnte sich nun ebenfalls in seinem Sessel zurück, der glücklicherweise nicht mehr an der Decke hing.

»Ich nehme an«, fuhr der Erste Offizier fort, »daß die extrem aktiven subatomaren Partikel, aus denen das Energiefeld bestand, auf die Schaltkreise unseres Computers einwirkten.«

»Auf die Logik- und höheren Denkzentren«, warf Kirk ein.

»Exakt. Grob ausgedrückt: eine Art elektromagnetische Infektion. Die Folgen waren offenbar eine Veränderung, wenngleich kein Zusammenbruch der kognitiven Schaltkreise. Der Computer ist immer noch intuitiven Denkens fähig, doch jetzt statt auf praktische auf infantile Weise.«

Kirk faßte zusammen. »Sie wollen damit sagen, daß der Computer und was er an Bord reguliert – und das ist so gut wie alles –, jetzt die ›Mentalität‹ eines infantilen Witzbolds aufweist?« Das war eine erschreckende Vorstellung – obgleich, das mußte er zugeben, bisher nichts Lebensgefährliches passiert war.

Nichts Lebensgefährliches? Sie wußten ja nicht, was mit Uhura, Sulu und McCoy war!

»Wie können wir diese Fehlfunktion korrigieren?«

»Ich muß gestehen, Captain, ich weiß es nicht. Am Vorgehen des Computers ist nichts berechenbar, außer seiner Unberechenbarkeit. Ohne ein Verhaltensmuster habe ich nichts, von dem ich ausgehen kann, um eine mögliche Lösung zu finden.«

Sulu schlug die Arme fest um sich. Es war eher psychologisch hilfreich als wirklich von Nutzen. Jedenfalls zitterte er weiter vor Kälte.

Es war ihnen gelungen, über eine Schneewehe zu klettern, die jetzt ein wenig des schneidenden Windes abhielt. Aber es war ihnen allen klar, daß sich das jeden Moment ändern könnte, wenn es dem Irrsinnigen, der den Computer kontrollierte, in den Sinn kam. Sie kuschelten sich hinter diesem weißen Windschutz aneinander und hofften, daß ihr Quälgeist sich mit etwas anderem beschäftigte.

Er wird richtig blau, dachte Uhura staunend, während sie mit klappernden Zähnen den bibbernden McCoy anblickte. Komisch – bisher hatte sie geglaubt, so etwas gäbe es nur in Videofilmen bei Schauspielern mit guten Maskenbildnern. Aber offenbar brachte die Natur das ebenso gut fertig.

Da sie aus tropischem Klima kam, hätte der Temperatursturz sie eigentlich am schlimmsten treffen müssen. Doch anscheinend ging es ihr sogar etwas besser als McCoy und Sulu.

»Es dürfte bereits zwanzig Grad minus haben, und das Thermometer fällt weiter«, sagte sie fröstelnd.

»Zwanzig minus? Nach welchem Thermometer?« brummte McCoy. »Standard oder das alte Fahrenheit?«

»Ich bin auf Suluthermometer«, warf der Rudergänger ein, »und danach sind es zwanzig Grad unter dem Gefrierpunkt.«

»Hören Sie«, sagte Uhura, »wir müssen logisch vorgehen. Egal, wie perfekt die Illusion ist, wir befinden uns trotzdem im Erholungsraum. Wenn wir entschlossen geradeaus marschieren, müssen wir zu einer Wand kommen. Von dort können wir uns zum Ausgang tasten.«

McCoy plagte sich auf die Füße. Er mußte brüllen, um sich über das Heulen des Sturms verständlich zu machen. »Da sind zwar einige Schwachstellen in Ihrer Beweisführung, Uhura, aber es ist bisher der einzige vernünftige Vorschlag. Stapfen wir los, bevor wir hier zu Eis erstarren. Der Schneesturm sieht nicht so aus, als würde er nachlassen.«

Außerdem, aber das sagte er nicht, würde es sie davon abhalten, ständig nur an ihre Lage zu denken, die immer ernster wurde.

Der Arzt stellte fest, daß er die Führung übernommen hatte, ganz einfach, indem er als erster losmarschiert war. Während sie durch das scheinbar endlose Weiß stapften, dachte er über diese Schwachstellen in Uhuras Beweisführung nach.

Wer immer die Bedienung des Erholungsraumcomputers übernommen hatte, vermochte jegliches Umfeld nachzuahmen – auch eine feste Wand, und indem er diese leicht krümmte, konnte er seine Opfer Stunden, ja endlos, im Kreis herumführen, während sie sich einbildeten, einer Geraden zu folgen, die zur Tür führen mußte.

Sie könnten natürlich ihre Schritte zählen, denn sie kannten die Größe des Raums. Aber in diesem Fall wäre es möglich, daß er sie laufend mit falschen Wänden und Ausgängen konfrontierte – Ausgänge, die nur in ein anderes Gebiet desselben Schneesturms führten. McCoy wurde fast übel, als er sich all diese Möglichkeiten vorstellte. Der Computerbediener *könnte* sie zu einer Nachahmung des Korridors locken. Und wenn sie dann glaubten, zu ihren Kabinen zu gehen – fanden sie sich im Erholungsraum wieder.

Das genügte, einen Menschen in den Wahnsinn zu treiben!

Er zwang sich, diese schrecklichen Gedanken zu verdrängen, während er sich durch den immer tiefer werdenden Schnee kämpfte. Bisher schien der tückische Witzbold nicht so weitsichtig gewesen zu sein. Oder so schlau.

Er fragte sich, ob der Erfinder dieser wundervollen elektronischen Erholungsmethode je ihre möglichen psychiatrischen Folgen bedacht hatte...

Kirk studierte die Computerdaten auf dem Hauptschirm. Bisher hatte der »geistesgestörte« Computer die reine Informationsspeicherung und die Abrufeinrichtungen nicht gestört. Wahrscheinlich weil er glaubte, daß sich in diesen Speichern nichts befand, was gegen ihn verwendet werden könnte.

Es gab endlose Dateien über Computerreparatur, präzise Angaben zur Behebung von Schaltkreisfehlern, ja sogar für die Behandlung elektronisch-psychologischer Traumen. Aber offenbar gab es nichts darüber, wie ein Computer zu behandeln war, dessen Logikzentrum bei der Passage eines Energiekomplexes von unbekannter Zusammensetzung in Mitleidenschaft gezogen worden war. Was auch nicht verwunderlich war, da so etwas nie zuvor vorgekommen war.

Kirk dachte ironisch, daß sie den Stecker herausziehen müßten, aber nicht wußten, wo sich die Steckdose befand.

Als das Intercom summte, schaltete er den Schirm auf interne Kommunikation, und das Bild eines jungen Technikers erschien, dem die Erschöpfung ins Gesicht geschrieben stand.

»Suchtrupp an Brücke – hier Fähnrich Apple.«

»Hier Brücke – der Captain. Ihr Bericht, Fähnrich.«

»Unsere Sensoren zeigen an, daß sich die vermißten Offiziere noch im Erholungsraum befinden, Sir. Doch die Tür klemmt von innen.«

Kirk überlegte kurz. »Bleiben Sie, wo Sie sind, und versuchen Sie ab und zu die Tür zu öffnen, Apple. Wenn sie sich öffnet, dann gehen Sie hinein und holen die Vermißten heraus. Erstatten Sie sofort Meldung, falls sich irgendwelche Veränderungen auf dem Korridor ergeben sollten.«

»Jawohl, Sir.«

Ein paar Schaltungen, und ein älteres, weiseres Gesicht blickte vom Schirm.

»Maschinenraum«, bestätigte Scott. »Captain?«

»Wir wissen endlich mit Sicherheit, wo sich Uhura, Pille und Sulu befinden. Sie sind im Er...« Seine Stimme überschlug sich mitten im Wort zu einem Lachen.

»Sir, ich habe nicht verstanden, wo.«

Bestürzt hüstelte Kirk und versuchte es noch einmal. »Wir brauchen eine Arbeitscrew mit voller Ausrüstung, auch einem Laserbohrer, um eine klemmende Tür zu öffnen. Sie soll sich bei – bei...«

Entsetzt spürte er, wie seine Gesichtsmuskeln sich selbständig machten und zu einem breiten Grinsen verzogen.

Ein Lachanfall überwältigte ihn. Er kämpfte gegen seinen eigenen Körper an und umklammerte die Armlehnen seines Kommandosessels so fest, daß sich seine Fingerknöchel weiß unter der Haut abhoben. Sein Kopf zuckte heftig, während er schallend lachte.

Arex, M'ress und Spock starrten ihn erstaunt an, aber Scott sprach als erster.

»Captain – was ist los, Sir? Ich verstehe nicht, was – was...«

Da verzog auch das Gesicht des Chefingenieurs sich, zu einem Lächeln zuerst, dann einem breiten Grinsen, und schließlich brüllte er ebenfalls vor Lachen.

M'ress war die nächste, die von einem Heiterkeitsanfall überwältigt wurde. Ihr kehliges, katzenhaftes Kichern war ein scharfer Kontrast zu dem tiefen Lachen Kirks und Scotts.

Arex stimmte bald mit hohem, pfeifenden Lachen ein.

Nur Spock blieb stumm, doch nicht unbeeinflußt. Seine Besorgnis wuchs, als sein Blick von Gesicht zu Gesicht wanderte, während die grundlose, unbeherrschte Heiterkeit auf der Brücke zunahm. Er wollte gerade eine Bemerkung darüber machen, als es seine Hände zu den Schläfen riß, die zu zerspringen drohten. Er zog vor Schmerz die Brauen zusammen und wußte momentan nicht, was er gegen diesen Migräneanfall tun sollte.

Kirk, der immer noch unkontrolliert lachte, fiel das Schweigen des Ersten Offiziers auf und auch sein verzogenes Gesicht.

»Kommen Sie, Spock«, keuchte er. »Wo bleibt dieser legendäre vulkanische Humor?« Dieser offenbare Witz reizte Arex und

M'ress, noch lauter zu lachen. Scott versuchte inzwischen, nicht sehr erfolgreich, sich zu beruhigen.

Spock preßte die Linke an die Schläfe, biß die Zähne zusammen und wandte sich wieder seiner Konsole zu. Die Besatzung hatte immer noch die Kontrolle über bestimmte Sensorenanlagen im Schiff, die dem Computer offenbar zu unbedeutend waren, um sie zu überwachen. Spock ahnte bereits, was passiert war, und die Luftanalyse bestätigte seinen Verdacht.

»Genau, wie ich dachte«, murmelte er schmerzvoll.

»Was brummeln Sie da vor sich hin?« schrillte Arex vergnügt.

»Die Luft auf der Brücke und wahrscheinlich auch im Maschinenraum«, antwortete er gepreßt, »ist stark mit Stickoxydul, besser bekannt als Lachgas, angereichert. Welche Decks sonst noch betroffen sind, weiß ich nicht. Die Lage ist jedenfalls bedenklich.« Seine Rechte flog von der Konsole zur rechten Schläfe. »Vor allem für Vulkanier. Stickoxydul verursacht – starke Kopfschmerzen.«

Die gleiche erzwungene Heiterkeit herrschte auch in einem anderen Teil des Schiffes – unter schlimmeren Umständen.

»Dieser Blizzard«, kicherte Uhura unter der Wirkung des Gases, »wird immer stärker. Und ich glaube, die Temperatur fällt weiter.«

»Das glaube ich auch«, brüllte Sulu mit krampfhaftem Lachen. »Wenn wir nicht in ständiger Bewegung bleiben, erfrieren wir!«

McCoy fiel in den Schnee. Seine Füße und Knöchel wurden taub vor Kälte und Nässe. Trotzdem wälzte er sich darin herum und strampelte, als wäre Sulus Bemerkung das Komischste, was er seit langem gehört hatte.

Diese durch das ständige Lachen verursachte Hilflosigkeit wuchs auf der Brücke. Nur eine Person war nicht davon betroffen. Obgleich Spock unter fast unerträglichen Kopfschmerzen litt, konnte er noch klar denken und reagieren.

Er hatte das Gefühl, als berste sein Kopf. Er taumelte hinüber zur Technikstation. Inzwischen hatte der Schmerz eine Intensität erreicht, daß ihm flüchtig schwarz vor den Augen wurde. Aber er fand die richtigen Kontrollen und konnte die erforderlichen Einstellungen vornehmen.

Ein schrilles Summen wurde laut, als selten benutzte Verbindungen hergestellt wurden. Die Kontrollen, die Spock betätigt hatte, lösten Funktionen aus, die nicht computergesteuert waren.

Als saubere Luft über sie strich, kam die Brückenbesatzung wieder zu Sinnen, doch dauerte es noch eine Weile, bis das krampfhafte Lachen abklang.

»Danke, Spock«, quetschte Kirk noch kichernd hervor. »Wieviel Zeit haben wir?«

Spock blickte auf den Anzeiger und rieb sich gleichzeitig den Kopf. Die ärgsten Schmerzen waren vergangen. »Die Notversorgung mit Sauerstoff und Stickstoff reicht für sechs Stunden, Captain. Sobald dieser Vorrat aufgebraucht ist, wird automatisch auf die recyclete Luft umgeschaltet, bis die Luft der Notversorgung gesäubert und wieder im Tank ist – vorausgesetzt, daß das getan wird. Ich möchte die Wahrscheinlichkeit lieber nicht ausrechnen.«

»Sechs Stunden. Dann haben wir bis acht Uhr Zeit, den Computer zu kurieren. Wer weiß, was er uns danach zum Atmen anbietet.« Kirks Blick kehrte zum Hauptschirm zurück.

Ein wieder sehr ernster Chefingenieur sah ihn an, hob eine Hand zum Mund und hustete heftig. »Ich habe es mitgekriegt, Captain. Ich kümmere mich sofort um die Crew.«

»Gut, Scotty. Falls Sie es nicht mehr gehört haben. Pille, Uhura und Sulu sind im Erholungsraum eingeschlossen.«

Ein wenig Normalität kehrte auf die Brücke zurück, als Kirk und Spock verzweifelt versuchten, einen Pfad durch das Labyrinth von Abweichungen zu finden, das ihr Zentralcomputer geschaffen hatte.

Doch schon bald meldete M'ress einen Anruf, und Kirk mußte seine Arbeit unterbrechen und sich dem Bildschirm zuwenden.

Wieder war Scott zu sehen, doch jetzt mit anderem Hintergrund: Techniker arbeiteten nun statt im Maschinenraum auf einem ansonsten verlassenen Korridor.

Kirk wußte, wo sie sich befanden.

»Wie kommen Sie mit der Tür voran, Scotty?«

Verzweiflung schwang aus Scotts Stimme. »Keines unserer Werkzeuge funktioniert hier, Captain! Weder der Laserbohrer noch die normale Bohrmaschine, noch die Metallsägen – nichts, gar nichts! Ich kann mir nur vorstellen, daß irgendeine Art Entladung stattfindet.«

»Ich versuchte es zuerst mit Schiffsstrom. Der große Bohrer drehte sich nicht einmal. Dann benutzten wir einen Akkubohrer, der drehte sich gerade zweimal, bevor er den Geist aufgab. Danach funktionierte gar nichts mehr. Was immer die Geräte lahmlegt, schafft offenbar jede Art.«

Das Bild ruckte leicht, als er die Korridorkamera drehte. Jetzt konnte Kirk genau sehen, wie die Arbeit vor sich ging. Mehrere Techniker versuchten ihr Glück an der Tür mit Brecheisen, andere hämmerten einen Eisenkeil in die Türeinfassung.

»Wie Sie sehen, arbeiten wir mit manuellem Werkzeug.« Scott lächelte fast. »Wir haben ziemlich primitives Zeug an Bord. Wer immer die Geräteausrüstung für Raumkreuzer zusammengestellt hat, muß eine blühende Phantasie oder eine heimliche Vorliebe für altes Handwerkzeug gehabt haben. Ich war jedenfalls sehr froh, als ich es unter dem ganzen elektronischen Zeug gefunden habe.« Er lachte, und diesmal völlig natürlich.

»Strengen Sie sich an, Scotty. Wir haben drei Freunde da drinnen, deren Leben vielleicht davon abhängt.« Er machte eine kurze Pause. »Ich hoffe, das Schlimmste, was ihnen zugestoßen ist, ist, daß sie sich krankgelacht haben.«

»Wir werden sie in wenigen Minuten frei haben, Sir«, versicherte er, allerdings mehr, um den Captain zu beruhigen, als der Wahrheit entsprechend.

McCoy hielt erschöpft an. Sulu und Uhura waren ihm schon ein gutes Stück voraus. Jetzt drehten sie sich um und warteten geduldig, daß er aufholte. Sulu winkte.

»Kommen Sie, Doktor. Wir müssen der Wand schon ganz nahe sein.«

McCoy schüttelte den Kopf und fragte sich, ob sie seine Stimme überhaupt hören konnten. »Machen Sie ohne mich weiter – meine Beine sind bereits starr vor Kälte und wollen nicht mehr. Vielleicht bewegen wir uns gar nicht in gerader Linie. Illusion – überall. Vielleicht – vielleicht stoßen Sie durch Zufall auf die Tür – wenn Sie sich schnell bewegen. Mit mir können Sie das nicht.« Er setzte sich in den Schnee. Er hatte überhaupt kein Gefühl mehr in den Füßen.

»Doktor«, begann Uhura, als sie und Sulu zu ihm zurückstapften. »Wir denken gar nicht daran, Sie...«

Abrupt hielt sie inne. Die abgeschlossene Umwelt veränderte sich. Das Gefühl, das sie empfanden, glich ein wenig dem beim Beamen. Verschwunden waren der Schnee, die Kälte, der schneidende Wind, das Eis. Statt zwischen weißen Wehen standen sie auf einem Patio aus rosa Marmor, eingesäumt von schimmernden korinthischen Säulen wie von einem antiken hellenischen Fries. Ein saftig grüner, frisch bewässerter Rasen umgab den Patio und den Rasen wiederum gepflegte hohe Hecken. Sogar eine Sonne schien warm, Schmetterlinge nippten an Blumen, und das sanfte Lüftchen trug den Duft von Dattelblüten mit sich. Der Irre am Erholungsraumcomputer war sehr gründlich.

»Was sagt man dazu!« flüsterte Sulu fast bewundernd. »Kommen Sie, Doktor, es sieht so aus, als würden wir schließlich doch noch herausfinden.«

McCoy war zu erschöpft, seine Zweifel zu äußern, und er wollte ihm ja wirklich gern glauben. Uhura und Sulu warteten, bis er sich auf seinen auftauenden Füßen halten konnte, dann gingen sie zu der Öffnung in der Hecke. Er überholte sie und hielt am Eingang an. Sulu und Uhura erkannten daraus, daß etwas nicht stimmte, und gingen langsamer. Als er sich zu ihnen umdrehte, schwang eine aus bestätigtem Pessimismus geborene Müdigkeit in seiner Stimme.

»Ich will Sie ja nicht entmutigen, Sulu, aber es scheint nicht so einfach zu sein, wie Sie dachten.«

Der Rudergänger blickte ihn fragend an. Statt zu antworten, winkte McCoy den beiden zu, näher zu kommen, und deutete nach links.

Die Hecke war dort viel höher als sie. Sie öffnete sich zu zwei neuen Pfaden, aus denen weitere abzweigten und von diesen wieder weitere.

Sulu wirkte niedergeschlagen, und Uhura gab eine Kombination von Suaheli, englischen und simbianischen Verwünschungen von sich.

»Haben Sie sich je gefragt, wie sich eine Ratte fühlt?« McCoy grinste schwach. »Ich hatte so was Ähnliches befürchtet.« Er lehnte sich an das künstliche Strauchwerk, es gab nach wie echtes Gebüsch.

»Der Erholungsraumcomputer kann beliebig programmiert werden und uns mit unzähligen falschen Wänden und Ausgängen täuschen. Aber das genügte dem Sadisten nicht. Er ist noch einen Schritt weitergegangen.« Er deutete auf die erste Öffnung in der grünen Wand.

»Wir könnten in diesem altmodischen Irrgarten herumwandern, bis wir alt und grau sind. Auf eines können Sie sich verlassen: Nicht einer dieser Pfade führt *hinaus*.«

Sulu versuchte, zumindest einen Lichtpunkt zu finden. »Wenigstens wissen wir, wo wir sind. Wir können genausogut hierbleiben.«

»Stimmt«, pflichtete ihm Uhura hoffnungsvoll bei. »Wir sind der Korridorwand wahrscheinlich näher, als wir beim Losmarschieren waren.«

»Glauben Sie wirklich?« McCoy blickte an ihr vorbei. »Drehen Sie sich mal um.«

Die beiden jüngeren Offiziere taten es. Marmorfliesen, korinthische Säulen, grüner Rasen, alles war verschwunden. Die Hekken erstreckten sich nun in alle Richtungen, und sie befanden sich mitten in diesem Irrgarten.

»Wohin jetzt?« murmelte Sulu entmutigt.

Das letzte, was er erwartete, war eine Antwort. Um so überraschter waren alle, als sie kam und sowohl die Stille wie die Hekkennachahmung mit einem heftigen Krachen erschütterte.

Ein Teil der Hecke brach nach innen zusammen, auf sie zu, und sie konnten in die nächste Dimension sehen. Die Innenseite der rechteckigen Abteilung war mit Hecken verkleidet, doch die andere Seite war aus Metall. Es war der Korridor, durch den sie in den Erholungsraum gekommen waren. Ihr Orientierungssinn hatte sie offenbar selbst im Wind und Schnee nicht getäuscht.

Kein Wunder, daß ihr Quälgeist sich gezwungen gesehen hatte, ihre Umgebung zu ändern – sie waren zu nahe daran gewesen, den Ausgang zu finden. In der etwas ausgezackten Öffnung, durch die nun die Standardschiffsluft hereindrang, standen der besorgt dreinblickende Commander Scott und mehrere Techniker mit Brecheisen, Hämmern und Spitzhacken.

Uhura stieß einen Seufzer der Erleichterung aus und sackte gegen Sulu, der ins Taumeln kam. Ihm wurde plötzlich bewußt, daß er müder war, als er überhaupt für möglich gehalten hatte.

McCoy machte ein paar Schritte vorwärts – dann blieb er abrupt stehen und verzog das Gesicht.

»Scotty«, fragte er eigenartigen Tons, »was ist hinter Ihnen?«

Scott war verständlicherweise verwundert. »Hinter mir?« Er zögerte. Dr. McCoy schien es ernst zu meinen, also blickte er nach links und rechts. »Der Korridor, der nach Osten und Westen führt. Was in aller Welt...?«

McCoy ging zu ihm und streckte die Hand aus. Scott blickte ihn an, wollte etwas sagen, doch dann schüttelte er sie nur stumm. Während er es tat, zog ein breites Lächeln über das Gesicht des Arztes.

»Ich kenne jede Furche und Schwiele dieser Hand«, sagte er zufrieden. »Wenn Sie eine Illusion sind, Scotty, sind Sie die beste, die je in diesem Erholungsraum erschaffen wurde.«

»Illusion?« krächzte Scott. »Beim heiligen Heidekraut, der Captain macht sich furchtbare Sorgen um euch drei, wir schwitzen hier, um Sie herauszuholen, und da haben Sie den Nerv, mich eine Illusion zu nennen? Ich werde Ihnen gleich zeigen, wer eine Illusion ist!«

»Bitte beruhigen Sie sich«, besänftigte ihn McCoy. »Ich kann mich nur mit Erholungserschöpfung entschuldigen.«

Der Chefingenieur zog die Brauen zusammen. »Erholungs... Was sagten Sie?«

»Eine neue Krankheit, die extra für uns drei erfunden wurde.« Er deutete auf Sulu und Uhura. »Wir wurden die letzten Stunden überunterhalten.« Dann setzte er sich auf die eingebrochene Tür und zog seine Schuhe aus.

Scott beobachtete ihn verständnislos, bis die Socken herunten waren, dann weiteten sich seine Augen. »Was ist mit Ihren Füßen passiert?«

»Aber Scotty, Sie enttäuschen mich! Das müßten Sie doch wirklich erkennen – bestimmt haben Sie solche Fälle schon oft genug gesehen.«

Ungläubig sagte Scotty: »Frostbeulen – im Erholungsraum?«

»Erscheint Ihnen wohl unmöglich, nicht wahr?«

»Um ehrlich zu sein – nein, eigentlich nicht. Sie, alle drei, haben ja keine Vorstellung, was vorgefallen ist. Sie waren ja die letzten Stunden isoliert. Das hatte ich einen Augenblick vergessen. Nein, nichts, was mit Ihnen da drinnen geschehen ist, könnte mich überraschen.«

»Momentan bin ich nur an einem interessiert«, sagte McCoy heftig, »mir diesen Idioten vorzuknöpfen, der dafür verantwortlich ist.«

»Ich kann Ihnen zumindest sagen, wer der Idiot ist«, entgegnete Scott.

»Dann ist der Schuldige gefaßt?« fragte McCoy. »Ich bin neugierig, wie es um seinen Geisteszustand wirklich bestellt ist.«

Scott lächelte nicht. »Er wurde nicht festgenommen und wird auch nicht eingesperrt werden – und Sie würden sich verdammt schwer tun, ihn zu behandeln.«

»Erzählen Sie mir alles, wenn ich zur Brücke komme. Erst müssen wir drei einen kleinen Abstecher zur Krankenstation machen. Sulu und Uhura haben sich so allerlei kleinere Verletzungen angelacht, die versorgt werden müssen. Und was mich betrifft, ich werde wohl meine Gehwerkzeuge eine Zeitlang ins Backrohr stekken müssen...«

Er rieb sich nachdenklich die schmerzenden Füße und versuchte, Sinn in Scotts Andeutungen zu bringen...

8

»Es ist nicht nötig, daß Sie diese Schicht übernehmen«, versicherte Kirk Sulu und Uhura, als sie, gefolgt von McCoy, auf die Brücke kamen.

Beide Leutnants ignorierten es und lösten Arex und M'ress ab. »Bedauere, Captain«, sagte Sulu, »aber Sie müßten es uns schon verbieten.«

»Und wie Sie sehen können«, fügte Uhura hinzu, »haben wir vorsichtshalber Dr. McCoy mitgebracht, falls Sie ein unanfechtbares ärztliches Attest brauchen.«

»Ich bin offenbar überstimmt«, brummelte Kirk und verbarg seine Freude über ihre heile Rückkehr. »Und was ist deine unanfechtbare ärztliche Meinung, Pille?«

»Beide sind voll tauglich, ihre Schicht zu übernehmen, Jim. Und sie wollen es auch unbedingt.«

»Ich verstehe, dann höre ich wohl besser auf, es zu verhehlen, und gebe offen zu, wie froh ich bin, daß Sie alle wieder zurück sind. Sie haben uns wirklich große Sorgen gemacht, denn wir wußten ja nicht, was unser übergeschnappter Computer mit Ihnen anstellen würde.«

»Was glaubst du, was für Sorgen wir uns gemacht haben«, sagte McCoy. »Du weißt ja inzwischen, was wir erlebt haben – du hast doch meinen vorläufigen Bericht gelesen?«

»Ich habe gelesen, was du fürs medizinische Logbuch diktiert hast, Pille«, entgegnete Kirk, nicht sehr zufrieden. »Ich ziehe aber einen weniger technischen Bericht vor.«

»Sollst du bekommen, Jim – wenn du mir einen Gefallen tust.«

»Solange er vernünftig und nicht vorschriftswidrig ist, Pille.«

McCoy verschränkte die Arme und rieb sie. »Könntest du die Temperatur auf der Brücke ein bißchen erhöhen? Ich weiß, daß ich es mir nur einbilde, aber seit wir aus diesem Irrenhaus befreit wurden, ist es mir nicht gelungen, mich so richtig warm zu fühlen.«

Kirk lachte, hörte jedoch gleich verlegen wieder auf. Er hatte für einen Tag bereits viel zuviel gelacht.

»Dann sollst du deinen weniger technischen Bericht bekommen.« McCoy wollte gerade anfangen, als Spock meldete:

»Captain, wir beschleunigen – die Haupttriebwerke wurden aktiviert.«

»Uhura, schnell, geben Sie mir Mr. Scott.«

»Jawohl, Sir.« Nach kurzer Pause erklärte sie etwas überrascht: »Sir, Mr. Scott hat soeben versucht, *Sie* anzurufen. Er meldet, daß der Solantrieb trotz aller negativen Anzeigen an ist. Er hat alles versucht, ihn abzuschalten, und als das nicht möglich war, die Kontrollreaktoren. Aber nichts reagiert.«

»Man hat mir gesagt, daß der Zentralcomputer an den ganzen Schwierigkeiten schuld ist«, sagte McCoy. »Was hat er jetzt wieder ausgeheckt?«

»Sir, die Steuerung reagiert nicht mehr!« rief Sulu. »Wir wenden und gehen auf neuen Kurs.«

»Gut, Leutnant«, sagte Kirk resigniert. »Geben Sie mir die genauen Daten, sobald der neue Kurs feststeht.«

Mehrere Minuten herrschte Schweigen, dann meldete Sulu: »Kurs ist jetzt stabil, Sir – drei-sieben-zwei Komma zwölf.«

Kirk rechnete schnell im Kopf. Diese Daten bedeuteten, daß sie zur Neutralen Zone zurückkehrten – und zu drei wartenden romulanischen Kreuzern.

»Und ich schätze, sie werden uns einen heißen Empfang bereiten nach all der Mühe, die wir ihnen gemacht haben«, sagte Kirk Minuten später.

Ein hohes, hysterisch klingendes und inzwischen schon allzu bekanntes Piepen echote durch die Brücke.

»Wir beschleunigen, Sir!« meldete Sulu. »Wir werden jeden Moment das Energiefeld umflogen haben. Sensoren zeigen drei Schiffe an.« Er drückte auf ein paar Tasten. »Scanner identifizieren sie als romulanische Kriegsschiffe.«

»Wenn *das* keine Überraschung ist«, brummte Kirk.

»Wir werden langsamer, Sir«, fuhr der Rudergänger fort.

Das Intercom an Kirks Sessel summte.

»Hier Brücke, der Captain.«

»Hier Scott, Captain.« Die Stimme des Chefingenieurs klang besorgt. »Ich habe keine Ahnung, was es bedeutet, aber ich bekomme Daten herein, die besagen, daß die anorganischen Produktionsanlagen des Schiffs Überstunden machen, seit wir wieder losgebraust sind.«

»Irgendwelche Hinweise, was der Computer ausbrütet, Scotty?«

»Nein, das ganze Deck ist abgeriegelt.«

»Captain...«

»Einen Moment, Uhura.« Er wandte sich wieder dem Sprechgerät zu. »Geben Sie mir Bescheid, sobald Sie etwas herausfinden, Scotty.«

»Aye, Sir. Scott Ende.«

»Was gibt es, Uhura?«

»Sir, die Monitore zeigen an, daß sich die Luke des Hauptladeraums öffnet. Ich werde die Scanner darauf richten.«

»Ja, tun Sie das, Sulu«, erwiderte er abwesend. Seine Gedanken überschlugen sich. Die Fäden einer verzweifelten Lösung verwikkelten sich mit dem verkehrten Problem. Langsamer! Langsamer, wollte er brüllen. Es geht alles zu schnell! Sobald er glaubte, er bekäme ein Problem in den Griff, tauchte ein neues auf und schob es zur Seite.

Das Heck erschien auf dem Schirm, als Uhura die Heckscanner einschaltete. Sie korrigierte die Einstellung, und das Sichtfeld drehte sich. Etwas Weißes, Leuchtendes glitt vorbei.

»Nochmals auf dieses Objekt, Leutnant!« befahl Kirk rasch.

Der Scanner schwenkte langsam rückwärts, bis er wieder auf die Heckluke gerichtet war. Zwei schwere, ineinandergreifende Torflügel öffneten sich. Das Leuchten war der Laderaum selbst, in dem helles Licht brannte.

Etwas kam aus dieser Helligkeit – etwas Gigantisches.

Eine riesige, stark reflektierende Masse von ständig wechselnder Form wogte aus der offenen Luke. Positionslichter des Schiffes und Sterne spiegelten sich in dieser sich aufblähenden Metallhaut. Das Monstrum trieb hinter der *Enterprise* und wuchs immer noch, als die Ladeluke sich schloß.

»Lassen Sie Ihre Scanner darauf, Leutnant – und Sie Ihre, Mr. Sulu, auf den Romulanern.«

Von beiden Konsolen erfolgte die sofortige Bestätigung.

»Was in aller Welt geht jetzt vor?« fragte McCoy.

»Vielleicht kannst du das besser erraten als ich, Pille. Du mußtest die Launen des Computers länger durchstehen als sonst jemand.«

»Vielleicht – aber *so* was habe ich noch nie gesehen.«

Sie starrten fasziniert auf das von den Scannern übermittelte Bild. Es bestand kein Zweifel, daß das Monstrum immer noch wuchs.

»Es sieht aus wie eine Art metallener Ballon, Jim. Aber was soll es?«

»Wenn die Ladeluke sich noch einmal öffnet und eine gigantische Nadel herauskommt, wissen wir es«, sagte Sulu. »Es würde jedenfalls zu dem bisherigen Unfug des Computers passen.«

»Ich erkenne den Zusammenhang nicht, Mr. Sulu«, bemerkte Spock.

»Sulus Annahme ist sowieso falsch, Spock«, sagte Kirk. »Es gäbe keinen Knall.«

Doch daraus wurde Spock nicht schlauer. »Knall, Captain? Ich muß gestehen, ich weiß nicht...« Er unterbrach sich und starrte auf seinen Schirm.

»Was ist los, Spock?«

»Seltsam – dieses sich aufblasende Objekt nimmt nun eine Form an, die oberflächlich gesehen einem Schiff ähnelt.«

»Ich sehe es auch!« rief Sulu aufgeregt. »Es sieht wie eines dieser alten Föderationsschlachtschiffe aus – aber von dem Typ, der dann doch nicht gebaut wurde, weil all die Kampfkraft nicht mehr gebraucht wurde.«

»Was immer es ist, es ist jedenfalls zwanzigmal größer als die *Enterprise*.« Kirk schüttelte verwundert den Kopf.

»Captain, wir ändern den Kurs schon wieder«, rief Sulu. »Wir entfernen uns leicht von dem Ding.«

»Was machen die Romulaner? Wir sind seit einigen Minuten in Reichweite ihrer Scanner.«

»Ich glaube, sie nahmen vor einigen Minuten Kurs auf uns, Captain«, erklärte Spock mit einem Blick auf seine Daten. »Aber gleich darauf begannen sie mit merkwürdigen Manövern. Sie kommen auch nicht mehr auf uns zu. Zweifellos hat das plötzliche Erscheinen eines Schlachtschiffs von zwanzigfacher Größe ihrer Kreuzer einige hastige Besprechungen der drei Kapitäne ausgelöst.«

»Kann ich mir vorstellen.« Kirk lächelte, obwohl er selbst nicht wußte, was der Computer vorhatte.

McCoy fand es weniger komisch. »Es sieht zwar jetzt wie ein Schlachtschiff aus, aber wenn sie in Scannernähe kommen und die Daten hereinkriegen und feststellen, daß es lediglich aufgeblasene Folie ist, werden sie es gar nicht spaßig finden.«

»Aber du mußt zugeben, daß es die Romulaner zumindest vorerst dazu gebracht hat, ihre Pläne zu überdenken.«

»Ja, es ist ein wirksamer Bluff, Jim. Nur werden sie ihn bald durchschaut haben und noch erpichter darauf sein, uns fertigzumachen.« Er zuckte die Schultern. »Noch mehr kybernetischer Irrsinn.«

»Aber in Wahnsinn kann Methode liegen«, murmelte Kirk nachdenklich.

Spock zog die Brauen hoch. »Würden Sie bitte erklären, was Sie meinen, Captain?«

»Ja, Jim.« McCoy blickte ihn forschend an. »Von wessen Wahnsinn sprichst du?« Das hörte sich fast so an, als hielte er es für möglich, daß der Zentralcomputer nicht das einzige Gehirn an Bord war, das nicht ganz richtig tickte.

»Um Wahnsinn zu verstehen, Pille, muß man selbst wie ein Irrer denken – nein, keine Angst«, fügte er rasch hinzu, als er den Blick bemerkte, mit dem der gute Doktor ihn plötzlich musterte. »Ich meine, daß wir jetzt die innere Logik verstehen müssen.

Die *Enterprise* macht sich jetzt ihren größten Spaß – aber diesmal mit den Romulanern.«

»Wollen Sie damit sagen, daß die *Enterprise* zu Rachegefühlen fähig ist?«

»Was sonst? Die Romulaner werden sich zu Narren machen, wenn sie einen Ballon angreifen, und Lächerlichkeit fürchten sie mehr als den Tod.«

»Es ist trotzdem nicht möglich, Captain. Rache ist eine rein emotionale Handlung.«

»Was würden Sie von einem Vulkanier halten, der Rachsucht zeigt, Spock?«

»Nun, wir würden versuchen, ihn von seinem Wahns... – ich verstehe, Captain. Auch ich habe keine andere Erklärung für das gegenwärtige Verhalten des Computers.« Sein Blick wanderte zu dem Sensorenbild der Kreuzer zurück.

»Ich bin momentan jedoch mehr an der Wirkung der List interessiert, als an der Motivation...«

Die drei romulanischen Kreuzer hielten sich gut außer Kampfweite und studierten das ungeheuerliche Schiff, das neben der *Enterprise* erschienen war.

An Bord des vordersten schweren Kreuzers des romulanischen Kampfverbands kratzte der Commander sich am Arm und fragte sich, wie die Föderation ein Schlachtschiff dieser Größe vor ihren

Spionen verbergen hatte können. Es war unmöglich, und doch – da war es.

Kaum war es erschienen, hatte die *Enterprise* einen neuen Kurs eingeschlagen, zurück zum Föderationsgebiet – aber langsam, fast herausfordernd. Es hatte fast den Anschein, als wolle Kirk, daß sie die Verfolgung aufnahmen und angriffen.

Er würde bald eine Entscheidung treffen müssen, sonst entging ihre Beute ihnen doch noch. Es war schlimm genug, daß ihr Plan sich als Fehlschlag erwiesen hatte. Daß ihre Beute aber zurückkehrte, vor ihrer Nase herumtanzte und sich dann mit Normalgeschwindigkeit zurückzog, war nicht hinnehmbar.

Aber dieses riesige Schiff verhinderte die neuerliche Verfolgung. Das Merkwürdige daran war, daß es einfach so dahockte, ohne irgendwelche Anstalten zu machen anzugreifen, oder sich mit der *Enterprise* zurückzuziehen. Trotz der ungeheuren Größe konnten seine drei kleineren Schiffe es ausmanövrieren, davon war der Commander überzeugt.

Ob sie es vernichten konnten, war allerdings eine andere Sache.

»Sie reagieren nicht auf unsere Anrufe, Commander«, meldete sein Kommunikationsoffizier.

»Sie weigern sich also, sich zu ergeben. Gut. So groß es auch ist, so dumm ist sein Commander. Auf keinen Fall dürfen wir zulassen, daß uns eine so wertvolle Beute entgeht.« Er rief seinem Rudergänger zu. »Verständigen Sie die anderen – wir werden nach dem vierten Spiralplan angreifen.«

»Jawohl, Commander!«

Der Befehl wurde weitergegeben. Indem sie sich im Zickzack zwischen mehreren gemeinsamen, von ihren Kampfcomputern fixierten Punkten bewegten, schossen die drei romulanischen Kreuzer mit Angriffsgeschwindigkeit auf das gigantische Schiff zu. In maximaler Schußweite eröffneten sie das Feuer in genau berechneter Reihenfolge. Photonengeschosse, die sich bereits beim Angriff auf die *Enterprise* als sehr wirksam erwiesen hatten, wurden in einem komplexen, halb vorausberechneten, halb dem Zufall überlassenen Muster abgefeuert, gegen das jegliches Verteidigungssystem machtlos war.

Das Objekt dieses von drei Seiten erfolgenden Bombardements unternahm überhaupt nichts. Mehrere der hochbrisanten Geschosse trafen die eloxierte Haut und rissen klaffende Löcher. Ohne Außendruck fiel die aufgeblasene Folie nicht zusammen, sondern behielt ihre Form – so daß durch die klaffenden Löcher zu erkennen war, wie völlig hohl sie war.

Die Augen des romulanischen Commanders weiteten sich bei dieser unerwarteten Entwicklung.

»Genarrt – hereingelegt – ungeheuerlich!« heulte er vor Wut. »Schlimmste Beleidigung – ungeheuerlichste Perversion jedweden Kampfgeistes! Nehmen Sie sofort Verbindung mit der *Enterprise* auf!« befahl er seinem Kommunikationsoffizier.

»Verbindung hergestellt«, meldete dieser Sekunden später.

»Auf den Schirm!«

Sofort wurden auf der Brücke des romulanischen Kreuzers seltsam auf- und abschwellende Töne laut. Selbst die mit emotionalen Lauten von Föderationsangehörigen nicht vertrauten Brückenoffiziere erkannten sie sogleich als Gelächter.

Natürlich konnte der romulanische Commander nicht ahnen, von wem es kam – ihm genügte, daß es von der *Enterprise* übertragen wurde. Unter diesem spöttischen Kichern ließ er jegliche Vorsicht außer acht. »Volle Kraft für die Verfolgung!« befahl er. »Ich will dieses Schiff auslöschen, in seine Atome zerlegen!«

»Ehrenwerter Commander«, erinnerte ihn der Rudergänger vorsichtig, »sie haben einen großen Vorsprung und befinden sich nicht mehr in der Neutralen Zone.«

Immer noch dröhnte Gelächter durch die romulanische Brücke. »Abschalten! Und Verfolgung aufnehmen!«

Auf der Brücke des Föderationsschiffs hallte dasselbe Gelächter immer noch wider, klang jedoch allmählich ab.

»Captain«, meldete Sulu, »die Romulaner verfolgen uns.«

McCoy pfiff durch die Zähne. »Sie müssen selber ein bißchen verrückt sein, wenn sie uns so tief in Föderationsgebiet folgen, jetzt, wo sie uns nicht mehr überraschen können.«

»Es ist mir egal! Sogar die Romulaner sind mir egal!« rief Kirk. McCoy zog besorgt die Brauen zusammen, aus der Stimme des Captains schwang uncharakteristische Angst. »Ich will nur nicht noch einmal in dieses Energiefeld.

Sulu, haben Sie seine gegenwärtige Position? Um Novas willen, halten Sie uns davon fern!«

Alle blickten ungläubig auf Kirk, der sich furchtsam in seinen Sessel zusammenkauerte.

Sulu hatte das Gefühl, daß der Captain vor Todesangst zitterte. Tatsächlich machte diese plötzliche Veränderung ihres sonst so unerschütterlichen Captains alle sprachlos.

»Ich habe die genaue Position, Sir«, brachte Sulu schließlich heraus und hoffte, Kirk damit ein bißchen zu beruhigen. »Unser gegenwärtiger Kurs führt uns keineswegs auch nur in seine Nähe.«

Kirks Erleichterung war fast greifbar. »Gott sei Dank«, murmelte er mit bebender Stimme. »Ich könnte eine erneute Durchfahrt nicht ertragen.«

»Sir, wenn Sie gestatten«, fuhr Sulu fort, ohne daß es ihm ganz gelang, seiner Stimme einen zurechtweisenden Ton fernzuhalten, »der Schaden, der durch das Feld entstand, war mini...«

Eine trügerisch weibliche Stimme unterbrach ihn. »Warum macht Ihnen der Gedanke, noch einmal durch das Feld zu fliegen, solche Angst? Sie ist grundlos. Ich trug nur geringfügige Beschädigungen davon.«

»Das ist es nicht – das nicht«, entgegnete Kirk offenbar wieder voll Angst. »Es ist die Vorstellung, daß der Körper, jede Zelle, jeder Nerv von einer Strahlung durchdrungen wird, über die wir nichts wissen – die Vorstellung, was sie in der innersten Zusammensetzung anrichten kann...« Er schauderte. »Diese Vorstellung lähmt mich.«

»Wie interessant«, sagte die Stimme.

Stabilisatoren heulten.

»Sir...« Sulu hantierte hastig, aber vergebens an seinen Kontrollen. »Wir ändern den Kurs schon wieder! Das Energiefeld liegt zwar außerhalb der Reichweite unserer Sensoren, aber anscheinend führt er direkt darauf zu!«

»Nein!« Kirk bebte so sehr, daß er sich kaum nach vorn lehnen konnte. »Nein – nicht noch einmal!«

Wieder erdröhnte Lachen um sie – ein Lachen, das nicht menschlich und nicht normal war.

»Sofort wenden, Mr. Sulu!«

Der Rudergänger versuchte alle möglichen Tasten und Hebel, doch dann gab er es auf und zuckte hilflos die Schultern. »Es geht nicht, Sir. Nichts reagiert. Aber wenn ich es sagen darf, Sir, wir haben vom Feld selbst nichts zu befürchten. Wir...«

»Das ertrage ich kein zweites Mal«, wimmerte Kirk. »Ich ertrage es nicht...«

Das Bild auf dem Hauptschirm begann zu schimmern, als sich die erste Wirkung der strahlenden Wolke bemerkbar machte. Zuerst kaum spürbar, doch dann stärker, vibrierte der Boden unter ihren Füßen.

Jetzt dämpften die Scanner die überwältigende Farbenpracht, um sie für menschliche Augen erträglich zu machen.

Kirk blieb zusammengekauert in seinem Sessel, und seine Hände verkrampften sich um die Armlehnen. Die Brückenoffiziere hätten sich weitere, ernste Sorgen um den überraschenden Nervenzusammenbruch des Captains gemacht, wären sie nicht zu sehr damit beschäftigt gewesen, die *Enterprise* heil durch das Feld zu bringen.

Doch hatten sie deshalb keine ernsten Bedenken. Schließlich hatten sie die strahlende Wolke schon einmal passiert und würden es wahrscheinlich auch ein weiteres Mal schaffen. Aber diesmal war es angebracht, sich voll auf ihre Pflichten zu konzentrieren – schließlich spielte der Zentralcomputer verrückt, und der Captain schien vor Angst wie gelähmt zu sein.

Wenn sie erst sicher wieder aus dem Feld heraus waren, hatte Dr. McCoy Zeit genug, den Captain zu behandeln...

Obgleich sie diese Sorge nicht völlig vergaßen, konzentrierte sich jeder auf seine Arbeit und ignorierte den Zitternden im Kommandosessel – und das irre Kichern, das unentwegt aus den Lautsprechern drang.

Neuerliche Vibrationen ergaben sich, als nicht weit hinter ihnen die vor Wut rasenden – und daher jegliche Vorsicht außer acht lassenden – Romulaner, ihre Antriebsmaschinen überstrapazierend, in die Wolke eindrangen.

Die abrupte Kursänderung der *Enterprise*, die innerhalb der Schußreichweite gewendet hatte, war verwirrend und so widersinnig, daß der romulanische Commander sich absolut keinen Reim darauf machen konnte. Die *Enterprise* war bereits mit gutem Vorsprung tief im Föderationsgebiet gewesen – was konnte ihr Kapitän sich davon versprechen, in die Neutrale Zone und zu den Verfolgern zurückzukehren?

Es enervierte ihn mehr, als er sich eingestehen wollte. Die Romulaner hatten in bitterer Erfahrung gelernt, die teuflische Schläue von Menschen wie Kirk in Kommandopositionen nicht zu unterschätzen.

So besprach er sich mit seinen Offizieren und den Kapitänen der beiden anderen Schiffe. Sie gaben ihre Bedenken in ihre Computer ein und suchten verzweifelt nach einem vernünftigen Grund für das unerklärliche Manöver. Aber auch die Computer konnten ihnen hier nicht helfen...

Der romulanische Rudergänger hielt sich mit einer Hand an einer Armlehne fest, während er mit der anderen versuchte, seinen plötzlich streikenden Kontrollen eine Reaktion zu entlocken. Als es ihm nicht gelang, wandte er sich an seinen düster grübelnden Vorgesetzten.

»Sir, unsere Sensoren funktionieren in diesem Feld nicht. Wir haben die Verbindung zu dem Föderationsschiff verloren.«

Soweit es den Commander betraf, war das der endgültige *Ubuz*. »Erst gibt die *Enterprise* einen Vorsprung auf, mit dem sie eine gute Chance gehabt hätte, uns zu entkommen oder Hilfe zu holen, um mit Unterstützung überlegener Streitkräfte zurückzukehren. Dann lockt sie uns in dieses rätselhafte Feld. Und nun sieht es so aus, als könnten wir sie nicht aufspüren.« Welcher unbekannten Waffen, welcher neuerlichen Beleidigung beabsichtigte Kirk sich gegen sie zu bedienen?

Diese Kombination von Ungewißheiten war zu viel für den bereits mehr als nervösen Commander. Sein Schiff war Erschütterungen ausgesetzt, die zwar stark, aber noch nicht bedrohlich waren. Die Betonung lag auf »noch nicht«. Das bot ihnen eine Chance – vielleicht die letzte –, sich zurückzuziehen, ohne ganz das Gesicht zu verlieren.

Außerdem machte ihm seine Leber zu schaffen.

»Wir müssen dieses Feld verlassen, ehe unser Schiff auseinanderbricht. Bringen Sie uns auf neuen Kurs, Navigator, zurück nach Hause.«

»Sie wollen sie entkommen lassen, Sir? Obwohl sie uns verhöhnt und beleidigt haben?«

Der Commander wollte nicht mit seinen Offizieren debattieren. »Wenn wir sie nicht mehr aufspüren können«, entgegnete er trokken, »erscheint mir das das Logischste. Ich rate Ihnen, sich auf Ihre Pflichten zu beschränken, Varpa. Sie erfordern, daß Sie Befehle ausführen – nicht mehr. Tun Sie es!«

Varpa wollte noch etwas sagen, hielt es dann aber doch für ratsamer, es zu unterlassen.

Erleichtert über das Schweigen, begann der Commander seinen Bericht an das Flottenhauptquartier, Abteilung Geheime Missionen, zu verfassen. Dabei blickte er auf den Schirm. Der zeigte das schillernde Energiefeld, das nun rasch hinter ihnen zurückblieb.

Hoffentlich wurde die dreimal verfluchte *Enterprise* in dieser prächtig anzusehenden Verzerrung von Raum und Materie inzwischen in Stücke zerrissen.

Die *Enterprise* hielt sich jedoch sehr gut. Bis jetzt hatte sie sowohl einer Zerstörung durch die Strahlung wie auch durch die Romulaner getrotzt.

Ernste Besorgnis herrschte jedoch über den Zustand ihres Captains. Doch seine Angst schien zu schwinden, als das immer noch aus den Lautsprechern tönende Gelächter ins Stocken geriet.

Und völlig normal wirkte er, als es fast ganz aufhörte.

»Überlistet«, klagte die Stimme aus dem Lautsprecher plötzlich. »Das ist nicht fair – nicht fair...« Lachen und Klagen schwanden nun rasch.

»Was – was ist mit ihm los?« fragte McCoy, der sich auf die Rückenlehne des Kommandosessels stützte.

Der letzte Ton – ein würgendes Husten, verklang. Dann blieben die Lautsprecher still.

Als Kirk wieder sprach, war sofort klar, daß seine *Furcht* mit dem Lachen verschwunden war. »Pille, das Schlimmste, was man einem Witzbold antun kann, ist, ihm selbst einen Streich zu spielen.« Seine Stimme war grimmig, aber nicht mehr ängstlich. »Es zählt nur, wer zuletzt lacht.«

»Wir haben das Feld hinter uns gelassen, Sir«, meldete Sulu.

»Gut. Ändern Sie den Kurs um zwei Grad vertikal. Gleiche Richtung. Gehen Sie wieder auf Standardgeschwindigkeit.«

Sulu blickte ihn ein wenig zweifelnd an, machte sich aber daran, den Befehl auszuführen. Sein Gesicht erhellte sich jedoch, kaum daß er die ersten Tasten gedrückt hatte. »Alle Kontrollen funktionieren wieder normal, Captain. Keinerlei Anzeichen von Beeinflussung mehr. Auch die Maschinen reagieren normal.«

»Und ich erhalte Standardwerte bei allen Computern. Höhere Logikfunktionen und intuitive Entscheidungsprozesse weichen nicht mehr von der Norm ab.« Er blickte Kirk fast bewundernd an.

»Diese zweite Passage durch das Energiefeld hat offenbar die Schäden der ersten aufgehoben.«

»Darum hast du also deine *Angst* vor einer zweiten Durchfahrt so laut geäußert!« rief McCoy, als es ihm dämmerte. »Und die ganze Zeit hast du uns vorgemacht, du hättest die Nerven verloren.«

»Es *mußte* etwas Drastisches versucht werden, Pille. Um, ehrlich zu sein, als mir der Gedanke kam, erschien er mir zuerst verrückt – was aber zu dem Benehmen des Computers paßte.«

»Eine gut geplante und geschickt durchgeführte Täuschung, Captain«, lobte Spock.

Kirk grinste schwach. »Keine völlige Täuschung, Mr. Spock. Ich hatte wirklich Angst – nicht vor einer weiteren Passage durch das Feld, sondern davor, was der Computer als nächstes tun würde. Sein Humor wurde zusehends sadistischer.«

»Das kann man wohl sagen!« bestätigte McCoy.

Kirk lehnte sich im Kommandosessel zurück und schloß: »Ich brauchte lediglich meine Angst in die richtige Richtung zu lenken und nicht dagegen anzukämpfen.«

»Sie sind zu bescheiden, Captain«, sagte Spock. »Sie haben alle getäuscht – nicht nur den Computer. Ich hätte solch eine Maskerade nie fertiggebracht.«

»Kein Wunder«, brummte McCoy.

Spock ignorierte ihn. »Die Wirkung des Feldes auf die Schaltkreise und Funktion unseres Computers wurde exakt aufgezeichnet.« Spock blickte auf seine Archivkonsole. »Dieses Material wird den Kybernetikexperten neue Erkenntnisse liefern. Ich selbst werde mich eingehend damit beschäftigen.«

»Sir!« rief Uhura plötzlich. »Ich empfange Interschiff- und Intercomgespräche von den romulanischen Kreuzern – offenbar eine Fehlfunktion ihrer Kommunikationsanlagen.«

Kirk blickte verwundert auf. »Es ist mehr als das, Leutnant. Von der Energievergeudung bei Intercomsendungen auf Schiff-zu-Schiff-Frequenzen abgesehen, ist es eine ernste Verletzung der Sicherheitsbestimmungen. Ich frage mich – Uhura, weshalb lächeln Sie?«

»Ich schalte auf Brückenlautsprecher, Sir.«

Die erste Stimme, die sie hörten, war zufällig die des Verbandcommanders, der seine Techniker heftig zurechtwies.

»...und schalten Sie endlich die Speisenautomaten aus«, brüllte er. »Wir stehen knietief in warmer Schokoladensoße, die bereits das Gehen in den Korridoren erschwert!«

Die Beschwerden von allen drei Schiffen und zahlreichen Abteilungen waren alle ähnlicher Art – und wurden zusehends verwirrter, verärgerter und frustrierter.

McCoy grinste breit. »Ich wußte nicht einmal, daß Romulaner Schokoladensoße kennen, geschweige denn, daß ihre Synthetikküchen sie herstellen können.«

»Ich nehme an, daß sie ihre Lage bestürzend finden.« Kirk lachte. »Hat ganz den Anschein, als stimme etwas mit ihren Computern nicht.«

»Sollen wir ihnen mitteilen, wie sie die Auswirkungen des Feldes rückgängig machen können, Jim?«

»Später, ja. Ich wünsche nicht einmal den Romulanern, daß sie alldem ausgesetzt werden, was wir durchmachen mußten. Aber – verderben wir ihnen den Spaß nicht zu früh.«

Das Lachen auf der Brücke war spontan – und keineswegs künstlich ausgelöst oder mechanischen Ursprungs. Nur für Spock klang es gleich, auch wenn die Motivation weniger bedrohlich war.

»Unerklärlich, unverständlich und irrational«, murmelte er und wandte sich wieder seiner Konsole zu. Er setzte seine theoretischen Studien da fort, wo der Angriff der Romulaner ihn gezwungen hatte, sie zu unterbrechen.

Immer noch schallte das Lachen rundum. Aber einen wesentlichen Unterschied gab es doch. Dieser nicht gasförmige Auslöser verursachte ihm keine Kopfschmerzen.

Und während er sich mit seinen Studien beschäftigte und seine Kameraden Witze über die gegenwärtige mißliche Lage der Romulaner machten, konnte er nicht wissen, daß Ereignisse in Gang gesetzt worden waren, die weit größere Bedeutung haben sollten als jedwede Erkenntnis, die aus dem Studium der Aufzeichnungen über die zeitweilige Verrücktheit des Computers gewonnen werden mochte...

DRITTER TEIL

Schmerzvoller denn einer Schlange Zahn...

Nach einem Drehbuch
von Russell Bates und David Wise

1

Das Netz von Sensorsonden und Patrouillen, das die Heimwelten der Föderation, ihre Industrie- und Bevölkerungszentren bewachte, war so vollkommen und effizient, wie es nach dem technischen Stand dieser hochentwickelten multirassischen Zivilisation möglich war. Es war konzipiert, um Schutz und Verteidigung selbst bei einer klingonischen Überraschungsoffensive zu gewährleisten.

Ein einzelnes Schiff mochte mit hoher Geschwindigkeit und geschickten Ausweichmanövern durch die Maschen des Netzes schlüpfen. Das Schiff, das es jetzt tat, bewegte sich auf gerader, berechenbarer Bahn und machte keine Anstalten, sein Ziel geheimzuhalten. Den Mangel an Tarnung glich es durch eine bisher nicht vorstellbare Geschwindigkeit aus.

Man konnte zwar nicht absolut sicher sein, aber den extremen Richtungsänderungen bei so unglaublicher Geschwindigkeit nach zu schließen, schien es sehr wahrscheinlich, daß dieser Flugkörper unbemannt war. Auch reagierte er auf keinerlei Kontaktversuche.

Nachdem er die Warnungen nicht beachtete, sich von Föderationswelten fernzuhalten, beschloß der Föderationsrat, wenngleich zögernd, den Eindringling zu zerstören. Diese Entscheidung wurde jedoch durch den Wissenschaftsrat dahingehend modifiziert, daß erst einmal versucht werden sollte, den Flugkörper einzufangen. Die Technikabteilung war begierig darauf, diesen unglaublichen Antrieb zu untersuchen.

Der Versuch, ihn einzufangen, blieb jedoch ebenso erfolglos wie jene, ihn zu zerstören. Kein Föderationsschlachtschiff konnte ihn einholen, und der Eindringling hielt sich nie lange genug in Schußweite irgendeines Schiffes auf. Und so konnte dieser Flugkörper, eine Sonde offenbar, die schnellste Erkundung in der Geschichte der Vereinten Föderationssysteme vornehmen – und das mit einer nervenaufreibenden und frustrierenden Stummheit.

Die ganze Zeit über analysierten die modernsten elektronischen Instrumente der Föderation das Verhalten der Sonde und stellten fest, daß die Erkundungs-, Ausweich- und Flugmanöver nach vorprogrammierten Schemata erfolgten.

Bei jeder weiteren Welt, die sie scannte, sammelten sich größere und schlagkräftigere Kampfverbände und näherten sich dem Flugkörper. Jede Einheit hatte ein bestimmtes Angriffsprogramm und eine dritte Verstärkungslinie hinter sich, die in Aktion treten würde, falls die Sonde den ersten beiden entschlüpfte. Bald waren ganze Flotten mobilisiert, nur um einen einzigen, unbemannten Raumkörper zu stellen, der bisher zu keinen feindseligen Maßnahmen gegriffen hatte.

Das Problem war, daß die Sonde sich nirgendwo lange genug aufhielt, daß die Kampfverbände sie einholen konnten. Trotzdem waren die vulkanischen Logistiker, die die Kommandogeräte programmierten, überzeugt, daß sie mit genügend Zeit den Flugkörper in einem Labyrinth von Phasern und Torpedos zu fassen bekämen. Aber dafür blieb nie genug Zeit. Die Sonde nahm ihre letzte

Untersuchung vor – mit einer kurzen, doch beeindruckend gründlichen Mehrfachumkreisung der Erde.

Noch während die schlagkräftigsten Föderationsverbände sich der Sonde näherten, hielt sie im freien Raum an und richtete sich auf einen vorberechneten Punkt aus. Sie schien völlig unberührt von der wachsenden Möglichkeit ihrer Vernichtung. Plötzlich sandte sie einen langen Strahl extrem hoher Frequenz aus. Diese Sendung verbrauchte viel mehr Energie, als man in einem Flugkörper dieser geringen Größe vermutet hätte.

Die Sendung dauerte nur wenige Minuten. Nach ihrer Beendigung aktivierte die Sonde ihren Antrieb. Sie explodierte unmittelbar außerhalb der Mondumlaufbahn in einem ernüchternden Schauspiel. Der Himmel leuchtete noch mehrere Wochen selbst so weit südlich wie Hongkong und Istanbul, und ein Großteil der Sendeanlagen auf dem Mond fiel aus.

Den geheimnisvollen Eindringling gab es nicht mehr. Einige wenige Metallstücke von Fingernagelgröße gaben keinerlei Hinweis mehr auf seine Herkunft. Er hatte eine umfangreiche Erkundung aus unbekannten Motiven für – noch – ebenso unbekannte Intelligenzen durchgeführt.

Von woher war er gekommen? Wer hatte eine so großartige Maschine konstruiert, und mit welcher Absicht war sie ausgeschickt worden? Warum hatte sie jeglichen Kontaktversuch ignoriert?

Diese und ähnliche Fragen wurden immer wieder gestellt. Doch niemand wußte darauf eine Antwort.

Welche Bedeutung diesem rätselhaften Besuch beigemessen wurde, ging auch aus der Bereitwilligkeit hervor, mit der die Klingonen und Romulaner in dieser Hinsicht mit der Föderation zusammenarbeiteten. Die Verwunderung darüber verflog jedoch, als beide Gegenspieler der Föderation ein wenig verlegen zugaben, daß ihre Reiche bereits vor den Föderationswelten erkundet worden waren.

Ein paar Eiferer in der Regierung warnten, daß das Ganze eine, wenngleich aufwendige, List der Klingonen und/oder Romulaner sein könnte, um der verschreckten Föderationsregierung militärische Informationen zu entlocken.

Nüchterne Wissenschaftler machten diese Theorie rasch zunichte. Weder die klingonische noch die romulanische Technik wäre zur Konstruktion einer solchen Sonde in der Lage gewesen. Wenn die beiden Reiche wahrhaftig über diese Möglichkeiten verfügten, würden sie sie, so gab man zu bedenken, nicht bloß zur friedlichen Erkundung einsetzen.

Die großen Überwachungsanlagen auf Luna, der Erde und dem Titan waren imstande, selbst den Flug eines Schmetterlings in interstellare Entfernungen zu verfolgen. Als die sich selbstvernichtende Sonde ihre gesammelte Information zu senden begann, konnten die Stationen sie aufnehmen und für eine spätere Entschlüsselung speichern.

So effizient waren diese Anlagen und so stark das Sondensignal, daß die drei Stationen es sofort triangulieren konnten und keine computergesteuerte Verstärkung notwendig war.

Der Strahl war so deutlich wie weiße Kreide auf einer Schultafel. Und dem Verlauf dieses Strahls zu folgen, lautete der neue Auftrag der *Enterprise*.

Die Energiemenge für diese minutenlange Sendung war ungeheuerlich – und übertraf bei weitem die Möglichkeiten der Föderationstechnik. Und es gab Grund zur Annahme, daß der Empfänger sich möglicherweise außerhalb dieser Galaxis befand...

Wenn das der Fall ist, dachte Kirk, wird die *Enterprise* eine längere Reise vor sich haben, als irgend jemand angenommen hat. Aber er mußte auch in Betracht ziehen, daß der Strahl auf kein bekanntes Sternensystem, ja, nicht einmal auf planetenlose Sonnen getroffen war, und sie befanden sich jetzt weit außerhalb der Grenzen des Föderationsgebiets. Müßig beobachtete er Spock, der an seiner Konsole arbeitete, und seufzte. Sie verfolgten nun bereits seit Wochen den Kurs, den die Sternenflotte ihnen übermittelt hatte.

Unmöglich zu sagen, wie lange noch. Der Auftrag für die *Enterprise* lautete, dem Kurs so lange zu folgen, bis – wörtlich: »Jedweder Zweifel über potentielle Gefahren für die Föderationswelten durch den unbekannten Absender der fremden Sonde ausgeräumt ist.«

Diese Order war so vage, daß sie möglicherweise Monate, ja Jahre auf Kurs bleiben mußten, bis sie zurückgerufen wurden – oder zumindest, bis die Hälfte ihrer unersetzbaren Vorräte erschöpft war.

In letzter Zeit hatte Kirk einen besonders schlimmen Alptraum. Irgendein kleiner Angestellter im Sternenflottenhauptquartier verlegte ständig die *Enterprise*-Akte oder war unachtsam, und die Rückruforder rutschte hinter einen Diskettenschrank, oder er löschte versehentlich die ganze *Enterprise*-Datei aus dem Zentralcomputer. Und so wurde das Schiff vergessen. Es reiste immer weiter, ließ sich Vorräte auf verschiedenen Welten geben, deren Bewohner verwundert und mitleidig auf die weißhaarige Besatzung starrten, für die es keine Erlösung von ihrer tantalusartigen Suche gab.

Plötzlich wurde ihm bewußt, daß jemand vor ihm stand und sich verlegen räusperte.

»Was...?« fragte Kirk. »Oh...« Er wandte sich von dem geduldigen Bootsmaat ab und studierte das Standardansuchen um Benutzung des Erholungsraums, das der junge Mann ihm gereicht hatte.

Einen Augenblick war er versucht, ihm nicht stattzugeben, weil er sich noch zu gut erinnerte, was McCoy, Sulu und Uhura dort vor wenigen Wochen zugestoßen war. Aber diese Geschichte hatte im ganzen Schiff die Runde gemacht, und ein Schrecken wie dieser saß noch lange in den Knochen. Er bezweifelte, daß irgend jemand in absehbarer Zeit irgendwelche größeren Landschaftsmanipulationen wagen würde. Es war eine Sache, Gefahren auf einer neuen, fremdartigen Welt gegenüberzustehen – aber etwas ganz anderes, wenn die eigenen Erholungsanlagen auf einen losgingen.

Der Antragsteller wollte offenbar die passende Atmosphäre für eine Geburtstagsparty oder ähnliches. Kirk genehmigte das Ansuchen, erwiderte den zackigen Gruß des Bootsmaats und wandte den Blick dem Hauptschirm zu.

Er wies seit Tagen das gleiche prächtige, aber monotone Bild auf – fremde Konstellationen glitzerten in der samtigen Schwärze. Wenn sie nicht bald auf *irgend* etwas stießen – ein Raumschiffwrack, irgendwas eben –, würde er Uhura anweisen, Verbindung mit der nächsten Sternbasis aufzunehmen und sich zum Flottenhauptquartier durchstellen zu lassen, damit er Dampf ablassen konnte.

Er setzte im Kopf auf, was er sagen wollte. Er würde ihnen die Nutzlosigkeit dieser Expedition klarmachen und mit seiner Meinung über die Macht von ein paar Bürokraten, die wohl die Hosen voll hatten, nicht hinterm Berg halten. Vor allem aber würde er verdeutlichen, daß diese Mission eine sträfliche Vergeudung von Schiffsenergie und Arbeitskraft der Crew war.

Es kostete ihn Mühe, seinen Ärger aus der Stimme zu halten, als er seinen Ersten Offizier um einen Statusbericht bat.

Spock blickte von seinem Monitor auf und überprüfte noch eine Anzeige, ehe er sich zu Kirk umdrehte. »Wir folgen weiterhin dem uns vom Sternenflottenhauptquartier vorgegebenen Kurs, Captain. Aber ich muß nun darauf hinweisen, daß dessen Genauigkeit mit jedem Parsec, das wir zurücklegen, abnimmt.

Die Abweichung beträgt inzwischen«, er überprüfte noch einmal die letzten Angaben, »bereits ein Zehntel Grad.«

Kirk nickte. »Ich verstehe. Keine ernste Abweichung, wenn wir einen Planeten suchen. Suchen wir jedoch nach einem Schiff, könnten wir es um viele Billionen Kilometer verfehlen. Das dürfte in Kürze dann auch auf ein Sternensystem zutreffen. Was schlagen Sie vor, Mr. Spock?«

»Reduzierung unserer Geschwindigkeit in Anpassung an die Maximalkapazität unserer periphären Fernsensoren, damit wir nicht ahnungslos an Objekten wie kleinen Schiffen vorüberrasen.«

»Vernünftig – obwohl mir die Idee einer langsameren Fahrt nicht so gut gefällt. Mr. Aufrechter Bär, bringen Sie uns auf Solgeschwindigkeit zwei.«

Der Fähnrich, der jetzt an der Navigationskonsole saß, übernahm Sulus Posten gewöhnlich bei der dritten Schicht, wenn sowohl Kirk wie Spock dienstfrei hatten und schliefen. Doch Sulu hatte so viele Überstunden gemacht und jetzt um einen Kurzurlaub an Bord gebeten, und Aufrechter Bär hatte seine übliche Schicht freiwillig mitübernommen, um auch einmal direkt mit den obersten Brückenoffizieren zuammenarbeiten zu dürfen.

Er macht seine Sache wirklich gut, dachte Kirk. Darf nicht vergessen, das in seiner Personalakte zu vermerken.

Aufrechter Bär, der nicht bemerkte, wie aufmerksam er beobachtet wurde, nahm die nötigen Schaltungen vor. »Sol zwei, Sir«, meldete er schließlich.

Sein schwarzes Haar und die bronzene Hautfarbe wiesen auf seine indianische Abstammung hin. Kirk versuchte, sich an ein Akademieseminar über Völkerkunde zu erinnern.

Es war unmöglich, sich mehr als oberflächlich mit der Herkunft eines jeden der vierhundertdreißig Besatzungsmitglieder der *Enterprise* vertraut zu machen. Das hielt den Captain jedoch nicht davon ab, es wenigstens zu versuchen. Das Volk, oder vielmehr, der Stamm, war im Südwesten Nordamerikas beheimatet gewesen, daran erinnerte er sich jetzt. Und der Name? Enthielt ein Tsch...

Kirk fragte sich, ob der Fähnrich nicht bereits lange genug im

Flottendienst war, um zum Leutnant befördert werden zu können. Obwohl diese Expedition nicht mehr als Routine war, könnte er sich vielleicht etwas einfallen lassen, um die Fähigkeiten des jungen Rudergängers auf die Probe zu stellen.

Aber diese Mühe brauchte er sich gar nicht selbst zu machen...

»Captain«, meldete Arex, »die Sensoren zeigen ein weit entferntes Schiff an!«

»Ist seine Flugrichtung bereits zu erkennen, Mr. Arex?«

Der Navigator studierte kurz die eingehenden Daten.

»Es folgt offenbar ebenfalls dem Kurs der fremden Sonde, Sir – aber es kommt auf uns zu. Ungefähre Geschwindigkeit Sol drei.«

»Mr. Spock?«

»Die Entfernung ist noch zu groß für detaillierte Beobachtung, Captain.« Spock studierte seine kleinen Schirme. »Möglicherweise handelt es sich um eine zweite Sonde. Vielleicht hat die erste ihre programmierte Aufgabe nicht vollendet und sich gar nicht selbstzerstört, sondern explodierte aufgrund eines Fehlers. Und nun soll diese die Erkundung zu Ende führen.«

»Möglich, Mr. Spock.« Kirk runzelte die Stirn. »Es könnte aber auch sein, daß es das Schiff des Absenders der Sonde ist.«

»Wenn er die Sonde sucht, wird er nicht viel davon finden«, bemerkte Uhura.

»Geben Sie Alarmstufe Gelb, Leutnant«, befahl Kirk. »Und öffnen Sie die Standardgrußfrequenzen.« Er deutete auf den Hauptschirm. Trotz der maximalen Vergrößerung waren nur fremde Sonnen, fedrige Nebelschleier und Schwärze zu sehen.

Was immer es war, vielleicht erwies sich als etwas gesprächiger als sein superschneller Vorgänger – falls sie überhaupt etwas miteinander zu tun hatten. Vielleicht war das entgegenkommende Schiff lediglich zu einem Rendezvous mit einem anderen unterwegs.

Die Sirenen heulten durch das ganze Schiff, und alle von der zweiten Schicht eilten zur Verstärkung der bereits Diensthabenden.

Kirk starrte erwartungsvoll auf den Schirm. »Schon irgendeine Identifikation, Mr. Spock?« Es war natürlich sinnlos, seine Augen so anzustrengen, doch jeder Sternenflottenoffizier mit Raumerfahrung war insgeheim überzeugt, daß er ein paar Kilometer weiter als die elektronischen Scanner seines Schiffes sehen konnte. Das traf auch auf Kirk zu.

»Noch nicht möglich, Captain«, erklärte Spock, »aber die vorläufige Sensorenanalyse ergibt ein Objekt von zumindest doppelter Größe der *Enterprise*. Genaueres läßt sich aus dieser Entfernung nicht erkennen.«

»Also kein Double dieser Sonde«, murmelte Kirk nachdenklich. »Mir wäre wohler, wenn Sie gesagt hätten, es habe nur unsere halbe Größe.«

»Wir haben keinen Grund, eine feindselige Absicht anzunehmen, Captain«, entgegnete der Erste Offizier. »Wenn es sich wie sein möglicher Vorgänger benimmt, können wir damit rechnen, daß es uns ignoriert.«

»Leute, die Sonden durch das Territorium anderer schicken, ohne auch nur einen Gruß zu erwidern, kommen mir aber auch nicht gerade sehr freundlich vor, Spock.«

»Das eine schließt das andere nicht aus«, entgegnete Spock ruhig. Neue Daten auf seinem Monitor unterbrachen das Gespräch. »Seine Bauweise ist extrem ungewöhnlich – wesentlich ungewöhnlicher als die des unbemannten Raumkörpers.« Er überprüfte rasch die offiziellen Listen.

»Nichts dergleichen zu finden – und nach Sternenflottenangaben dürften sich keine Schiffe bekannter Kulturen in diesem Randgebiet aufhalten.«

»Gehen Sie auf Sol eins herunter, Mr. Aufrechter Bär«, befahl Kirk.

»Sol eins, Sir?« Der Fähnrich blickte unsicher zu Arex hinüber. Der Navigator stellte die Frage, die dem weniger erfahrenen Rudergänger durch den Kopf ging.

»Gleicher Kurs, Sir?«

»Gleicher Kurs, Mr. Arex. Aktivieren Sie Minimalfeld, Ultraweitscanner.« Plötzlich schien das Sternenfeld vor ihnen auf sie zuzuspringen und abrupt anzuhalten. Im wesentlichen blieb es unverändert, nur befand sich jetzt ein Objekt in seinem ungefähren Zentrum. Zwar war es nur ein vager Lichtpunkt, aber er wuchs erkennbar.

»Tut sich etwas auf den Ruffrequenzen, Leutnant?« fragte Kirk über die Schulter.

»Nein, Sir. Bis jetzt ist es wie bei der Sonde.«

»Geben Sie nicht auf, Uhura. Versuchen Sie jede bekannte Frequenz – wenn Sie die der Föderation durch sind, dann gehen Sie die der Klingonen, Romulaner und auch der kleineren Bündnisse durch.«

»Glauben Sie, daß die Sonde und dieses Schiff von einer kleinen, isolierten Rasse stammen könnten, Captain?« fragte Arex.

»Jedenfalls von keiner, die wir kennen, Mr. Arex«, antwortete Kirk abwesend, ohne den gespannten Blick von dem wachsenden Lichtfleck zu nehmen. »Aber wer immer hinter diesen beiden Flugkörpern steckt, könnte Kontakt zu einem kleineren, unabhängigen System wie Michaya oder die Yoolianischen Welten haben. Wenn das der Fall ist, reagieren sie vielleicht auf eine so selten benutzte Grußfrequenz, während sie unsere ignorieren. Das würde natürlich kein gutes Licht auf einige unserer nominellen Verbündeten werfen.«

»Was immer sein Zweck oder seine Herkunft ist, Captain«, sagte Spock plötzlich, während er weiterhin auf seinen Monitor blickte und an den Kontrollen hantierte, »er ist jedenfalls von einem ungeheuren Energiefeld umgeben. Etwas an Bord erzeugt eine gewaltige Außenstrahlung – aus welchem Grund, vermag ich nicht zu sagen.«

Er nahm neue Einstellungen vor, erhielt neue Daten – und kam zu einer neuen Schlußfolgerung. »Faszinierend. Weitere Analyse ergibt, daß der Schiffsrumpf aus einer unbekannten Art kristallisierter Keramik besteht. Es besitzt einige Charakteristiken von Leichtmetallen wie Lithium und Beryllium, hat jedoch die formbareren Eigenschaften von…«

Spocks Aufzählung wurde unterbrochen, als eine gigantische, unsichtbare Hand die Brücke packte und heftig schüttelte. Wie alle anderen auch hielt der Erste Offizier sich an der nächstbesten Stütze fest.

Das Rütteln wurde von einem tiefen Dröhnen begleitet. Es handelte sich nicht um eine gleichmäßige Vibration, sondern um ein Auf- und Ab-, Hin- und Herrütteln. So ganz anders als die Auswirkungen des Energiefelds, das sie vor einigen Wochen passiert hatten, um einem Angriff der Romulaner zu entgehen.

Während das Rütteln weiterging, erklang ein neues Geräusch – ein ferner, absinkender Heulton. Kirk erkannte ihn als das Auslaufen des Antriebs, noch bevor Aufrechter Bär meldete: »Wir verlieren Geschwindigkeit, Sir – und das Ruder reagiert nicht.«

»Fallen auf Unterlichtgeschwindigkeit!« meldete Arex.

Das bestätigte Kirks schlimmste Befürchtung. Er klammerte sich mit einer Hand fest, um nicht aus seinem Sessel zu fliegen, und drückte mit der anderen auf eine Taste. Das Dröhnen ließ ein wenig nach, jedoch nicht das immer noch heftige Rütteln.

»Brücke an Maschinenraum – Mr. Scott, wir verlieren Geschwindigkeit. Wieso?«

Scotts Antwort ließ uncharakteristischerweise auf sich warten. Der Grund war natürlich verständlich. Der Chefingenieur und seine Techniker versuchten ebenso angestrengt wie alle anderen, ihr Gleichgewicht zu halten.

Schließlich meldete er sich. »Scott hier. Captain, unsere Maschinen sind nach wie vor auf Sol zwei geschaltet – aber es ist, als wären wir gegen eine Wand aus Metall geflogen.«

Kirk zog die Brauen zusammen. Dann war der Antrieb gar nicht abgeschaltet.

»Voller Schub, Mr. Scott.«

»Aye, Sir.« Dann, nach kurzer Pause. »Wir bewegen uns selbst bei maximaler Leistung nicht, Captain. Ich weiß nicht, wie lange bei diesem Schub die Triebwerksbefestigungen halten.«

»Verstanden, Scotty. Danke.« Kirk schaltete aus. »Alle Maschinen aus, Mr. Aufrechter Bär.«

Der Rudergänger nahm Schaltungen vor, die er bei seiner Ausbildung gelernt, aber nie in der Praxis geübt hatte, dennoch bewegten sich seine Hände ohne Zögern. Kaum beendeten die großen Soltriebwerke den Vorwärtsschub, hörte auch das tiefe Dröhnen auf und mit ihm das heftige Rütteln.

»Alle Triebwerke aus, Sir.« Die Stimme von Aufrechter Bär klang in der plötzlichen Stille fast unnatürlich laut.

Kirk versuchte, sich durch Meditation zu beruhigen, aber wie üblich brachte er es nicht fertig. Er war wohl auch geistig einfach zu aktiv, als daß so etwas bei ihm gewirkt hätte. Infolgedessen drückte er, noch genauso besorgt und von offenen Fragen bedrängt, wieder auf dieselbe Intercomtaste.

»Ich will so schnell wie möglich einen vollständigen Schadensbericht, Scotty.«

»Ich arbeite bereits daran, Captain. Der Schaden scheint nicht groß zu sein. Stützen und Aufhängung sind unbeschädigt, keine Überhitzung – nichts, womit die Notsysteme nicht fertig geworden wären.

Doch zwei Minuten länger und ... Ich glaube, wir haben gerade noch rechtzeitig abgeschaltet, Sir.«

»Danke, Scotty. Sorgen Sie dafür, daß wir genügend Energie für die Lebenserhaltungs- und Abwehrsysteme haben, und die Reparaturen rasch erledigt werden.«

»Selbstverständlich, Captain. Scott Ende.«

Ein weiterer Anruf, ein weiterer Problembereich. »Brücke an Krankenstation. Erbitte Meldung.«

»McCoy hier«, antwortete eine etwas gereizte Stimme. »Keine ernsten Verletzungen, Jim, nur ein paar Beulen, Abschürfungen und Blutergüsse.« Aber es klang, als mache er das Brückenpersonal dafür verantwortlich. »Was, zum Teufel, geht bei euch da oben eigentlich vor? Wer sitzt am Ruder? Nein, sag nichts – ich hab's. Spock wollte studieren, was passiert, wenn alle an Bord plötzlich im Rhythmus von künstlichen Gravitationsschwankungen auf und ab hüpfen.«

»Wenn es das nur wäre, Pille. Brücke Ende.« Kirk blickte hinüber zu Spock. Der Erste Offizier ignorierte McCoys bissige Bemerkung – das war ein sicheres Zeichen, daß er sich Sorgen machte. Und wenn Spock beunruhigt war, sollte man lieber rasch nachsehen, ob man nicht etwa mit seinen Versicherungsbeiträgen im Verzug war.

»Wie sind unsere Chancen, diesem Hindernis auszuweichen, Spock?«

»Bedauere, Captain, aber ich glaube nicht, daß das überhaupt möglich ist – das Hindernis ist überall um uns. Deshalb können wir uns nicht einmal zurückziehen.«

»Welcher Art ist es?«

»Ein kugelförmiges Kraftfeld unbekannten Ursprungs, und wir befinden uns im Zentrum. Diese plötzliche ungeheure Energieprojektion kann nur von dem fremden Schiff kommen.«

»Aber wir sind mit Sol zwei dagegengeprallt!« platzte Aufrechter Bär verwirrt heraus. »Wir hätten bei dem Aufprall pulverisiert werden müssen!«

Spock schüttelte geduldig den Kopf und drückte auf eine Taste.

Das Bild auf dem Hauptschirm veränderte sich, als die Aufnahme der Weitwinkelscanner eingeblendet wurde. Das jetzt viel breitere Feld zeigte ein schwaches bläulichweißes Schimmern, das die Telescanner durchdrungen hatten. So in etwa muß eine Seifenblase von innen aussehen, dachte Kirk.

Spock sagte belehrend: »Wir sind nicht gegen eine Steinmauer geprallt, Mr. Aufrechter Bär. Das Kugelfeld erschien nicht auf einmal um uns oder an einem bestimmten Punkt im All. Es baute sich allmählich auf. Als es langsamer wurde, stießen wir verhältnismäßig weich dagegen. Trotzdem war die Belastung gewaltig.

Ich muß gestehen, daß ich nicht verstehe, wieso die Schäden nicht ernster waren. Erklären kann ich es nicht, nur darauf hinweisen, daß dieses Kraftfeld von einer uns unbekannten Art ist.« Etwas hinter ihm piepte. Während er sich umdrehte, schloß er: »Die physikalischen Kenntnisse, die für ein solches Feld erforderlich sind, müssen ungeheuerlich sein.«

Nach einem Blick auf seinen Monitor erklärte er: »Wir werden gescannt.«

»Captain«, rief Aufrechter Bär, als er zu den Aufnahmen der Telescanner zurückschaltete, »da ist es!«

Keine überraschten Ausrufe wurden auf der Brücke laut. Alle hier hatten schon zu viele Wunder auf zu vielen Welten gesehen. Aber das Aussehen des näher kommenden Schiffes war so ungewöhnlich, selbst aus dieser Entfernung, daß jeder staunend in den Anblick versunken war.

Zuerst sah es aus wie die Fratze eines Dämons. Aus der Nähe wurden die verschwommenen Züge jedoch zu den Umrissen und Aufbauten eines Raumschiffs, wenngleich von sehr eigenartiger Konstruktion.

Die Dämonenfratze schien vom Brückenteil des Schiffes gebildet zu werden. Der gewölbte Bug formte den übrigen Kopf, die Triebwerkkammern mochte man für monströse Hörner halten, und etwas Rundes in der Mitte darunter, das wie polierter Onyx glänzte, für ein finsteres Ogerauge.

Die gesamte Bauweise deutete auf ein Wissen und technisches Raffinement hin, von dem Schiffsbauer der Föderation nur träumen konnten. Und doch war es ein Schiff mit erkennbaren Sektionen, eines, das sich mit dem nötigen Wissen und mit Konstruktionsplänen auch in der Föderation erbauen ließe.

Die Brücke war zweifellos eine Brücke. Die Triebwerkkammern konnten trotz ihrer Hornähnlichkeit nichts anderes als Triebwerkkammern sein. All das war auch in den gewaltigen Dimensionen erkennbar.

»Das näher kommende Schiff verringert die Geschwindigkeit«, meldete Arex. »Es ist...«

Nur die Gefechtskompensatoren bewahrten alle auf der Brücke davor, auf Dauer blind zu werden, als grelles Licht um das Schiff herum aufflammte.

Die Vibration ließ langsam nach, und ein fernes Donnern war zu hören, als irgendwo im Schiff Luft verdrängt wurde. Kirk brauchte keine Anzeigen, die ihm sagten, was geschehen war.

Sie waren mit einer Energiewaffe unbekannter Art mit beträchtlicher Feuerkraft beschossen und getroffen worden. Heck- und Steuerbordscanner richteten sich auf das fremde Schiff, als es erneut feuerte.

Funkelnde Wellen aus Feuer gischteten über den vorderen Rand der untertassenförmigen Decks, und hastige Betriebsamkeit herrschte auf der Brücke, als alle Alarmanzeigen an Bord rot blinkten.

Das Personal auf Freiwache, das bereits früher durch das heftige Rütteln geweckt worden war, fragte sich, was passiert war, während es in Dienstkleidung schlüpfte und zu den jeweiligen Stationen eilte.

»Volle Energie auf alle Schutzschilde – alle Maschinen vollen

Schub rückwärts!« rief Kirk Aufrechter Bär zu. »Versuchen Sie uns aus diesem Strahl zu bringen!« Er hatte kaum ausgesprochen, als ein neuer gewaltiger Energiestoß das mitgenommene Schiff schüttelte.

Über die Verwirrung und die von einer Spur Panik beflügelten Reaktionen war Spocks ruhige, feste Stimme zu vernehmen: »Ausweichmanöver sind nutzlos, Captain. Das uns umgebende Kraftfeld ist zu achtundneunzig Komma zwei Prozent effizient. Unsere Manövriermöglichkeit ist außerordentlich eingeschränkt.«

»Verdammt!« fluchte Kirk frustriert und wütend. »Aber wenn die da drüben hereinschießen können, können wir vielleicht auch hinausschießen. Mr. Aufrechter Bär, richten Sie die Hauptphaser auf das Schiff und feuern Sie. – Arex, wie Sie gehört haben, ist unsere Manövrierfähigkeit beschränkt. Das bedeutet, daß Sie sich was einfallen lassen müssen, um diesem Energiestrahl auszuweichen.«

»Jawohl«, erklang es von beiden Stationen im Chor.

Der edoanische Navigator leitete etwas ein, das Kirk später als Manövrierwunder bezeichnete. Er bediente sich nur des Impulsantriebs, um die Gefahr der Überlastung der Haupttriebwerke zu verringern, und es gelang ihm, die Position der *Enterprise* in der Enge des Kugelkraftfelds so oft und so unberechenbar zu verändern, daß der ungeheure Energiestrahl sie immer wieder nur streifte.

Gleichzeitig erwiderten die Phaser das Feuer. Doch Kirks Hoffnung erstarb, als die Doppelstrahlen an der Wölbung des bläulichweißen Felds einfach aufhörten.

»Wahrscheinlich im Kraftfeld zerstreut«, vermutete Spock.

Aufrechter Bär schoß weiter, aber ihre Phaser erwiesen sich als völlig wirkungslos, während der weiße Strahl auf ihre Schutzschilde einwirkte.

»Das Kugelfeld ist selektiv«, erklärte Spock sachlich das Offensichtliche. »Unser Angreifer kann uns nach Belieben beschießen, während das Feld unsere Phaserstrahlen nicht durchläßt.«

Kirks Gedanken überschlugen sich, während er nach einer Achillesferse in der scheinbaren Unverwundbarkeit des Gegners suchte. Lange konnten ihre Deflektoren diese Überlastung nicht mehr durchhalten.

Ein Kraftfeld ist hypothetisch imstande, Energie zu schlucken, dachte er. Das muß aber nicht heißen, daß es gegen primitivere Waffen wirksam ist. Feste Geschosse haben andere Eigenschaften als Phaserstrahlen.

Er wollte gerade einen Beschuß mit Photonentorpedos befehlen, als der bisher pausenlose Angriff plötzlich unerwartet aufhörte, und mit dem Verschwinden des blendenden Strahls auch das Schütteln. Hinter sich hörte Kirk, wie Uhura sich bemühte, mit der Flut von Fragen und Meldungen zurechtzukommen, die von allen Abteilungen und Decks hereinkamen.

Er war zwar dankbar für die Feuerpause, rechnete jedoch damit, daß der Beschuß jeden Moment fortgesetzt wurde. Schließlich waren ihre Verteidigungsversuche völlig unwirksam gewesen.

Und doch hatte der Fremde sich entschlossen, eine Pause einzulegen. Warum? »Feuer einstellen!« befahl er, als ihm bewußt wurde, daß Aufrechter Bär in Ermangelung eines Gegenbefehls weiterhin, wenngleich vergeblich, den Gegner mit den Phasern zu treffen versuchte.

Nachdem der Fähnrich den Befehl bestätigt hatte, wandte Kirk sich an Spock. »Was macht der Gegner?«

»Kommt immer noch näher, Captain. Jetzt mit Unterlichtgeschwindigkeit. Er hat uns auch während des Kampfes pausenlos gescannt.« Er blickte auf den Monitor. »Sein Energieschirm verändert sich.«

Während sie überrascht zuschauten, verdichtete sich das leuchtende Feld, das das andere Schiff wie ein Überzug umgab, und nahm Farbe an. Der Schiffsrumpf blieb unverändert, war jedoch durch die sich formende, zusehends dichter werdende Schicht kaum noch zu erkennen.

Es dauerte nicht lange, bis die Verwandlung abgeschlossen war. Es wirkte nun so sehr terrestrisch, daß Kirk zu wissen glaubte, woher der »Fremde« stammte.

Oder doch nicht? Es war zwar ähnlich, aber ohne Zweifel anders. Das machte es nicht weniger erstaunlich.

Der Bug des fremden Schiffes war zu einem gigantischen Schlangenschädel geworden. Die Kiefer klafften weit und so waren gewaltige Fänge zu sehen, die sich nach unten und hinten wölbten. Regenbogenfarbene Federn umgaben den Kopf wie einen Strahlenkranz, wodurch sich eine vage Ähnlichkeit mit der terranischen Kragenechse ergab. Simulierte, leuchtend bunte Federn, in Wirklichkeit feine Energiestrukturen, bedeckten auch die ohnehin bereits flügelähnlichen Triebwerkkammern.

Von allen auf der Brücke war Aufrechter Bär am überraschtesten. Er versuchte es auch gar nicht zu verbergen. Er starrte offenen Mundes fast ehrfurchtsvoll auf dieses prächtige Bild auf dem Schirm – auf dieses Schiff, das nun wie eine ätherische, gefiederte Schlange aussah.

»Haben Sie schon je so was gesehen, Spock?« fragte Kirk. Diese prächtige Erscheinung war zwar beeindruckend, aber er hatte wahrhaftig keine Zeit für müßige Bewunderung. Ihn beschäftigten grundlegendere Fragen.

Was war der Grund für die Feindseligkeit? Und warum dieses überwältigende, aber kindische Schauspiel? Wie diese Energieskulptur geschaffen wurde, war eine Frage, die er Spock überließ.

Der Unterschied zwischen Kapitän und Wissenschaftsoffizier war wie gewöhnlich der Unterschied zwischen *Warum* und *Wie*.

Spock erklärte: »Es ist ein vulkanfremdes Konzept. Ich glaube auch nicht, daß es klingonischen oder romulanischen Ursprungs sein könnte. Nun, romulanischen vielleicht, aber...«

»Ich kenne es«, flüsterte jemand unerwartet.

Selbst Spock wirkte fast überrascht und starrte wie alle anderen auf der Brücke Aufrechter Bär an.

Ohne den Blick vom Schirm zu nehmen, sagte der Fähnrich deutlich: »Kukulkan.«

»Der Name sagt mir nichts, Mr. Aufrechter Bär«, drängte Kirk, als der Fähnrich keine Anstalten machte, eine nähere Erklärung zu geben.

»Ich empfange eine Nachricht, Cap...«

Uhura kam nicht dazu, den Satz zu beenden.

10

Die eigenartig hallende Stimme donnerte über die Brücke. Sie war außergewöhnlich laut und hörte sich nicht wie nur eine, sondern wie ein Zusammenklang vieler Stimmen an. Sie war melodisch und rhythmisch, leidenschaftlich und eindringlich, und sie forderte volle Aufmerksamkeit. Kirk ließ das Bild auf dem Hauptschirm nicht aus den Augen. Er vermutete, daß es das Schiff selbst war, das sprach – das Schiff und sein umhüllender »Geist«.

»Ich habe euch angegriffen, weil ich glaubte, daß ihr mich vergessen habt. Doch ist zumindest einer unter euch, der meinen Namen kennt.«

Kirk schüttelte den Kopf, als könne er so die Echos vertreiben, die die Übertragung der Stimme begleiteten. Oder lag es vielleicht an seinem Gehör? Aber als es ihm gelang, sich auf eine Stimmlage dieses vielschichtigen Tons zu konzentrieren, verstand er die Worte, die ernst und drohend klangen.

»Ihr sollt noch eine Chance bekommen, das zu tun, was euren Vorfahren mißlang. Enttäuscht ihr mich wieder, werden alle eurer Art ihr schmähliches Ende finden!«

Die Übertragung endete so abrupt, wie sie begonnen hatte.

»Kurz und bündig«, murmelte Kirk. Doch leider ohne irgendeine der Erklärungen, die er so dringend brauchte. Zu allen anderen Rätseln kam jetzt auch noch eines aus der Bibel von unfähigen Vorfahren und dem drohenden Ende. Was hätten die Vorfahren tun sollen? Was mißlang ihnen? Wessen Vorfahren meinte die Stimme überhaupt? Seine? Spocks? Arex'? M'ress'?«

Wenn der Geistermacher schon Gott spielen wollte, könnte er zumindest ein wenig aufschlußreicher sein...

Das einzige, das Kirk wirklich wußte, war, daß sie hier in einer gewaltigen Energieblase eines Gegners festgehalten wurden, dessen Worte und Taten alles andere denn freundlich waren. Kirk brauchte mehr Fakten, mehr Information, von denen er ausgehen konnte. Und der einzige, von dem er sie vielleicht bekommen konnte, war ein Fähnrich ohne Kampferfahrung, ziemlich grün, aber vielversprechend.

Nachdem Spock und Uhura zu ihren Konsolen zurückgekehrt waren, ging Kirk zu Aufrechter Bär hinüber, der offenbar angestrengt grübelte, aber sofort hochblickte, als er Kirk hörte.

Kirk ertappte sich dabei, daß sein Ton mißtrauisch war, als er seine Frage stellte, und korrigierte es schnell. »Mr. Aufrechter Bär, wie kommt es, daß Ihnen *etwas* an diesem Schiff bekannt erscheint?«

Den Bruchteil einer Sekunde lang wirkten die Augen des blutjungen Fähnrichs sehr alt und weise. Doch als dieser Ausdruck verschwunden war, hätte Kirk nicht sagen können, ob es wirklich oder nur Einbildung gewesen war.

»Ich bin Indianer, Captain, ein Komantsche, aus dem Südwesten des nordamerikanischen Kontinents. Mein Hobby war schon immer Anthropologie – vor allem der eigenen Rasse.« Er lächelte leicht.

»Sie müssen wissen, Captain, daß ich einer fast ausgestorbenen terranischen Subspezies angehöre, daß ich Waise bin. Deshalb bin ich wohl mehr an meiner eigenen Geschichte interessiert als die meisten. Bei meinen Forschungen hatte ich auch Gelegenheit, mich mit der Geschichte vieler Frühkulturen auf der Erde vertraut zu machen. Die Gestalt, die dieses Schiff da draußen annahm«, er deutete auf den Schirm, »hat große Ähnlichkeit mit einem Gott der Maya, den sie Kukulkan nannten.«

Manchmal fragte Kirk sich, so unlogisch das schien, wer schneller war, der Archivcomputer oder sein Bediener. Jedenfalls schloß Spock direkt an die Worte des jungen Komantschen an.

»Captain, die Aufzeichnungen bestätigen Aufrechter Bärs Vermutung. Das gegenwärtige Aussehen des Schiffes gleicht der mittelamerikanischen Gottheit Kukulkan, die bei den Azteken als Quetzalcoatl bekannt war. Auch die Tolteken, Zapoteken, Olmeken und viele andere hatten Legenden über einen gefiederten Schlangengott.«

Spock deutete mit dem Kopf auf den Schirm. »Fähnrich Aufrechter Bär weiß jedoch nicht alles darüber.« Er warf noch einmal einen raschen Blick auf den Monitor. »Es gibt noch viele andere Kulturen, in deren Mythologien eine gefiederte Schlange eine Rolle spielt. Sie war auch bei den Chinesen bekannt und bei vielen afrikanischen Stämmen. Sie wird gewöhnlich als eine weise, aber furchtbare Gottheit bezeichnet, als Wissensbringerin und ...«

»Mjoka Mbowe.«

»Was sagten Sie?« Kirk drehte sich zur Kommunikationskonsole um.

»*Hmmmm?*« Uhura erwachte aus ihrem Tagtraum. »Entschuldigen Sie, Captain. Als ich noch klein war, erzählte mir meine Großmutter viele überlieferte Märchen. In einigen kam der Gott

Mjoka Mbowe vor. Das ist Suaheli und bedeutet in etwa *gefiederte Schlange.*«

»Es besteht kein Zweifel, Captain«, fuhr Spock fort, »daß es unter den primitiven Völkern viele solche Legenden gab.«

»Das erklärt er«, murmelte Kirk und wandte sich wieder dem Bildschirm zu. »Wir werden von einem Mythos angegriffen.« Er hob unwillkürlich die Stimme. »Ein terranischer Philosoph sagte einmal, daß es keine Mythen gebe, nur vage Entstellungen halberinnerter Wirklichkeit.«

»Wir könnten es hier mit dem Ursprung all dieser Legenden, dieser jahrtausendealten Geschichten zu tun haben: ein Raumreisender, der in alter Zeit die Erde besuchte.«

Spock nickte. »Sehr wahrscheinlich.«

»Es ist nicht möglich«, widersprach Arex. »Wie könnte es dasselbe Schiff oder der gleiche Reisende sein? Dieses Wesen müßte demnach viele tausend Jahre alt sein!«

»Eine Möglichkeit«, bemerkte Spock ernst, »die nicht ausgeschlossen werden darf.«

»Ich schließe sie nicht aus«, stimmte Kirk zu, »wenn Sie mir erklären, worum es bei dieser ganzen Sache geht. Ich meine die rätselhaften Worte von schmählichem Ende, Versagen oder vielmehr Untüchtigkeit der Vorfahren. Ich kann einen solchen Haß nicht verstehen.«

Spock hatte sich wieder seinen Instrumenten zugewandt. »Ich zweifle nicht daran, daß wir das alles noch erfahren werden...«

Heller Laut, tiefer Laut – das Pochen eines Menschenherzens. Klar und gleichmäßig klang es aus dem Sensorenverstärker, der nur ein kleiner Teil des unbeschreiblich komplexen Diagnosebettes war.

Immer erstaunlich, dieser eine Muskel, von dem alles abhängt, nicht wahr, Pille? dachte McCoy, der gerade einen Patienten untersuchte.

Die Anzeigen der Präzisionsinstrumente bedurften im Grunde genommen keiner weiteren Bestätigung, aber McCoy wollte, wie immer, sichergehen. Er fuhr mit dem medizinischen Tricorder über die Stirn des Liegenden, verglich rasch die Daten, dann legte er den Tricorder zurück auf den Tisch.

»Sie verdienen es zwar nicht, aber Sie bekommen ein paar Tage Bettruhe«, brummte er.

Der Sicherheitsspezialist lächelte schwach und tastete vorsichtig nach dem Ohr, das der Arzt behandelt hatte. »Das ist nicht nötig, Dr. McCoy. Ich kann meine Pflichten wieder wahrnehmen.«

»Meine ebenfalls? Ich bestimme hier! Ein paar Tage Bettruhe! Sie sollten daran denken, daß es *fast* so schlimm ist, einem vorgesetzten Offizier zu widersprechen, wie einem Arzt. Und wenn Sie das nächste Mal das Bedürfnis nach Ausgleichssport verspüren, dann kann ich Ihnen nur raten, etwas anderes zu versuchen, als Turmspringen in ein seichtes Becken.«

»Keine Angst, Doktor. Ein geprelltes Kind scheut das Wasser – oder so ähn...« Unwillkürlich riß er den Mund auf.

Zwar hatte der Schmerz im Ohr dank McCoys Behandlung aufgehört, aber jetzt sah es ganz so aus, als wären andere Sinne um so ärger betroffen.

Seine Augen jedenfalls ganz bestimmt, denn er könnte schwören, daß McCoy plötzlich in ein flackerndes Licht gehüllt war. Es ließ McCoy neben seinem Bett erstarren.

Und es schien ihm, daß dieses Licht immer schneller flackerte. Es schien, daß Dr. McCoy etwas zu sagen versuchte. Es schien, daß Dr. McCoy verschwunden war.

Die...

Scott befand sich allein in der Jeffreyröhre. Er nahm eine Routineüberprüfung der Leitung vor, die von den Soltriebwerken zum Computer im Maschinenraum führte.

Eigentlich war es eine Arbeit, die jeder seiner Ingenieure hätte machen können. Aber wenn ihn nicht gerade mehrere Notfälle gleichzeitig forderten, führte er gern selbst irgendwelche Wartungsarbeiten durch. Es schadete nie, dachte er, wenn ein erfahrener Ingenieur sich hin und wieder mit einfachen Arbeiten beschäftigt, statt sie an andere zu delegieren.

Außerdem machte er es gern.

Mit dem Tricorder Leitungen, Mikrochips und Module abzutasten, bereitete ihm ebenso großes ästhetisches Vergnügen wie anderen ein schönes Gemälde oder eine Symphonie.

Er schloß die Verkleidung und machte sich daran, die nächste zu öffnen. Da hüllte ihn ein bläuliches Licht ein, und er verschwand.

Die vier...

Kirk stiefelte vor dem Kommandosessel hin und her. Es war eine primitive, unwissenschaftliche Methode. Aber wie so viele primitive und unwissenschaftliche Methoden half sie. Er fragte sich, wer der erste Mensch gewesen war, der entdeckt hatte, daß das beste Beruhigungsmittel in den Füßen lag.

»Es muß eine Lösung geben«, murmelte er. »Wahrscheinlich liegt sie direkt vor unserer Nase.« Er wandte sich dem Rudergänger zu. »Mr. Aufrechter Bär, was erzählen die Legenden über...«

Aufrechter Bär löste sich in einem Regen blauen Gases auf, dem ein schwacher Knall verdrängter Luft folgte.

Als könnte er ihn seinem unbekannten Geschick entreißen, rannte Kirk zum Rudergängersessel. Aber der war leer. Um sich zu vergewissern, streifte Kirk durch die Luft darüber. Nein, Aufrechter Bär war nicht unsichtbar geworden – er war nicht mehr da!

Die vier sind...

»Captain«, rief eine Stimme zögernd. Benommen wandte Kirk sich Uhura zu, die verwirrt war und fast verlegen sagte: »Meldung vom Sicherheitsdienst aus der Krankenstation und dem Maschinenraum. Sowohl Dr. McCoy als auch Chefingenieur Scott sind verschwunden.

Niemand sah, wie Mr. Scott verschwand, aber bei Dr. McCoy gab es einen Zeugen. Er behandelte gerade einen Sicherheitsmann…« Sie hielt kurz an, um zu lauschen. »Er heißt Jo van Dreenan. Er gibt an, daß Dr. McCoy in flackerndes blaues Licht gehüllt wurde und erstarrte. Dann verschwand er, genau wie…« Sie deutete auf den jetzt leeren Rudergängersessel.

Kirk blickte auf den Hauptschirm, auf dem immer noch das gespenstische Schiff zu sehen war. In seiner Stimme schwang ebensoviel Neugier wie Ärger, als er fragte:«

»Was macht er, oder es, mit meiner Crew?«

Eine Demonstration macht Worte unnötig. Das pulsierende blaue Licht umfing Kirk, flackerte, dann war auch er verschwunden.

»Captain!« brüllte Spock. Er erhielt keine Antwort. Dann wandte der Erste Offizier sich ebenfalls dem Hauptschirm zu und dachte so allerlei, das zwar nicht ausgesprochen emotional war, aber jedenfalls keineswegs schmeichelhaft.

Doch obwohl er es laut verlangte, kehrte das blaue Licht nicht zurück, um auch ihn zu holen.

Die vier sind erwählt.

Eine endlose, graue Ebene, kahl und trostlos. Eintöniges Grau bis zum Horizont, wo es mit antimonfarbenem Himmel verschmolz und etwas heller wurde.

Die vier erschienen nicht gleichzeitig. Obwohl McCoy als erster geholt worden war, kam er nicht als erster an. Dieses Vorrecht hatte Aufrechter Bär. Ihm folgten Scott, dann Kirk und als letzter der Schiffsarzt.

Diese Reihenfolge war beabsichtigt und passend. Sie war nicht zufällig, wie ein menschlicher Beobachter vielleicht angenommen hätte. Es lag daran, daß Kukulkans Wissenschaft Raum-Zeit-Theoreme anwandte, über die Scott die Nase gerümpft hätte.

Bleigraue Landschaft, schmutziggraue Hügel, bewegter regenbeladener Himmel ohne Feuchtigkeit. Graue Pseudopodien sich kräuselnder grauer Seen. Alles war so eintönig wie ein unbedeutender Gedanke.

Jeder der vier reagierte in unterschiedlichem Maß überrascht und erschrocken, als er rematerialisierte. Niemand überlegte, ob es Instinkt oder Vernunft war, daß sie sich sogleich nebeneinanderstellten, den Rücken einem gemeinsamen Mittelpunkt zugewandt.

Kirk faßte sich als erster und schaute sich um. Sobald er festgestellt hatte, daß sie sich offensichtlich nicht in unmittelbarer Lebensgefahr befanden, erwachte seine Neugier, und er überlegte bereits, wie ihre Chancen standen, von hier zu entkommen – obwohl er nicht so genau wußte, wo dieses »Hier« war.

Er äußerte jedoch seine Vermutung: »Wir befinden uns irgendwo an Bord des fremden Schiffes.« Das Schweigen seiner drei Gefährten ließ darauf schließen, daß sie derselben Meinung waren.

Es herrschte absolute Stille in dieser phantasielosen Arena. Nicht einmal ein Lüftchen rührte sich.

»Keine Deckung«, bemerkte Scott. »Und keiner von uns hat einen Phaser oder Kommunikator bei sich.«

»Ich glaube, weder der eine noch der andere würden uns hier viel helfen, Scotty.«

»Mag schon sein, Captain. Trotzdem würde ich mich mit einer netten, wenn auch nutzlosen Laserkanone wohler fühlen. Nur so als psychologische Stütze, natürlich.«

Kirk lächelte schwach. »Ich auch, Scotty.«

McCoy blickte an sich hinunter und tätschelte seinen Gürtel. »Ich habe meinen medizinischen Tricorder, ob er nun was nutzt oder nicht.«

»Ich hoffe, wir werden ihn nicht brauchen, Pille.«

»Na, so was«, sagte Scott verwirrt. »Ich hatte meinen Tricorder dabei. Er muß wohl an Bord geblieben sein, als ich herübergebracht wurde. Warum konnte Dr. McCoy dann seinen mitbringen?«

»Wo hatten Sie Ihren, Scotty?«

»In der Hand, Captain. Ich überprüfte einige Schaltkreise damit.«

Kirk zuckte die Schultern. »Das erklärt es vielleicht. Wahrscheinlich haben die Instrumente, die uns vor dem Transport abtasteten, Pilles Gerät als Teil seiner Kleidung angesehen, während sie Ihres als Werkzeug erkannten. Ich glaube ohnehin nicht, daß Sie hier viel Verwendung dafür fänden.«

»Vielleicht nicht, Captain, aber ich bin eben ein Anhänger der Haarnadelhypothese.«

»Haarnadelhypo... – was ist denn *das*?« fragte McCoy erstaunt.

»Eine alte Technikerphrase, Doktor«, erklärte Scott. »Sie besagt: ›Kein Werkzeug ist so nutzlos, daß man nicht irgend etwas damit machen kann‹. Trotzdem wäre mir ein Phaser lieber.«

»Ich glaube, Spock hat recht mit seiner Theorie über die Wesenheit hinter alldem«, sagte Kirk. »Die Sonde war unglaublich, dieses Schiff ist unglaublich, und seine Kommunikationsmethode ist am unglaublichsten. Darum ist wohl die Möglichkeit, daß wir es mit einem Tausende von Jahren alten Wesen zu tun haben, nicht viel unglaublicher. Wenn es anfängt, rational zu handeln, dann werde ich zu zweifeln anfangen.« Er wandte sich dem Jüngsten unter ihnen zu.

»Mr. Aufrechter Bär, geht aus den Legenden hervor, was aus diesem Kukulkan schließlich geworden ist? Alte Kulturen haben mit ihren Göttern gewöhnlich ein Ende gemacht.«

»Nur, daß er fortging und versprach, eines Tages wiederzukehren, Sir.«

Kirk nickte befriedigt. »Klingt wie das Versprechen aller alten irdischen Götter.« Er blickte von einem zum anderen. »Ich bin sicher, daß die Sonde als Informationssammler für diesen Kukulkan gedient hat.« Seine Miene wurde nachdenklich.

»Wenn wir nur wüßten, welche Informationen der Sonde den Empfänger so gegen uns aufgebracht haben, daß er uns keine Chance gab, herauszufinden, was hinter alldem steckt. Ich...« Er zögerte.

»Was ist, Jim?« fragte McCoy besorgt.

»Horcht!« Alle schwiegen. In der vollkommenen Stille erklang ein fernes Summen, das immer lauter und verständlicher wurde. Und schließlich hörte es sich wieder wie viele, im Chor redende Stimmen an, mit völlig fremdartigen Untertönen, in denen eine Erwartung mitschwang, die Kirk gar nicht gefiel.

»Wir werden beobachtet, glaube ich«, sagte McCoy, der das graue Himmelsgewölbe unsicher studierte.

»Als ich ein Kind war«, murmelte Aufrechter Bär, »versteckte ich mich manchmal, wenn man annahm, daß ich schlief, in einem Schrank in der Diele und lauschte den Erwachsenen im Wohnzimmer. Dabei hatte ich ständig Angst, daß die Schranktür aufgerissen und meine Pflegemutter mit finsterem Blick dastehen würde, bereit mich zu versohlen und mich wieder zu Bett zu schicken.« Er betrachtete die kahle Ebene.

»Seltsam, daß die frühesten Gefühle am längsten im Gedächtnis haften.«

Kirk blickte seinen Chefingenieur an. »Glauben Sie, es besteht die Möglichkeit, daß Spock uns mit einem Transporterstrahl erreichen kann?«

»Ich fürchte, nein, Sir«, antwortete Scott resigniert. »Unsere Sensoren konnten die Schirme des Schiffes nicht durchdringen. Und da nicht einmal unsere Phaser durch die Energieblase kamen, ist es unwahrscheinlich, daß ein Transporterstrahl es schafft.«

Das stete Summen wurde lauter. Die vier Männer suchten den Horizont ab und hofften, etwas zu sehen, gleichzeitig aber auch nichts zu sehen. Dann schien sich das insektenartige Summen zu bündeln. Die daraus hervorgehende Stimme klang immer noch wie viele Stimmen im Chor, doch nun waren die Worte deutlich zu verstehen.

»Jetzt werde ich euch die Saat zeigen, die ich dereinst aussäte. Lernt daraus – findet ihren Zweck, wenn ihr das vermögt, dann – und nur dann – werde ich mich euch zeigen.«

Das Summen erstarb; doch noch ehe es ganz verklungen war, übertönte es ein ungeheurer Donner, der wie von gewaltigen Maschinen unter, über und um sie herum zu kommen schien.

Während Kirk sich umsah und gegen einen Schweißausbruch ankämpfte – schließlich gab es einfachere Möglichkeiten, vier Männer umzubringen, und außerdem hatte die Stimme gesagt, daß sie sich eine Saat ansehen sollten, was immer das bedeutete –, begann sich die Farbe der Landschaft zu verändern. Zunächst wurde sie zu einem Orangegrau, und, als das Donnern stärker wurde, zu einem fast blendenden Orange. Die Entfernungen wirkten unbestimmt, aber offensichtlich erschien eine Sonne am Himmel. Auch sie war von einem blendenden Orange. Das Donnern erreichte einen Höhepunkt und wurde danach zu klaren Tönen, die fast wie Musik klangen. Aber das dachte man auch von den Maschinen eines Quadratkilometer großen Fabrikkomplexes. Fast als spiele irgendwo eine titanische Orgel – Holzblasinstrumente, Violine, Flöte, Glocken. Alles ist dabei, dachte Kirk, außer einer menschlichen Stimme.

Das Orange ging in Blau über. Offenbar unterschied Kukulkans Spektrum sich von ihrem.

Und nun erschien eine bekannte Vegetation. Palmen, Riesenfarne, und zwischen Mischbäumen Ranken und Bodendecker und Dickicht.

All das wuchs an drei Seiten aus dem orangeblauen Boden, nur die Ebene unmittelbar vor ihnen blieb kahl. Leises Plätschern fließenden Wassers war zu hören, trotzdem fehlte diesem erstaunlichen Bild etwas.

Kirk wurde es einen Augenblick später bewußt. Es war eine Nachbildung ohne Leben. Keinerlei Tierlaute waren zu hören, kein Vogelzwitschern, keine keckernden Primaten – nicht einmal das aufreizende Summen einer Wespe. Auch typische Tiergerüche fehlten. Es gab nur den seltsam faden Duft riesiger Blüten und den aufdringlichen, feuchtwarmen von Dschungeldickicht.

Trotz all seiner Farben war dieser künstliche Dschungel so tot wie der graue Schoß, den sie gerade verlassen hatten.

Das Donnern erschallte wieder, und diesmal war es von einem heftigen Vibrieren begleitet, das körperlich spürbar war.

Linien erschienen auf der Ebene vor ihnen. Dieser Teil war etwas niedriger als die leichte Erhebung, auf der sie standen. Und so konnte Kirk Rechtecke und Quadrate in Orange sehen. Etwas zeichnete vor ihnen einen Stadtplan.

Und die Stadt sproß wie Pilze aus dem porösen Boden.

Hatte er die Möglichkeit außer acht gelassen, daß sie zu einer fernen Welt in eine riesige Lehmhöhle gebracht worden waren? Nein, die Bauten, die vor ihnen entstanden, waren aus etwas Ähnlichem, aber weniger Primitivem. Dann erkannte er es – das Material war fast identisch mit der seltsamen kristallinen Substanz, aus der der Rumpf des fremden Schiffes bestand.

Hinweise auf viele Kulturen waren in diesen Bauten zu finden: Mayaarchitektur, aztekische Bauweise, ägyptische und südostasiatische Bauformen und zahllose andere. Nicht alle gehörten der Vergangenheit an, aber alle waren verschieden. Und doch paßten sie auf eine Weise zusammen, die darauf hindeutete, daß diese künstliche Stadt, und nicht die wirklichen der Vergangenheit, der Endpunkt ihrer Entwicklung war.

Sumerische Fragmente verbanden sich mit industriellem New Yorker Prunk. Kantige Inkastruktur verwuchs mit den Ellipsen Monomotapas. Alles ging ineinander über, durchdrang und verband einander.

Trotz alldem reagierten die Gesetze der Geometrie und bildeten ein harmonisches Ganzes.

Die Stadt sah aus, als ließe sich darin wohnen. Und so primitiv wirkte sie gar nicht. Einige der Winkel und wechselseitigen Stützpfeiler waren sogar für Scotts erfahrenes Auge fremd.

Der Chefingenieur war auch mehr an dem Material als an der Bauweise interessiert. Es sah aus wie gewöhnlicher Stein, doch wenn die Sonne in einem bestimmten Winkel auf eine Wand oder eine Brüstung fiel, sah es eher so aus, als spiegle sie sich auf glänzendem Metall. Und wenn man ein bißchen blinzelte, gewann man den Eindruck, manche Häuser wären aus dunklem Glas.

Das Stadttor lag offen vor ihnen. Links und rechts davon erhob sich ein schlanker, runder Turm, ägyptischen Obelisken ähnlich. Doch wenn das Licht sich ein wenig veränderte, wurde deutlich, daß sie eher den großen Türmen ähnelten, die die geheimnisvollen Künstler und Baumeister von Mohendscho Daro errichtet hatten.

Gerade als Kirk dachte, die Stadt wäre vollendet, wurde das Donnern fast ohrenbetäubend. Der Boden bebte unter ihnen, und ein kolossaler Bau wuchs aus der Stadtmitte himmelwärts. Er dominierte die Silhouette und schien die Linien jedes Hauses, jedes Turmes, jeder Mauer in sich zu vereinen und ein unauflösbares Ganzes zu formen. Er war die vollendetste Facette eines vollkommenen Juwels.

Als der letzte Baustein erschien und die letzte Skulptur an den Wänden materialisierte, erstarb das Donnern völlig.

Die vier Offiziere starrten auf die Stadt, die so fremdartig und doch vertraut war. Kein Wunder, denn es war die Stadt, die der Mensch fast ein halbes hundert Mal in allen Erdteilen errichtet hatte. Die Stadt, die sich dem Architekten aus den Augenwinkeln zeigt, doch nie genauso ist, wenn er den Plan dafür zeichnet. Die Stadt, die Menschen in uralten Träumen sehen.

Wenn es überhaupt noch eines Weiteren bedurft hätte, so war dies ein Beweis, daß dieser Kukulkan ernst genommen werden mußte.

Was immer er klarmachen wollte, er tat es offenbar gründlich. Und trotz des Untergang verheißenden Klanges der chorartigen Stimme harrte Kirk erwartungsvoll der bevorstehenden wesentlichen Enthüllungen. In dieser Stadt lag vielleicht die Erklärung für alle Mythologien der Menschheit.

Die einigen Leuten bestimmt nicht gefallen würden.

»So etwas habe ich noch nie gesehen, Captain.« Scott blickte bewundernd auf die gespenstisch schöne Stadt.

»Aber was steckt dahinter?« fragte McCoy.

Nachdenklich antwortete Kirk: »Die Stimme sprach von Saat und Unvollendetem, Pille. Ihr Besitzer hat uns hier ein gewaltiges Rätsel vor die Nase gesetzt. Sehen wir es uns mal näher an.«

Sie gingen zum Stadttor...

Ein Ingenieur assistierte Spock an Scotts Technikstation auf der Brücke. Ein weiterer Techniker stand abwartend daneben, bereit, auf mündliche Befehle hin bestimmte Instrumente zu bedienen.

Sulu saß wieder an seinem Posten, der so überraschend von Aufrechter Bär verlassen worden war. Alle Stationen des Schiffs waren doppelt besetzt, denn immer noch bestand Alarmstufe Rot. Jedermann wußte, daß der Captain und die drei anderen entführt worden waren, und niemand würde ein Auge zutun, ehe man nicht wußte, was aus ihnen geworden war.

Die Energieblase um sie war zwar nach wie vor undurchdringlich, aber Spock wollte bereit sein, falls ihr unbekannter Gegner ihnen die geringste Chance zum Durchbrechen gab.

Er beendete seine Arbeit an der Konsole der Technikstation und kehrte zu seiner eigenen zurück.

Uhura wählte diesen Augenblick, ihre wachsende Sorge zu äußern. »Mr. Spock, sollten wir nicht versuchen, herauszufinden, was aus dem Captain, Dr. McCoy und den anderen geworden ist?«

»Leutnant Uhura, es ist Ihre Aufgabe, die Kommunikation des fremden Schiffes zu überwachen. Und unsere vorrangige ist es, die *Enterprise* zu befreien. Sobald uns das gelungen ist, können wir uns mit der Rückholung der Entführten beschäftigen. Gehen Sie weiterhin Ihren üblichen Pflichten nach.«

»Jawohl, Sir«, murmelte sie. Spock rief bereits Daten aus dem Archiv auf. Sie starrte ihn noch einen Augenblick an, dann wandte sie ihre Aufmerksamkeit wieder ihrer eigenen Konsole zu. Vielleicht murmelte sie etwas vor sich hin, vielleicht nicht. Uhuras Miene konnte manchmal nicht zu deuten sein.

Vier Männer standen fast ehrfürchtig vor den hohen Türmen in der Stadtmitte. Die nähere Betrachtung bestätigte Kirk, daß sie tatsächlich wie ägyptische Obelisken aussahen.

»Doch mit wenigstens einem wesentlichen Unterschied, Sir«, stellte Aufrechter Bär fest.

Kirk erinnerte sich, daß Aufrechter Bär nur ein Amateuranthropologe war. Er wünschte sich Spocks exakte Erklärungen. Aber Spock war nicht hier, also mußten sie mit denen des Fähnrichs vorliebnehmen. Er mußte allerdings zugeben, daß die Beobachtungen des jungen Rudergängers so exakt waren, wie man sie sich nur wünschen konnte.

»Es sind die Reliefs dort, Sir.« Aufrechter Bär deutete auf das Fries in etwa drei Meter Höhe des näheren Turms.

Kirk betrachtete es.

Er hätte gesagt, daß sie sorgfältig von Künstlerhand geschaffen worden waren, wenn er nicht Zeuge gewesen wäre, wie die ganze Stadt aus – *nein, nicht aus Staub, Kirk*, warnte er sich. *Fang jetzt nicht mit der Bibel an – dir sind schon mehrmals Rassen untergekommen, die Materie manipulieren konnten.*

Er vermochte nicht zu sagen, welchem Stil sich diese Reliefs einordnen ließen. Jedenfalls stellten sie Tiere und Menschen der verschiedenen Kontinente und Gebiete aus der Frühgeschichte der Erde dar.

»Sehen Sie sich das dort an, Sir«, rief Aufrechter Bär. »Das unterste der dritten Reihe da drüben.«

Kirk fand das betreffende Relief und verstand sofort, weshalb der Fähnrich ihm soviel Bedeutung zumaß. Es hatte große Ähnlichkeit mit dem Geisterbild, mit dem sich Kukulkans Schiff maskiert hatte. Dieses Relief zeigte die gefiederte Schlange jedoch mit ausgebreiteten Flügeln und zusammengerolltem Körper über Kräuseln schwebend, die Wasser andeuteten.

»Solche Darstellungen hatten Ägypter niemals, Sir.«

Kirk nickte und ging weiter.

Sie traten durch das Tor, zu dem Scott bemerkte, daß er in China die Ruinen eines ähnlichen gesehen hatte. Aufrechter Bär stellte seinerseits fest, daß der Mauerbogen und die Stützpfeiler skythisch aussahen.

»Aber es läßt sich nichts Genaues sagen«, seufzte er schließlich. »Es ist wie die ganze Stadt, nur in kleinerem Maßstab – eine Verquickung vieler nicht verwandten Kulturen.«

»Alles ist ein Hinweis, Aufrechter Bär«, beruhigte ihn Kirk. »Bedenken Sie, daß diese Stadt als gigantisches Rätsel für uns gedacht ist. Wenn kein Stück zum nächsten zu passen scheint, muß auch das von Bedeutung sein.«

Die Straße, der sie nun folgten, war breit und mit Blöcken oder Platten jener Stein-Metall-Glas-Mischung gepflastert. Sie betrachteten jedes einzelne Bauwerk, an dem sie vorbeikamen. Alles war bis ins kleinste Detail ausgearbeitet und mit größter Sorgfalt errichtet, obwohl es nur Teil eines noch ungelösten Rätsels war.

McCoy hatte schließlich genug von dem scheinbar endlosen Spaziergang. »Wir sind jetzt lange genug hier – was erwartet man von uns?«

»Was meinen Sie, Mr. Aufrechter Bär?«

Der Fähnrich blickte Kirk erstaunt und ein wenig mißtrauisch an. Er war es zwar gewöhnt, seine Meinung im Lernzentrum dem Computer zur Überprüfung einzugeben und Antworten auf Fragen in Handbüchern zu geben, aber nicht, daß der Captain danach fragte. Einen Moment konnte er ihn nur verdutzt anstarren.

»Kommen Sie schon, Fähnrich«, forderte ihn Kirk auf, der die Unsicherheit des anderen spürte. »Wir werden hier alle gleichermaßen auf die Probe gestellt.«

»Sir, ich – ich habe nicht die geringste Ahnung, was man von uns erwartet.«

»Sagen Sie einfach, was Ihnen in den Sinn kommt«, meinte Kirk beruhigend. »Erzählen Sie uns mehr über Kukulkan – vielleicht kommt dabei etwas Nützliches heraus.« Er lächelte ihn ermutigend an.

Aufrechter Bär erwiderte sein Lächeln zaghaft. »Den Legenden nach gab Kukulkan den Mayas, kurz bevor er sie verließ, ihren erstaunlich genauen Kalender, und wies sie an, eine große Stadt seinen Zyklen entsprechend zu erbauen. Er versprach ihnen, zurückzukehren, sobald diese Stadt vollendet war.«

Während er diese Legende erzählte, schien die orangeblaue Sonne mit gleichbleibender Wärme und ohne ihren Stand zu verändern auf sie herab.

»Die Mayas erbauten ihre Stadt und warteten, aber Kukulkan kehrte nie zurück. Vielleicht hatten sie zu sehr auf jenen Teil des Kalenders geachtet, der die günstigsten Aussaatzeiten angab – ich weiß es nicht.

Sie versuchten es immer wieder – mit Chichén Itzá, Tulum, Uxmal und anderen Städten. Doch nichts brachte den Gott zurück.« Er blickte auf die stillen Häuser entlang der Straße. »Wie Mr. Spock schon sagte, viele Kulturen haben solche Legenden.«

»Die Geschichte der Erde«, flüsterte Kirk, »ist eine Geschichte nicht gehaltener Versprechen.« Aber niemand hörte ihn. »Kukulkan muß viele dieser alten Völker besucht haben. Es hat den Anschein, daß ein jedes Volk nur Teile – unterschiedliche Teile – seines Wissens benutzte, um seine Städte zu bauen.«

»Soll das heißen, daß sie alle versuchten, etwas zu bauen, das so wie diese Stadt hier aussehen sollte?« fragte McCoy.

Aufrechter Bär zögerte. »Ich glaube schon, Sir, aber es ist keinem gelungen, auf keinem Kontinent. Die Mayas nahmen einen Teil, die Induskulturen einen anderen, die Erbauer von Zimbabwe wieder einen anderen. Und so weiter. Und alle versagten. Das ursprüngliche Wissen wurde mit jeder nachfolgenden Kultur verschwommener.«

»Ich verstehe.« McCoy nickte. »Eine andere Art von babylonischem Turm.«

»Manchmal kann ich über uns Menschen nur den Kopf schütteln, Pille«, sagte Kirk. »Da könnte jemand kommen und uns die Pläne für die vollkommene Zivilisation in die Hand drücken – und wir würden so lange daran herumpfuschen, bis es nicht mehr funktioniert. Wir sind zu arrogant, sowohl als Rasse wie als Individuen.

Es ist immer einer da, der das Perfekteste noch verbessern muß, um sich wichtig zu machen.« Seine Stimme wurde angespannter. »Nach allem, was ich bisher von diesem Kukulkan und seinen Methoden gesehen habe, würde es mich gar nicht wundern, wenn ein paar Städtebauer die Baupläne ein wenig sabotiert hätten.«

»Kukulkan sagte, er würde nur erscheinen, wenn wir den Zweck der Stadt herausfänden«, erinnerte Aufrechter Bär. »Leider erwähnt keine Legende, was dieser Zweck war.«

Kirk fuhr sich durchs Haar. »Benutzen wir, was wir an Fakten haben. Angenommen, diese Städte wurden erbaut, um Kukulkan zur Erde zurückzubringen. Wie? Offenbar hat er sich in den letzten paar Jahrtausenden nicht in Erdnähe oder überhaupt in diesem Teil der Galaxis aufgehalten, um sich zu vergewissern, ob es schließlich doch jemand zustande gebracht hat.

Also kann es eigentlich nur bedeuten, daß sich in dieser Stadt eine Einrichtung zur Nachrichtenübermittlung befinden muß.« Die Bauten ringsum nahmen eine neue Bedeutung an. »Es kann nichts sehr Kompliziertes sein. Es muß etwas sein, was die alten Ägypter und Mayas aus heimischen Materialien bauen konnten. Höher entwickelte Technologie scheidet aus.

Wir werden also keine Weltraumsendeanlagen in irgendeiner steinernen Pyramide finden. Die physikalischen Vorstellungen Kukulkans sind offenbar ganz anders als unsere. Warum sollte er sich also nicht irgendeines einfachen und doch leistungsfähigen Kommunikationssystems einer ebenso unorthodoxen Technologie bedienen?

Wir müssen nur die Augen richtig aufmachen, glaube ich. Denn dieser Sender ist der eigentliche Grund für den Bau der Stadt.« Er deutete die Straße geradeaus.

»Die Pyramide dort ist der Mittelpunkt und Blickpunkt der Stadt. Fangen wir dort an.«

In der Stille des zeitlosen Tages setzten sie sich darauf zu in Bewegung...

11

Schließlich standen sie an einer Ecke der Zikkurat, wo sich die Hauptstraße und mehrere kleinere Straßen kreuzten. In der Mitte dieser Kreuzung erhob sich ein Turm. Er war mit seiner Höhe von etwa fünf Metern nicht sehr groß, aber trotzdem beeindruckend, und er hatte Ähnlichkeit mit den prächtigen vergoldeten Tempeltürmen des südostasiatischen Sektors der Erde.

Er war aus farbigem Stein, gerundet, etwa eiförmig, und hatte acht Etagen stufenförmig übereinander. Die Spitze krönte ein gemeißelter Kopf Kukulkans. Dieser war meisterhaft gestaltet. Alles daran wirkte lebensecht: der klaffende Mund der Schlange mit den bedrohlichen Zähnen, der Kragen aus Metall- und Glasfedern, und die gefiederte Krause, die mit Halbedelsteinen eingelegt war.

Der Kopf blickte in einem 45-Grad-Winkel zum Himmel hinauf, der Hinterkopf war der Stufenpyramide zugewandt. Das Schlangengesicht wirkte gleichermaßen erwartungsvoll und gebieterisch.

An der Ecke der gigantischen Zikkurat führte eine menschlichen Größenverhältnissen entsprechende Treppe nach oben, soweit sie es erkennen konnten, bis zur Spitze. Im Augenblick galt die Aufmerksamkeit der vier Menschen jedoch der beeindruckenden Skulptur, von der das Straßennetz speichenförmig ausging.

»Komisch«, murmelte Aufrechter Bär, der die Hände in die Hüften gestützt hatte und die Skulptur studierte. »So was habe ich noch nie gesehen.«

Kirk blickte an der Pyramide hinter ihnen empor, dann wandte er sich wieder seinen Gefährten zu. »Da die große Zikkurat offenbar der Mittelpunkt von allem ist, nehme ich an, daß sie auch die Antwort auf alles zu bieten hat. Möglicherweise an der Spitze. Ich werde hinaufsteigen. Sie verteilen sich in der Umgebung. Bleiben

Sie in Sichtweite, auf jeden Fall aber in Hörweite voneinander. Wer auf etwas Wichtiges stößt, ruft den anderen. Versuchen Sie aber auf keinen Fall irgendwelche Hebel oder Türen, wenn Sie allein sind. Ich möchte nicht, daß jemand in verborgenen Gängen verschwindet.«

»Aye, Sir.« »Jawohl, Sir.« »O. K., Jim.«

Kirk stieg die schier endlosen Stufen hinauf, während seine Gefährten sich unten trennten.

Scott und Aufrechter Bär, die sich südwärts hielten, waren noch nicht weit gekommen, als der Fähnrich auf etwas in der Ferne deutete. »Noch ein Turm, Sir, glaube ich.«

»Kommen Sie, Junge.«

Sie rannten darauf zu und sahen, daß Aufrechter Bär sich nicht getäuscht hatte. Dieses Bauwerk war nicht einfach ein weiterer Turm, sondern das exakte Gegenstück des Turms, von dem sie gekommen waren.

Er lag genau wie der andere in der Mitte einer Straßenkreuzung. Aufrechter Bär gönnte ihm nur einen knappen Blick und lief zu einer Stelle, an der er um die Ecke der großen Stufenpyramide blikken konnte.

Nur der unnatürlich klaren Luft verdankte er, daß er die Umrisse des Bauwerks in der Ferne zu erkennen vermochte.

»Dort ist ein dritter Turm, Sir. Anscheinend befindet sich einer an jeder der vier Ecken...«

Kirk hielt nicht inne, um zu verschnaufen. Er hatte den Aufstieg gut berechnet, was nicht schwer war für jemanden, für den der Umgang mit astronomischen Entfernungen zur täglichen Routine gehörte. Als er schließlich oben angelangte, war er mehr psychologisch als körperlich außer Atem.

Was er vorfand, war auf den ersten Blick enttäuschend. Die Offenbarung, die er erhofft hatte, bestand lediglich aus einer flachen quadratischen Plattform auf vier Beinen, die den oberen Abschluß der Zikkurat bildete. Ungewöhnlich an ihr war, daß Beine und Rahmen offenbar aus Metall waren. So viel Metall hatten sie nirgendwo sonst in der Stadt an einer Stelle gesehen. Doch auch eine gründliche Begutachtung gab ihm keinen Aufschluß, welcher Art die Legierung war.

Der quadratische Raum umgab ein transparentes rundes Mosaik, das Kukulkan in der gleichen zusammengerollten Haltung mit ausgebreiteten Flügeln darstellte wie an den Torobelisken. Das Mosaik schien von klarem Quarz umschlossen zu sein, zumindest sah das Material wie klarer Quarz aus.

Kirk vermochte gerade über den Rand der Plattform zu sehen. Das Mosaik war ein Kunstwerk, das Werk eines Meisters. Doch von seiner Schönheit abgesehen, war es von keinem Interesse für den Captain.

Er bückte sich für einen Blick unter die Plattform. Die untere Seite des Mosaiks war so vollkommen wie die obere. Die Strahlen der künstlichen Sonne durchdrangen es und warfen das Bild der gefiederten Schlange klar und scharf auf den Stein darunter. Staubkörnchen tanzten in dem bunten Licht.

Alles war von außerordentlicher Präzision, um... Um was? Kirk richtete sich wieder auf, blickte noch einmal über die Oberseite des Mosaiks, dann wieder hinunter auf sein Abbild auf dem Steinboden darunter, und überlegte.

Aufrechter Bär und Scott waren ganz in ihre Untersuchung des zweiten prächtigen Turms vertieft. Sie waren ihn mühelos hinaufgestiegen und standen nun oben, in gleicher Höhe mit dem kunstvoll gehauenen Schlangenkopf.

Aus dieser Nähe erkannten sie zweierlei, was von unten nicht zu bemerken gewesen war.

Die Augen der Skulptur bestanden aus konzentrischen Intarsien aus glasähnlichem Material. Doch von größerer Bedeutung erschien ihnen das facettierte Prisma, das einem riesigen Edelstein gleich ganz hinten in dem steinernen Schlangenrachen steckte.

Während Aufrechter Bär Augen und Prisma eingehend studierte, untersuchte Scott die Halskrause nach äußeren Unvollkommenheiten, die von größerer Bedeutung sein mochten als die Vollkommenheit, und fand eine unmittelbar unter der Krause.

»Schauen Sie! Hier ist eine Fuge. Ich glaube, der Kopf ist zum Drehen. Helfen Sie mir, Junge.«

Während er die Hände auf die Nackenseite der Halskrause legte, wies er Aufrechter Bär an, mit beiden Händen am steinernen Unterkiefer genau wie er im Uhrzeigersinn zu drehen.

Ein Scharren und Quietschen erklang, als sich Metall auf Stein – oder Stein auf Metall, das war bei der seltsamen Zusammensetzung der Baumaterialien schwer zu sagen – ein Stück bewegte.

»Fester, Junge!« Beide Männer verdoppelten ihre Anstrengungen. Endlich gab etwas in der widerspenstigen Skulptur nach, und nun ließ der Kopf sich mühelos wie um einen Zapfen drehen. Als die gläsernen Augen der Sonne zugewandt waren, fingen sie zu glühen an und leuchteten schließlich mit einem inneren Licht, das viel stärker zu sein schien als nur Reflexion. Doch Scott und Aufrechter Bär waren zu sehr mit dem Drehen des Kopfes beschäftigt, als daß ihnen das auffiel. Glücklicherweise befand sich jedoch ein anderer in der richtigen Position, es zu sehen.

Selbst in dieser Höhe war das Leuchten der Skulpturaugen so stark, daß Kirk es sogleich bemerkte. Er wirbelte herum und schirmte seine Augen ab, als er mit aufgeregtem Murmeln nach oben starrte.

»Natürlich – die Sonne! Kein Wunder, daß sie sich nicht vom Fleck gerührt hat. Ihr Stand ist notwendig für dieses Stadträtsel!« Er wandte sich nach unten, legte die Hände als Schalltrichter vor den Mund und brüllte:

»Scotty! Drehen Sie den Schlangenkopf um hundertachtzig Grad, so daß er hierher schaut!«

Die Stimme des Chefingenieurs war nur schwach zu hören. »Aye, Sir.«

Der Schlangenkopf war fast ganz herumgedreht, als auch das polierte Prisma in seinem Rachen zu leuchten begann. Gleichzeitig wurde das Leuchten aus den Augen so blendend, daß Kirk seine Lider zusammenkneifen mußte. Als der skulptierte Schädel sich die letzten paar Grad drehte, schoß ein Lichtstrahl aus dem Rachen direkt zum oberen Ende der Zikkurat. Ein Zischen begleitete ihn, das immer lauter wurde.

Kirk war rasch zur Seite gewichen. Der Dreifachstrahl aus Augen und Rachen schien an ihm vorbei, zwischen den beiden nächsten Plattformbeinen hindurch, und fiel auf die Unterseite des Mosaiks, das durch den Metallrahmen gehalten wurde. Das Ergebnis war prächtig und unerwartet.

Als das stete Licht von unten auf das Mosaik traf und hindurchschien, bildeten sich in der Luft darüber Blasen glitzernder Energie, die platzten, während sich immer weitere formten und platzten – wie Luftbläschen im Sekt.

Das Zischen wurde zu einem heftigen Knistern, das Kirk an eine fehlerhafte elektrische Verbindung erinnerte. Doch so etwas Einfaches war das hier nicht.

Aufrechter Bär und Scott starrten besorgt hinauf und warteten auf eine Anweisung von Kirk. Sie konnten das Leuchten auf der Pyramide sehen und die Silhouette ihres Captains davor. Aber aus dieser Entfernung war das auch schon alles. Sie waren beruhigt, als er zu ihnen herunterbrüllte:

»Drehen Sie die anderen Köpfe ebenfalls hierher!«

Scott bestätigte es lautstark, dann stieg er mit Aufrechter Bär den Turm hinunter.

Kirk ging nun vorsichtig dem Strahl ausweichend zur anderen

Plattformseite. Er sah McCoy geduldig am Fuß des vierten Turms warten.

»Pille! Dreh den Schlangenschädel so, daß er hier heraufschaut! Ich komme hinunter.«

Der Schädel war schwer, zu schwer, daß einer allein ihn hätte drehen können. McCoy plagte sich immer noch, als Aufrechter Bär und Scott den zweiten in Bewegung setzten.

Wieder schoß ein Lichtstrahl hinauf zur Pyramide. Nun wurde das Knistern lauter, und die Farbe dieser seltsamen Energie vertiefte sich.

Kirk half McCoy den nächsten Schlangenkopf zu drehen. Danach stiegen sie den Turm hinunter und eilten zum nächsten. Alle vier Männer trafen sich vor diesem letzten Turm, der der erste war, den sie gesehen hatten. Auch hier drehten sie den Schlangenkopf, auch von hier schoß ein Lichtstrahl zur Stufenpyramide. Ihr oberes Ende war bereits ganz in eine Kugel reiner Energie gehüllt, als Scott und Aufrechter Bär hinunterstiegen.

Abrupt wurde aus dem Zischen und Knistern ein Donnern, ähnlich dem, das die Erschaffung der Stadt begleitet hatte. Er wurde immer tiefer, während die Energiekugel wuchs.

Strahlen puren Lichts schossen vereinzelt, während es anschwoll, Blitzen gleich durch das farbige Leuchten.

Die vier Offiziere unten mußten ihre Augen schützen, als das Leuchten auf der Pyramide blendender wurde als die Sonne.

»Das Ganze«, rief Kirk laut, um über den plötzlich starken Wind gehört zu werden, der auf sie einpeitschte, »ist eine Art Energieverstärker für Solarkraft – Kukulkans Spezialsignal.«

Das Donnern wandelte sich zu einem gleichmäßigen Dröhnen, als die Energiekugel zu pulsieren begann. In diesem Augenblick waren die Stimmen wieder zu hören, die vielen Stimmen, die Teil von einer waren. Doch zum ersten Mal verschmolzen sie, bis unverkennbar nur die Stimme eines einzelnen Wesens sprach:

»Nach vielen Jahrhunderten«, donnerte sie, »wurde mein Werk vollendet. So erschaut mich denn, wie ich bin.«

Die Energiekugel verschwand in einer ohrenbetäubenden Explosion. McCoy und Scott wurden zu Boden geworfen. Kirk konnte sich am Turm festhalten. Und Aufrechter Bär gelang es, seinem Namen getreu, aufrecht stehenzubleiben.

An Stelle der Energiekugel flatterte über der Pyramide eine lichtumhüllte Lebensform, die furchterregend und schön zugleich war. Ihr mit schillernden Schuppen bedeckter Schlangenleib streckte sich und rollte sich zusammen. Das in allen Regenbogenfarben leuchtende Gefieder der Halskrause war aufgeplustert, und ihre lange Zunge schnellte aus dem mit Fängen bewehrten Mund vor und zurück.

»Erschauet Kukulkan«, donnerte die gefiederte Schlange, während das Licht der vier Strahlen allmählich schwächer wurde.

Kirk betrachtete sie und versuchte in den Schlangenaugen zu lesen.

»Wo sind eure Vernichtungswaffen?« rief sie. »Setzt sie gegen mich ein, wenn ihr es wagt!«

»Sehr beeindruckend, wenn auch etwas theatralisch«, meinte McCoy phlegmatisch. Er war schon lange zur Erkenntnis gekommen, daß man einen Gegner, und wenn er noch so mächtig oder bösartig war, nur als anatomisches Problem zu nehmen und in Gedanken zu sezieren brauchte, um die Angst zu verdrängen. Auch er forschte jetzt nach den Gründen hinter diesem unnötig pompösen Schauspiel.

Aber es war Kirk, der antwortete. »Wir haben keine Waffen bei uns – wie Sie zweifellos wissen. Und wenn, würden wir sie nur aus triftigem Grund benutzten. Ein solcher Grund ist, jedenfalls bisher, nicht gegeben.«

Die riesige gefiederte Schlange schlug verärgert mit den Flügeln. Ihre Lichthülle begann in allen Regenbogenfarben zu schimmern.

»Gründe? Gründe... Wo ist euer Haß? Ist er nicht Grund genug? Ihr haßt mich doch, oder nicht? Warum sprecht ihr dann nicht über euren Haß zu mir?«

Kirk war verwundert, aber er fühlte sich nicht bedroht. Trotz seiner hinlänglich demonstrierten Macht war etwas Pathetisches an diesem Wesen. Das durfte ihn jedoch nicht dazu verleiten, auch nur eine Sekunde unachtsam zu sein.

»Wir hassen Sie nicht. Sie haben unser Schiff angegriffen. Daraufhin haben wir zurückgeschossen.«

Die Lichthülle färbte sich blaurot.

Hastig fügte er hinzu: »Es war Selbstverteidigung – wenn Sie diesen Begriff kennen.«

»Ich bin euer Herr!« donnerte die Schlange. »Ich kann mit euch tun, was ich will!«

Sie wird immer wahnsinniger, dachte Kirk. Offenbar dient dieses Schauspiel dazu, uns einzuschüchtern. Aber dieser Möchtegerngott hat mit Menschen aus grauer Vorzeit gerechnet, Menschen, die an Übernatürliches glauben.

»Sie bilden sich ein, wir gehören Ihnen?« rief McCoy wütend. »Wir sind keine Möbelstücke Ihres kalten grauen Hauses, Kukulkan!«

»Aye«, stimmte Scott ein. »Und werden es auch künftig nicht sein!«

Kirk warnte leise, aber fest. »Pille, Scotty, macht ihn nicht wütend!«

»Ihn nicht wütend machen?« brummte Scott. »Ich hatte den Eindruck, daß er es längst ist.«

»Es ist, wie ich dachte«, murmelte die Schlange. »Ihr habt mich vergessen und seid von dem Pfad abgewichen, auf den ich euch führte.«

Kirk spreizte die Arme. Es war eine Bitte um Information, nicht um Gnade. »Sie sagen, wir haben Sie vergessen. Wie können Sie dann erwarten, daß wir Sie angemessen *verehren*, wenn wir uns nicht an Sie erinnern, wenn wir nichts von Ihrem Pfad wissen? Sollen wir für das Vergehen unserer Vorfahren bezahlen, die seit unzähligen Generationen tot sind?«

Zu seiner Erleichterung klang das für den Schlangengott vernünftig genug, daß er sich ein wenig zu beruhigen schien. Er ließ sich auf der Zikkurat nieder.

»Deine Worte sind nicht ohne Wahrheit. Ihr kennt mich nicht. Deshalb ist es meine Aufgabe, Euch zu belehren.«

Das beunruhigte Kirk etwas. Er hatte keine Ahnung, was er damit meinte. Eines war jedoch sicher: Nach allem, was sie bisher über den Charakter dieses Fremden wußten, würde eine Belehrung durch ihn wahrscheinlich nicht sehr erfreulich sein.

Während sie ihn beobachteten, wurde die Luft türkis – es war derselbe blaugrüne Dunst, der sie aus der *Enterprise* entführt hatte. Er hüllte alles ringsum ein – die Stufenpyramide, die Türme, die ganze Stadt und den Dschungel.

Als der Dunst sich auflöste und sie wieder klar sehen konnten, standen sie in einem riesigen Raum mit hoher Decke. Die Stadt war verschwunden. Der Raum schien endlos zu sein, aber es konnte sich nur um eine optische Täuschung handeln, das war Kirk klar. Kukulkans Wissen und Macht war zwar unberechenbar, aber daß er einen unendlichen Raum an Bord eines Schiffes von endlichen Ausmaßen erschaffen könnte, erschien ihm doch unwahrscheinlich.

Im Gegensatz zu der kantigen und winkeligen Stadt war hier alles gewölbt, rund und glatt. Der Raum erstrahlte hell in rotblauem Ton.

Vitrinenartige Behälter hingen ohne sichtbare Halterung im Raum verstreut, und auch auf dem Boden überall ringsum standen welche – runde, eckige und von unbeschreibbaren Formen.

Das Ganze wirkte seltsam – Kirk suchte das passende Wort –

steril. Ja, kalt und steril. Keine Gitter oder Lichtschranken bekannter Art waren bei den scheinbar offenen Käfigen zu erkennen. Manche enthielten Pflanzen, andere Tiere. Vieles war den weitgereisten Sternenschiffoffizieren fremd. Von jedem Käfig führte ein dickes Kabelpaar entweder in den Boden oder die Decke. Andere, wild wuchernde Pflanzen wuchsen unbehindert auf dem Boden.

Kukulkan war nirgendwo zu sehen.

Kirk betrachtete die unglaubliche Sammlung. »Alles in diesem Raum ist zum Betrachten angeordnet. Wir sollen uns wohl umsehen.«

Er folgte aufs Geratewohl einem Weg durch die transparenten Käfige.

»Wo, zum Teufel, sind wir hier?« fragte Scott.

»In einer Art Zoo wahrscheinlich.« McCoy zuckte die Schultern. Er trat vor einen der Käfige und tupfte vorsichtig darauf. Rasch zog er den Finger wieder zurück. Obwohl die durchsichtige Wand wie aus Glas aussah, fühlte sie sich ölig an.

Dieser Käfig beherbergte eine Kreatur, die wie ein Alptraum von einem riesigen Schnabeltier aussah. Es streckte und dehnte sich, offenbar ohne sich ihrer Nähe bewußt zu sein.

»Es gibt da eine Menge Spezies, die mir völlig fremd sind, Jim«, sagte McCoy.

»Mir auch, Pille. Ich erkenne nicht einmal ihre Umwelt. Sieh dir beispielsweise die da an.«

Der Käfig, auf den er deutete, war mit einem roten Gas gefüllt, in dem schwammartige rosa Kugeln schwebten. In dieser Atmosphäre schwamm – oder flog – eine gesprenkelte gelbe Scheibe mit haarfeinen Fühlern ringsum. Sie hatte vier Augen mit Doppelpupillen, mit denen sie leeren Blickes in ihre Richtung schaute.

Abrupt (aber nicht unerwartet) schloß sich ihnen ein weiterer Beobachter an. Kukulkan erschien seitlich über ihnen.

Seine Stimme war nun von einer Freundlichkeit, die in erstaunlichem Kontrast zu seiner bisherigen Feindseligkeit stand. »Bitte, seht euch meine Musterexemplare ruhig näher an.«

Musterexemplare? Was hatte diese Sammlung fremder Lebensformen zu bedeuten? Noch ein Rätsel, dessen Lösung sie Kukulkan entlocken mußten.

Scott, der schon immer einer ehrlichen Meinung den Vorzug vor diplomatischem Geschwätz gegeben hatte, schüttelte betrübt den Kopf, während sein Blick über die endlosen Vitrinenreihen wanderte. »Ich könnte nie stolz darauf sein, arme Tiere in Käfigen zu halten. Solche Barbarei haben wir auf der Erde längst aufgegeben.«

Kirk warf seinem Chefingenieur einen warnenden Blick zu, aber Kukulkan faßte es nicht als Beleidigung auf.

»Alle Exemplare führen ein friedliches, gesundes Leben; es bietet ihnen Sicherheit und Zufriedenheit.«

McCoy war vor einen Käfig getreten und deutete auf seinen Bewohner – ein Pelzball mit vielen Beinen, der winzige grapefruitähnliche Früchte von einem kleinen Busch pflückte.

»Zufrieden? Eingepfercht in diese engen Käfige?«

»Aber was du nicht sehen kannst«, fuhr Kukulkan fort, »ist, daß jede dieser Kreaturen sich *im Geist* in ihrer eigenen natürlichen Umgebung befindet. Die Gebiete des Geistes sind grenzenlos«, fügte er hinzu, während McCoy sich bückte, um die Kabel zu betrachten, die aus dem Käfig kamen. Sie führten vom Boden in einen völlig glatten schwarzen Kasten, der unten am Käfig angebracht war.

»Sie essen, atmen und existieren in Traumwelten, die meine Maschinen für sie erschaffen«, sprach Kukulkan weiter. »Welten, die nur sie sehen können. Sie sehen nichts anderes, auch Sie nicht. Nichts darf sie in ihrem glücklichen Traum stören. Sie wissen nicht, daß sie sich in Käfigen befinden.«

»Käfig bleibt Käfig, auch wenn er aus Gold ist«, murmelte Scott.

Er hatte schon längst bemerkte, daß Kukulkans Ohren keineswegs allhörend waren. Auch Gedankenlesen konnte er nicht. Sonst hätte sich diese Schlange schon bei der Zikkurat seiner angenommen.

»Dann war die Stadt, deren Rätsel wir lösten, gar nicht wirklich da!« rief Aufrechter Bär.

»Sie war ›da‹«, entgegnete Kukulkan, »für euch und für mich, weil ich es so wollte. Jedes meiner Musterexemplare hat seine eigene Welt, die viel größer ist als die winzige Stadt, die ich für euch erschuf.«

»Ich kann Ihre Stadt keineswegs als unsere natürliche Umwelt betrachten«, erklärte Kirk.

Mächtige Schwingen flatterten. »Das sollte sie aber sein! Diese schöne Stadt und alles andere, was ich eure Vorfahren lehrte, sollte euer sein. Doch sie wurden verderbt und vergeßlich und stellten ihre eigenen Lehren über meine, bis die bedeutenderen vergessen waren!«

Mit Takt war nun nichts mehr auszurichten, fand Kirk. Jetzt war Offenheit angesagt. »Wir akzeptieren es nicht, als Eigentum angesehen zu werden.« Er hatte mehr als genug von diesem geistesgestörten wissenschaftlichen Zauberer, der kein Gott war, auch wenn er vielen primitiven Kulturen auf der Erde als solcher erschienen sein mochte.

»Niemand«, fuhr er fort, »auch Sie nicht, hat das Recht, sich in die natürliche Entwicklung anderer Zivilisationen einzumischen. Das ist eine Regel, die wir selbst aufgestellt haben.«

Kräftige Muskeln spannten sich. Flügel schlugen achtlos gegen Käfige und Pflanzen, als die Schlange mit klaffendem Rachen und hervorquellenden Augen herbeiflog.

Die vier wichen vor dieser nackten Wut zurück.

»Erzählt *mir* nichts von Entwicklung und Einmischung! Belehrt mich nicht, was *Recht* ist! Ich war immer allein. Meine Rasse wurde vernichtet, noch ehe die eure das Feuer entdeckte – nein, bevor sie lernte, sich aus dem Schlamm zu erheben. Wo bleibt das ›Recht‹ in solch einer unendlichen Einsamkeit?«

Er deutete auf mehrere Käfige in der Nähe. In einem befand sich ein Geschöpf, das einem unterernährten Seehund ähnelte; in einem anderen eine zittrige Masse grünen und schwarzen Protoplasmas. Dazwischen wuchsen üppig blühende Pflanzen.

»Kreaturen wie diese sind seit vielen Jahrtausenden meine einzige Gesellschaft. Wesen mit einer Intelligenz wie der euren habe ich auf vielen Welten gesehen – es ist eine destruktive Intelligenz, wild, kriegerisch, voll Selbstverachtung. Ihr werdet euch selbst zerstören und alles um euch, ganze Planeten werdet ihr in Asche legen. Nach immer neuen Begegnungen mit solchen Zivilisationen beschloß ich, mich *einzumischen.*« Er zischte das letzte Wort. »Als hoffnungsvolles Experiment besuchte ich neben anderen Welten auch eure Erde. Ich versuchte, die jetzt ausgestorbenen Kulturen eurer Rassen zu lehren, in Frieden zu leben.

Dann verließ ich euch mit dem Versprechen zurückzukehren, sobald ihr mich rufen würdet, und euch weiteres Wissen zu geben, das es euch ermöglichen würde, mir ebenbürtig zu werden. Aber ihr habt mich nicht gerufen. Keiner, dem ich das Wissen um die Stadt gab. Schließlich sandte ich eine Sonde, um zu erfahren, was geschehen ist. Was hat sie mir mitgeteilt? Was hat sie festgestellt? Krieger!« Er drehte sich in engen Kreisen.

»Krieger, immer noch Krieger. Wie ich es auf zahllosen anderen Welten gesehen habe, nur diesmal furchterregender ausgerüstet denn je, mit ungeheuren Instrumenten der Vernichtung. Ihr habt das Stadium kriegerischer Auseinandersetzung nie verlassen und habt die Zerstörung zu den Sternen getragen. Ihr werdet das gesamte Universum vernichten.«

»Ihr Heiligen, helft uns!« murmelte Scott bestürzt. »Ein paranoider Gott!«

»Aber wir tun alles nur, um Frieden zu schaffen!« protestierte Aufrechter Bär.

Die Schlange funkelte sie an und flatterte aufgeregt. Ihr Schatten verdunkelte den Raum. »Nichts, was ihr bisher getan habt, kann mich davon überzeugen. Ich – ich habe es besser gemacht!«

Sie machte eine weitausholende Geste, die den gesamten horizontlosen Raum einschloß: die Käfige voll schlangenähnlicher Pflanzen und pflanzenähnlicher Schlangen, eine große Vitrine mit kleinen bunten Kugeln, andere Behälter mit Tieren, die wie Steine aussahen, mit Pflanzen wie kleine Bauwerke, und mit Tierpflanzen.

»Meine Geschöpfe hier haben wenig Intelligenz, doch selbst die wildesten unter ihnen leben friedlich in der Welt, die ich für sie erschaffen habe.«

Kukulkan flog um eine Ecke. Sie folgten ihm vorsichtig, bis er vor einem großen Käfig anhielt, der mitten in der Luft schwebte. In ihm befand sich ein riesiges katzenähnliches Tier mit scharfen Zähnen und stachligem Fell. Trotz seiner natürlichen Waffen lag es friedlich dösend in einem grasigen Bett. Doch sogar schlummernd ging eine Bedrohung von ihm aus wie selbst von zehn jagenden terranischen Tigern nicht.

»Obwohl das eine der wildesten und unbezähmbarsten Bestien aus eurem Raumsektor ist, lebt auch sie in Frieden und Zufriedenheit in dem privaten Paradies, das ich aus ihren eigenen Träumen für sie erschaffen habe.«

»Große Minerva!« platzte McCoy heraus und wich einen Schritt von dem Käfig zurück. »Das ist eine capalentische Energiekatze. Es ist noch nie gelungen, sie in Gefangenschaft am Leben zu erhalten!«

»Ich kenne sie nicht, Pille.« Kirk betrachtete sie respektvoll. »Warum ist es niemandem gelungen?«

»Sie drehen durch, wenn sie sich nicht frei bewegen können,

und müssen getötet werden, ehe sie größere Schäden verursachen«, erklärte McCoy. »Wenn man versucht, sie einzusperren, werden sie rasend vor Wut. Und ihre Wut aktiviert Zellen, die Strom ausstoßen. Verglichen mit ihr ist selbst ein riesiger Zitteraal nur wie eine Mignonbatterie gegenüber einem Solantrieb. Eine einzige kann die härteste Stahllegierung schmelzen oder einen ganzen Jagdtrupp verkohlen.«

Er blickte zu Kukulkan hinauf. »Ich habe noch nie gehört, daß eine in Gefangenschaft länger als zwei Tage überlebt hat. Wie ist es Ihnen gelungen, sie zu fangen?«

»Diese hier war noch ganz klein, als ich sie fand, und deshalb leichter zu beeinflussen. So wie ihr, als ich die Erde zum ersten Mal besuchte. Ihr wart zerstörungswütige Kinder, die geleitet werden mußten.«

»Aber wenn Kinder völlig abhängig von ihren Lehrern gemacht werden«, warf Kirk rasch ein, »werden sie immer Kinder bleiben.«

Flügel schlugen heftig. »Genug! Es ist sinnlos! Trotz allem, was ich euch sagte, trotz allem, was ich euch gezeigt habe, beharrt ihr auf eurem Eigensinn!« Kukulkan flog hinab und hielt bedrohlich nahe über ihnen an.

»Mein Traum endet«, heulte er, »und ihr alle seid daran schuld! Nie wird jenen«, schloß er mit düsterer Endgültigkeit, »die entscheiden müssen, Zeit gegeben.«

»Auseinander!« schrie Kirk, der Kukulkans Ton entnahm, was er beabsichtigte.

Als die Schlange auf sie herabstieß, rannten die vier Offiziere in vier verschiedene Richtungen. Mit seinem Zögern verriet der Halbgott wieder einmal nur allzu deutlich, daß er keineswegs allmächtig war. Er überlegte ganz offensichtlich, welchen der vier er als ersten verfolgen sollte.

Mit der Frage nach der Allmacht des Fremden beschäftigte sich ein anderer schon eine ganze Weile. Als Spock die Antwort darauf fand, bewies sie die Richtigkeit des terranischen Sprichworts, daß man manchmal den Wald vor lauter Bäumen nicht sieht.

»Natürlich!« murmelte er schließlich. Die Elastizität des Kraftfelds dürfte einem multiplen Angriff nicht standhalten. Während es Phaserstrahlen absorbiert, vermag es vermutlich nicht, gleichzeitig entgegengerichteten Druck auszugleichen.

Wie immer überprüfte er auch diesmal seine Vermutung mathematisch. Die Gleichungen und Ergebnisse auf seinem Monitor bestätigten seine Annahme.

»Alle an die Kampfstationen«, sagte er, während er zum Kommandosessel hinüberging. Uhura gab den Befehl weiter, und alle vierhundertsechsundzwanzig Mann der drei Schichten machten sich einsatzbereit.

»Volle Impulskraft, Rudergänger«, befahl er und setzte sich. »Traktorstrahl auf volle Kraft, Solantrieb bereit.«

Ein gleichmäßiges Summen wurde auf der Brücke laut, als das nähergelegene Impulstriebwerk warmlief.

»Traktorstrahl aktiviert, Sir«, meldete ein Ingenieur an der Technikstation.

»Gut. Auf Maximierung exakt 180 Grad gegen unseren augenblicklichen Kurs.«

»Jawohl, Sir«, ertönte die Bestätigung, wenngleich leicht verwirrt.

»Mr. Arex, Sie haben die Aufgabe, den Katapulteffekt zu kompensieren. Wenn wir das Kraftfeld durchbrechen, werden wir in einem Sekundenbruchteil etwa fünf Komma sieben Lichtjahre geschleudert.

»Verstanden, Sir«, antwortete der erfahrene Navigator. Augenblicke später meldete er: »Katapultkompensationsfaktor eingegeben, Sir. Andruckkompensation ebenfalls überprüft.«

»Aber wie können wir aus dem Feld freikommen?« fragte Uhura.

»Diese Art Energieblase scheint nur auf eine Aktion pro eingeschlossenem Objekt reagieren zu können, Leutnant. Wenn dasselbe Objekt – in diesem Fall die *Enterprise* – gleichzeitig Druck und Zug an einer Stelle ausübt, müßte das Feld soweit geschwächt werden, daß das Schiff mit einem plötzlichen Schub des Solantriebs durchbrechen kann.

Mr. Sulu, Mr. Arex, haben Sie unsere gegenwärtigen Koordinaten?« Sie mußten in der Lage sein, das fremde Schiff aus sechs Lichtjahren Entfernung sofort wiederzufinden.

Ein doppeltees »Jawohl, Sir« erklang.

»Feldkontakt mit Traktorstrahl in vier Sekunden, Sir«, meldete Arex. Seine Stimme war noch eine Spur höher als üblich.

Kaum hatte er den Satz beendet, begann die *Enterprise* ihren Angriff auf die Wand ihres Energiegefängnisses. Sowohl Traktorstrahl wie Impulsantrieb waren auf den gleichen Teil des Energiefelds gerichtet – und schoben und zogen gleichzeitig.

Spock hatte nicht vor, die *Enterprise* dieser außerordentlichen Belastung lange auszusetzen, die schon nach wenigen Minuten zur Explosion des Traktormechanismus führen mochte.

»Solantrieb, volle Kraft auf mein Kommando«, befahl Spock. »Jetzt!«

Innerhalb der Energieblase glühten die röhrenförmigen Gehäuse der mächtigen Maschinen an den Enden auf. Einen Sekundenbruchteil hing die *Enterprise* inmitten dieser tobenden Energien, dann verschwand sie in einem grellen Blitz.

In einem leeren Winkel des Alls zuckte ein ähnlicher Blitz. Die *Enterprise* erschien in der Leere zwischen den Sternen. Kukulkans Schiff war nicht mehr auf dem Schirm zu sehen.

Niemand jubelte begeistert. Das mußte warten, bis die vier fehlenden Besatzungsmitglieder an Bord geholt waren.

»Meldungen von den Decks, Sir«, berichtete Uhura. »Niemand verletzt.«

»Mr. Sulu, wenden. Mr. Arex, gehen Sie auf Rückkehrkurs.« Spocks Ton verriet keine Gefühle, er war genauso gleichmütig wie zuvor, als sie in scheinbar hoffnungsloser Lage gewesen waren.

Nach interstellarem Maßstab war die Entfernung, die sie zurücklegen mußten, nicht groß. »Verringern Sie die Geschwindigkeit auf maximale Nahkampfgeschwindigkeit, Mr. Sulu. Beginnen Sie mit Spiralangriffstaktik vier. Bereit zum Beschuß mit Phasern und Photonentorpedos!«

»Sir«, murmelte Sulu, »wenn der Captain, Dr. McCoy und die anderen noch leben, wäre es da nicht besser...«

»Es gibt an Bord eindeutige Prioritäten, Mr. Sulu. Die *Enterprise* kommt zuerst. Waffen in Bereitschaft wie befohlen.«

»Jawohl, Sir«, erklang es schleppend.

Derart bereit, jedem Versuch, sie wieder in ein Kraftfeld einzuschließen, durch einen Angriff zuvorzukommen, kehrte die *Enterprise* zu dem feindlichen Schiff zurück.

Kirk war der Erschöpfung nahe. McCoy, der dicht hinter ihm war, schien in noch bedenklicherer Verfassung zu sein. Kirk blickte über die Schulter und gab ihm ein Zeichen, das der Arzt mit einem Nicken bestätigte. Als sie um die nächste Ecke bogen, tauchten beide rasch hinter einen niedrig hängenden Käfig.

Die gefiederte Schlange schoß Augenblicke später züngelnd und mit wutfunkelnden Augen vorbei. Kirk staunte unwillkürlich, daß eine Rasse ohne Hände technologische Wunder wie dieses Schiff zuwege gebracht hatte. Gewiß waren diese Flügel immer Flügel gewesen. Beine waren nicht einmal rudimentär vorhanden. Mit dem Schwanz vermochte die Schlange zwar zu greifen, aber das konnte doch nicht genügen. Und trotzdem hatte Kukulkans Volk die komplexesten technischen Leistungen vollbracht.

Genau wie erwartet, hatte die Schlange sie aus den Augen verloren. Aber warum verhielt sie mitten im Flug?

Kirk hielt den Atem an. Unnötig, denn sie hatte sie nicht entdeckt. Irgend etwas anderes hatte Kukulkan dazu veranlaßt. Seine Haltung verriet Verwirrung, ebenso die Worte, die er murmelte. »Etwas stimmt nicht!«

Beide Offiziere spähten vorsichtig um den Käfig, als die Schlange eine seltsame Bewegung mit beiden Flügeln machte. Ein Würfel schimmernder Schwärze materialisierte vor ihr.

Es war, als blickte man in einen würfelförmigen Raumausschnitt. Miniatursterne glitzerten darin. Einige waren durch eine winzige *Enterprise* verdeckt.

»Und keine Energieblase umgab sie!« bemerkte Kirk aufgeregt.

Das dreidimensionale Bild des Schiffes wuchs, bis es aussah, als würde es den Würfel sprengen.

»Entkommen!« knurrte Kukulkan. »Wie? Diesmal werde ich es zerschmettern...«

»Sie ist frei, Jim!« jubelte McCoy. »Spock...«

Kirk unterbrach ihn. »Wir müssen Kukulkan ablenken, um Spock Zeit zu verschaffen, in Schußweite zu gelangen, bevor eine neue Energieblase entstehen kann – oder Schlimmeres.« Er zog sich in die Schatten zurück und stieß mit der Schulter gegen etwas Rundes, Unnachgiebiges.

Da kam ihm ein Gedanke. »Pille, was geschieht wohl, wenn wir die Kabel aus ein paar Käfigen ziehen? Die friedliche Umwelt auslöschen?«

McCoy zuckte die Schultern. »Wahrscheinlich werden die meisten Tiere einfach still liegenblieben, verwirrt von der plötzlichen Veränderung. Ein paar würden sicher blind reagieren...« Dann verstand er. »Ein paar – wie die capalentische Stromkatze!«

»Dann wollen wir mal, Pille...«

Sie hielten sich in den Schatten, die leider der gleichmäßigen Beleuchtung wegen rar waren, und schlichen zum Käfig des riesigen Raubtiers.

Die gefährliche Katze war wach und putzte sich. Als sie sich dem Käfig näherten, fragte Kirk sich, ob das wirklich eine so gute Idee war. Aber was könnten sie sonst versuchen? Es war schon etwas Drastisches vonnöten, Kukulkan von der näher kommenden *Enterprise* abzulenken.

Kirk versuchte noch ein letztes Experiment, indem er mit beiden Händen auf die durchsichtige Käfigwand schlug. Der Blick der Stromkatze wanderte zu ihm – und an ihm vorbei.

Vielleicht hatten sie eine Chance. Gemeinsam zogen sie an den Kabeln. Trotz aller Anstrengung hielten die Verbindungen jedoch.

Weit hinter ihnen schwebte Kukulkan noch in der Luft und studierte das Abbild der *Enterprise*. Offenbar hörte er etwas, denn er hob plötzlich den Kopf und drehte ihn in verschiedene Richtungen, bevor er sich auf eine konzentrierte.

»Aufhören!« schrie er wütend. Mit heftig schlagenden Flügeln schoß er einen Gang zwischen den Käfigen entlang. Hinter ihm löste sich der vergessene schwarze Würfel in dunkle Rauchwölkchen auf.

Kirk hörte den Schrei. Er hielt das Kabel knapp unterhalb der Stelle, wo es in den schwarzen Kasten unter dem Käfigboden verlief, und sammelte Kraft für einen letzten Versuch.

Er stemmte den linken Fuß auf der einen Seite des Kabels gegen den Käfig und zog. Dann setzte er den rechten auf die andere Seite. Frei in der Luft hängend, spannte er Schultern und Beine mit einem Ruck. McCoy bemühte sich, es ihm gleichzutun.

Kirks Kabel gab funkensprühend nach, und er landete auf dem Boden – Sekunden später gefolgt von McCoy. Der Arzt war kein Sportler, aber er wußte, wie das Muskelsystem eingesetzt werden mußte.

Beide Männer bedienten sich dieses Systems, um sich blitzschnell unter die einzige erreichbare Deckung zu rollen, den dunklen Boden des Käfigs.

Über ihren Köpfen setzte sofort die Reaktion ein. Die Stromkatze erlebte die erschreckende Verwandlung ihrer Umgebung. Sie wirbelte herum und sah ringsum den gleichen Vorgang. Sie drückte sich gegen den Erdboden ihres nun völlig durchsichtigen Käfigs. Aber als keine weitere Verwandlung erfolgte, richtete sie sich auf. Nun bemerkte sie andere Kreaturen, die sich ringsum bewegten. Nach wie vor pulsierte Luft durch ihre Lunge, und ihr Herz schlug. Sie lebte.

Es gibt so gut wie nichts, wovor eine capalentische Stromkatze sich fürchtet. Ob nun Panik oder Wut oder beides sie motivierte, wußten Kirk und McCoy nicht.

Sie richtete sich auf die Hinterbeine auf, ihr Fell sträubte sich, und sie fletschte die Zähne. Ihr Knurren war nicht zu hören, weil es von einer Explosion übertönt wurde. Eine gewaltige elektrische Entladung durchzuckte den Käfig und sprengte Decke und Wände in unzählige Scherben und Splitter.

Jetzt konnten sie das Knurren allzugut hören, viel zu dicht über ihnen. Die Stromkatze sprang auf den Fußboden und begann zwischen den Käfigen herumzupirschen, dabei verteilte sie Stromstöße, daß Funken stoben. Wo sie den Boden und die Decke des riesigen Raums trafen, versengten sie das Material, und beißender Rauch stieg auf. Andere ihrer Blitze zerschmetterten Käfige, daß deren Bewohner entweder vor Schrecken erstarrten oder rasch die nächste Zuflucht suchten.

Auch wenn man es kaum für möglich gehalten hätte, die Stromstöße der tobenden Raubkatze wurden noch stärker – nun verfärbte sich bei jedem die Farbe des Raums aufs neue. Kirk spürte, wie sich ihm dabei die Härchen auf den Armen und am Nacken aufstellten.

Kukulkan hielt sich jetzt in ihrer Nähe auf, aber Kirk und McCoy interessierten ihn momentan nicht, ebensowenig Scott und Aufrechter Bär, die zu dem Tumult geeilt kamen, um dem Captain und dem Arzt beizustehen, falls es erforderlich war.

Flügel flatterten erregt, als die Schlange zischte: »Vernunftlose Wilde! Seht, was ihr angerichtet habt!«

»Bereit zum Feuern, Mr. Sulu«, befahl Spock ruhig, als sie in Schußweite des fremden Schiffes kamen. »Zielen Sie auf die Triebwerke.«

»Jawohl, Sir.«

Sie kamen näher – aber kein Kraftfeld erschien, kein Strahl aus reiner Energie schoß auf sie zu.

»Feuer, Mr. Sulu. Phaser zuerst.«

Zwillingsstrahlen bläulicher Energie überquerten den Abstand zwischen den beiden Schiffen. Diesmal hielt nichts sie auf. Sie bestrichen die Antriebseinheit des seltsamen Schiffes.

»Noch einmal, Mr. Sulu.« Und ein zweites Mal wurde das Heck getroffen.

Ein türkises Licht berührte flüchtig alles im Zooraum. Und dann setzte eine Dunkelheit ein, die nur vom Schimmern einiger von Natur aus lumineszierenden Geschöpfe und den Blitzen der Stromkatze gebrochen wurde.

Das Knurren der Raubkatze übertönte das zunehmende Quieken, Keckern, Zirpen, Knurren und Pfeifen. Kirk beschloß ein Risiko einzugehen und kroch unter dem Käfig hervor. Sein Ruf würde die Katze nicht mehr ablenken als das Schreien der anderen Kreaturen.

»Kukulkan! Sie werden nicht einmal mit einem Ihrer *eigenen* Geschöpfe fertig!« Aber die Ironie blieb bei dem gigantischen Ego des Reptils ohne Wirkung.

Das Licht ging wieder an, und Kirk duckte sich schnell in Dekkung. Doch es war nicht die helle Beleuchtung von zuvor. Jetzt flackerte das Licht unregelmäßig und war schwächer, reichte jedoch noch aus, einigermaßen zu sehen.

Kukulkan hatte keinerlei Anstalten gemacht, Kirks spöttische Stimme zu lokalisieren. Statt dessen war er gegen einen rauchenden Käfig zurückgewichen, während der Geruch elektrischer Entladung zu den Menschen trieb. Allmählich näherten sich Katze und Beute ihrem Versteck.

»Nein, jetzt nicht mehr. Euer Schiff hat meine zentrale Energieversorgung beschädigt.«

Kirk hatte schon eine Bemerkung über die Macht eines Gottes auf den Lippen, als McCoy ihn am Arm faßte. »Wenn das stimmt, Jim, ist die Katze eine ernste Bedrohung für uns alle.«

Ein Fauchen erklang ganz in der Nähe, und einen Augenblick später erschien Kukulkan. Die Stromkatze hatte den Kopf gesenkt und kannte in ihrem wilden Haß nur ein Ziel. Sie drängte den Schlangengott gegen einen zersplitterten Käfig, der bis fast zur Decke reichte. Ihr Schwanz peitschte, und blaue Funken stoben von ihrem Fell. Ozon reizte die Nase.

»Wir müssen etwas tun, Jim, sie wird als nächstes auf uns losgehen!«

»Deine Medizintasche, Pille – maximale Betäubungsladung für fremde Säugetiere.«

McCoy langte sofort in die Tasche. »Aber wir sind nicht sicher, daß sie ein Säugetier ist, Jim. Stromkatzen sind bei Forschern auf Capalent nicht gerade ein beliebtes Studienobjekt. Ich weiß nicht einmal, ob die Spritze eindringen wird.«

»Hoffentlich!« flüsterte Kirk.

McCoy füllte die Spritze aus einer großen Ampulle, dann drückte er sie in Kirks ausgestreckte Hand. Und schon war Kirk aus dem Versteck.

Kukulkan peitschte mit seinem Schwanz und schlug heftig mit den Flügeln. Aber das beeindruckte die Katze keineswegs. Sie konnte ihm den Weg an beiden Seiten abschneiden. Und über den Käfig hinwegzufliegen war seiner Höhe wegen nicht möglich.

Kräftige Beinmuskeln spannten sich, und der Schwanz der Raubkatze peitschte. Sie war sprungbereit und ließ keinen Blick von dem leuchtend bunten Wesen, das vor ihr schwebte. Es sah ganz so aus, als habe sich die Position von Gottheit und Sterblichen umgekehrt.

So sehr galt die Aufmerksamkeit der Stromkatze Kukulkan, daß sie Kirk überhaupt nicht bemerkte. Der Captain holte mit der Injektionsspritze aus und stieß sie dem Tier in die rechte hintere Hüfte.

Sofort wirbelte es herum, überrascht und wütend. Der Stromstoß war ein reiner Reflex, nicht gezielt. Das rettete Kirk das Leben, aber er wurde in ein außerhalb der Käfige wachsendes Buschwerk geschleudert.

Dann setzte die Katze zu einem besser gezielten Stoß auf diesen neuen, winzigen Gegner an. Doch plötzlich schüttelte sie den Kopf, sank auf die Hinterbeine und blinzelte benommen.

Kukulkan, der sich hinter ihr befand, legte den Kopf schief und musterte das betäubte Raubtier. Dann hob er den Blick und ließ ihn zu Kirk wandern.

McCoy eilte zu dem Captain und sah erleichtert, daß ihm offenbar nichts fehlte. Kirk setzte sich bereits auf, schüttelte den Kopf und rieb seine rechte Schulter.

»Hast du statt dem Tier etwa dir selber die Spritze gegeben? Du siehst ein bißchen wacklig aus, Jim.«

»Ich bin okay, Pille. Der Stromstoß hat mich nur gestreift. Ein Blitz ist schon was Eigenartiges. Er kann einen hundert Meter hohen Baum zu Kleinholz spalten, ohne daß er jemandem, der dicht daneben steht, im geringsten schadet.« Er deutete mit dem Kopf auf den Boden, wo er kurz zuvor noch gestanden hatte. Knapp neben dieser Stelle befand sich ein langer, versengter Streifen.

Kirk protestierte nicht, als McCoy ihm auf die Beine half. Wie knapp er davongekommen war, wurde ihm erst richtig klar, als er die Injektionsspritze sah. Die Katze hatte sie abgeschüttelt, und Kirk erkannte sie nur, weil dieser vage zylindrische Brocken aus heißer Schlacke nichts anderes sein konnte.

Kukulkan hatte sich inzwischen gefaßt und schwebte über der Katze. Kirk erwog, zu ihrem Versteck zurückzurennen, doch dann zuckte er die Schultern. Kukulkan hatte sie längst gesehen, und wenn nicht, könnte er jetzt, da die Stromkatze ausgeschaltet war, in aller Ruhe nach ihnen suchen.

McCoy begleitete Kirk, als er auf die Katze zuging. Sie war nicht bewußtlos. Ihre physischen Reserven mußten ungeheuerlich sein, daß selbst die hohe Dosis sie nicht in Schlaf versetzt hatte.

»Was für ein Organismus!« staunte McCoy. »Die Spritze enthielt genug Mynoquintistryznit, um eine ganze Herde Rhinozerosse ins Traumland zu schicken.«

»Es ist verspielt wie ein Kätzchen«, ertönte eine Stimme hinter ihnen. Es war die von Aufrechter Bär, der sich ihnen mit Scott anschloß. Das erste Geschöpf, das sie hier gesehen hatten, das schnabeltierähnliche, watschelte neben Scott und rieb immer wieder den Kopf an seinen Beinen wie eine Katze.

»Was, schon wieder?« Scott beugte sich zu ihm hinab, kraulte es hinter den Ohren und sagte: »Na, wenn du kein verschmustes Ding bist.«

»Hallo, Aufrechter Bär, hallo Scotty«, begrüßte Kirk sie.

»Sieht ganz so aus, als hätten sich die Gemüter beruhigt, Captain«, bemerkte Scott zufrieden und blickte an ihm vorbei. »Vielleicht können wir uns jetzt etwas vernünftiger unterhalten.«

»Ja«, pflichtete ihm Kirk bei und drehte sich zu Kukulkan um. »Ich glaube, wir haben es uns nun verdient, daß Sie uns anhören.«

»Ihr denkt immer noch nur an euch«, antwortete die Schlange widerstrebend. »Doch meine Bitte um Zeit wird euren Mr. Spock nicht mehr lange zurückhalten. Er will mein Schiff vernichten. Deshalb muß ich einwilligen. Also sagt, was ihr wollt.«

Kirk nickte und blickte zu Scott, der immer noch das Schnabeltier kraulte. Dessen Augen waren in sichtlicher Seligkeit geschlossen.

»Sie halten uns für schwache kleine Kreaturen wie diese hier, für Tiere ohne Intelligenz. Sind wir das wirklich im Vergleich mit Ihnen?«

Kukulkan schien zum ersten Mal zu überlegen, bevor er antwortete. »Potentiell, geistig – nein. Aber verglichen mit eurer Gewalttätigkeit, ist die Stromkatze die personifizierte Gutmütigkeit. Wie kann ich dulden, daß ihr weiterlebt und ein ahnungloses Universum vergiftet?«

McCoy hatte die Hände hinter dem Rücken verschränkt. Er schaukelte langsam auf den Absätzen und blickte Kirk erwartungsvoll an. Ganz offensichtlich wollte er unbedingt etwas sagen. Kirk sah keinen Grund, ihn davon abzuhalten.

»Wir wären Dummköpfe, wenn wir nicht aus unserer Geschichte lernen würden«, begann der Arzt. »Wir haben die Intelligenz – die Ihrer gar nicht so unterlegen ist, wie Sie uns selbst zugestehen – benutzt, seit Sie unsere Welt das letzte Mal besuchten. Lassen Sie sich von der Meldung Ihrer Sonde über Kriegsschiffe und Waffen nicht täuschen. Wir streben keineswegs einen galaxisweiten Ausrottungskrieg an. Im Gegenteil, wir arbeiten daran, eine multirassische Zivilisation zu errichten, in der jeder in Frieden mit seinen Nachbarn leben kann. Innerhalb unserer eigenen Föderation ist uns das bereits gelungen.« Er grinste. »Ein paar hartnäkkige Kriegerrassen wie die Klingonen und Romulaner werden schließlich auch noch zur Einsicht kommen.«

»Sie müssen verstehen, weshalb wir nicht in die Schuhe schlüpfen können, die Sie vor so langer Zeit für uns bereitstellten«, fuhr nun Kirk fort. »Wir müssen aus Fehlern und Erfolgen *selbst* lernen. Wir müssen sie selbst machen.

Vielleicht würden Sie irgendwo im Universum Ihre ehrfürchtigen, gehorsamen Rassen finden, Kukulkan, aber sie müßten blind und dumm sein. Denn sobald ein Wesen Verstand hat, läßt es sich nicht mehr an der Nase herumführen. Sie können keine intelligenten Sklaven haben, Kukulkan, das ist so unmöglich wie eine Vergnügungsfahrt durch ein schwarzes Loch.«

Kirk hatte nicht gedacht, daß dieses Kobragesicht niedergeschlagen wirken könnte, aber Kukulkan schaffte es.

»Ich sah euch als meine Kinder. Ich hoffte, ich könnte euch lehren, euch führen, euch helfen. Ich kann so viel...«

»Das haben Sie bereits«, versicherte ihm Kirk mit mehr Mitgefühl, als er für diese anmaßende Kreatur für möglich gehalten hatte. »Vor langer Zeit, als es am meisten gebraucht wurde – als unsere Vorfahren geistig noch Kinder waren. Aber inzwischen sind wir erwachsen, Kukulkan.«

Er zögerte, ehe er so behutsam wie möglich hinzufügte: »Wir brauchen Sie nicht mehr.«

Traurig entgegnete die Schlange: »Ja, es sieht wirklich so aus, als hätte ich bereits getan, was ich konnte. Und leider kann es nicht so sein, wie ich es mir gewünscht habe. Deshalb werde ich euch euren eigenen Weg gehen lassen, wie ihr es wollt.«

Die Stromkatze hatte aufgehört, sich zu putzen, und legte sich nun friedlich zwischen sie.

»Als Freund und Gleichgestellten hätten wir Sie immer noch gern, Kukulkan«, bot ihm Kirk an.

»Nein – nein.« Die Flügel schlugen langsam. »Das geht nicht, nicht für mich. So, wie ihr nicht Diener und Kinder sein könnt, kann ich nichts Geringeres als der Herr sein. Es ist traurig, aber so ist es. Geht jetzt...«

Kirk blickte auf den Schirm. Immer noch war Kukulkans Schiff zu sehen, doch seine beeindruckende Energiehülle war verschwunden. Eine Täuschung war nicht mehr nötig.

McCoy stand in der Nähe, während Spock von seiner Konsole aus das Schiff beobachtete.

»Eine interessante Erfahrung«, bemerkte der Erste Offizier.

»Interessant«, brummte McCoy in einem Ton, der keinen Zweifel daran ließ, daß er andere Adjektive für ihr Erlebnis benutzt hätte.

»Unser Gastgeber war tatsächlich der Gott der Mayas«, schloß Spock.

»Und als Quetzalcoatl auch der Gott der Tolteken«, fiel Aufrechter Bär ein, »und der ursprüngliche Drache der Chinesen, und noch vieles mehr.«

»Aber doch nicht wirklich ein Gott«, widersprach Kirk. »Nur ein altes einsames Wesen, das anderen helfen wollte – ein egomanischer Eremit, der lieber die Einsamkeit wählte, als seine Sterblichkeit einzugestehen.«

McCoy grinste und verschränkte die Arme, was ein wenig an einen Pistolenhelden alter Zeit erinnerte, der einen anderen herausforderte. Nun machte der gute Doktor sich für ein verbales Duell bereit.

»Spock«, sagte er mit Unschuldsmiene, »Vulkanier haben wohl keine derartigen Legenden?«

Der Vulkanier blickte ihn gleichmütig an und zog eine Braue hoch. »Legenden nein, Doktor. Vulkan wurde zwar früher von fremden Intelligenzen besucht, die uns jedoch viel weiser wieder verließen.«

McCoy überlegte eine Erwiderung, als Arex – der auch nach seiner Schicht darauf beharrt hatte, auf seinem Posten zu bleiben, bis dieser Zwischenfall abgeschlossen war – meldete:

»Das andere Schiff setzt sich in Bewegung, in die Richtung des Sondensignals.«

»Weg von der Erde, weg von der Föderation«, bestätigte Kirk, der am Schirm beobachtete, wie Kukulkans Schiff immer kleiner wurde. »Es ist schade. Was hätten wir mit dem Wissen dieses Schiffes, dieses Geistes alles tun können!« Er schüttelte traurig den Kopf. »Leider war der Preis zu hoch.«

»Ich glaube, ich weiß, wie er sich fühlte, Jim«, sagte McCoy plötzlich ernst. Auch Spock wandte sich ihm zu. »Es gibt da eine Zeile von Shakespeare...«

»Ich weiß, welche du meinst, Pille«, warf Kirk ein: »Schmerzvoller denn einer Schlange Zahn, das ist ein Kind, das undankbar.«

»Wahrhaftig, Captain«, bestätigte Spock und gab dieser knappen Bemerkung mehr Bedeutung, als andere mit weit mehr Worten auszudrücken verstanden.

Kirk seufzte und blickte wieder auf den Schirm. Das Schiff war verschwunden, nur ferne Sterne blinkten geheimnisvoll und schienen ihn mit ihren Geheimnissen, die sie hartnäckig über Raum und Zeit hinweg behüteten, zu verspotten.

»Nehmen Sie Kurs auf Sternbasis 21, Mr. Arex. Sol drei voraus...«

Die Bände:

1: Der unwirkliche McCoy 23730
2: Strafplanet Tantalus 23731
3: Spock läuft Amok 23732
4: Das Silikonmonster 23733
5: Der Asylplanet 23734
6: Die Lichter von Zhetar 23735
7: Das Paradies-Syndrom 23737
8: Der Doppelgänger 23738
9: Rückkehr zum Morgen 23739
10: Ein kleiner Privatkrieg 23740
11: Der Tag der Taube 23741
12: Spock muß sterben! 23742

Band 4: Das Silikon-Monster 23733

Raumschiff Enterprise

13: Jenseits der Sterne 23600
14: Klingonen-Gambit 23601
15: Galaxis in Gefahr 23602
16: Die falschen Engel 23603
17: Spock, Messias! 23619
18: Wie Phoenix aus der Asche 23620
19: Der Teufelsplanet 23627
20: Gefangene des Wahnsinns 23616
21: Welt ohne Ende 23613
22: Das Phoenix-Verfahren 23614

Band 18: Wie Phoenix aus der Asche 23620

GOLDMANN